21世纪文学之星丛书

2019年卷

中短篇小说集

人间

梁 豪⊙著

作家出版社

作者简介：

梁豪，1992年底生。北师大文学硕士。小说见《人民文学》《十月》《上海文学》《山花》《天涯》等杂志。有小说被选入《小说选刊》《小说月报》《中华文学选刊》《长江文艺·好小说》等选刊和花城社《2019中国短篇小说年选》、人文社《2019青春文学》。另有诗歌和评论文章见《诗刊》《小说评论》《南方文坛》《当代作家评论》等报刊。有评论文章获《南方文坛》年度奖。现为《人民文学》杂志编辑。

目录

总 序

袁 鹰

中国现代文学发轫于本世纪初叶，同我们多灾多难的民族共命运，在内忧外患，雷电风霜，刀兵血火中写下完全不同于过去的崭新篇章。现代文学继承了具有五千年文明的民族悠长丰厚的文学遗产，顺乎20世纪的历史潮流和时代需要，以全新的生命，全新的内涵和全新的文体（无论是小说、散文、诗歌、剧本以至评论）建立起全新的文学。将近一百年来，经由几代作家挥洒心血，胼手胝足，前赴后继，披荆斩棘，以艰难的实践辛勤浇灌、耕耘、开拓、奉献，文学的万里苍穹中繁星熠熠，云蒸霞蔚，名家辈出，佳作如潮，构成前所未有的世纪辉煌，并且跻身于世界文学之林。80年代以来，以改革开放为主要标志的历史新时期，推动文学又一次春潮汹涌，骏马奔腾。一大批中青年作家以自己色彩斑斓的新作，为20世纪的中国文学画廊最后增添了浓笔重彩的画卷。当此即将告别本世纪跨入新世纪之时，回首百年，不免五味杂陈，万感交集，却也从内心涌起一阵阵欣喜和自豪。我们的文学事业在历经风雨坎坷之后，终于进入呈露无限生机、无穷希望的天地，尽管它的前途未必全是铺满鲜花的康庄大道。

绿茵茵的新苗破土而出，带着满身朝露的新人崭露头角，自然是我们希冀而且高兴的景象。然而，我们也看到，由于种种未曾预料而且主要并非来自作者本身的因由，还有为数不少的年轻作者不一定都有顺利地脱颖而出的机缘。其中一个重要的原因，乃是为出书艰难所阻滞。出版渠道不顺，文化市场不善，使他们失去许多机遇。尽管他们发表过引人注目的作品，有的还获了奖，显示了自己的文学才能和创作潜力，却仍然无缘出第一本书。也许这是市场经济发展和体制转换期中不可避免的暂时缺陷，却也不能不对文学事业的健康发展产生一定程度的消极影响，因而也不能不使许多关怀文学的有志之士为之扼腕叹息，焦虑不安。固然，出第一本书时间的迟早，对一位青年作家的成长不会也不应该成为关键的或决定性的一步，大器晚成的现象也屡见不鲜，但是我们为什么不在力所能及的范围内尽力及早地跨过这一步呢？

于是，遂有这套“21世纪文学之星丛书”的设想和举措。

中华文学基金会有志于发展文学事业、为青年作者服务，已有多时。如今幸有热心人士赞助，得以圆了这个梦。瞻望21世纪，漫漫长途，上下求索，路还得一步一步地走。“21世纪文学之星丛书”，也许可以看作是文学上的“希望工程”。但它与教育方面的“希望工程”有所不同，它不是扶贫济困，也并非照顾“老少边穷”地区，而是着眼于为取得优异成绩的青年文学作者搭桥铺路，有助于他们顺利前行，在未来的岁月中写出更多的好作品，我们想起本世纪20年代和30年代期间，鲁迅先生先后编印《未名丛刊》和“奴隶丛书”，扶携一些青年小说家和翻译家登上文坛；巴金先生主持的《文学丛刊》，更是不间断地连续出了一百余本，其中相当一部分是当时青年作家的处女作，而他们在其后数十年中都成为文学大军中的中坚人物；茅盾、叶圣陶等先生，都曾为青年作者的出现和成长花费心血，不遗余力。前辈们关怀培育文坛新人为促进现代文学的繁荣所作出的业绩，是永远不能抹煞的。当年得到过他们雨露恩泽的后辈作家，直到鬓发苍苍，还深深铭记着难忘的隆情厚谊。六十年后，我们今天依然以他们为光辉的楷模，努力遵循他们的脚印往前走去。

开始为丛书定名的时候，我们再三斟酌过。我们明确地认识到这项文学事业的“希望工程”是属于未来世纪的。它也许还显稚嫩，却是前程无限。但是不是称之为“文学之星”，且是“21世纪文学之星”？不免有些踌躇。近些年来，明星太多太滥，影星、歌星、舞星、球星、棋星……无一不可称星。星光闪烁，五彩缤纷，变幻莫测，目不暇接。星空中自然不乏真星，任凭风翻云卷，光芒依旧；但也有为时不久，便黯然失色，一闪即逝，或许原本就不是星，硬是被捧起来、炒出来的。在人们心目中，明星渐渐跌价，以至成为嘲讽调侃的对象。我们这项严肃认真的事业是否还要挤进繁杂的星空去占一席之地？或者，这一批青年作家，他们真能成为名副其实的星吗？

当我们陆续读完一大批由各地作协及其他方面推荐的新人作品，反复阅读、酝酿、评议、争论，最后从中慎重遴选出丛书入选作品之后，忐忑的心终于为欣喜慰藉之情所取代，油然浮起轻快愉悦之感。“他们真能成为名副其实的星吗？”能的！我们可以肯定地、并不夸张地回答：这些作者，尽管有的目前还处在走向成熟的阶段，但他们完全可以接受文学之星的称号而无愧色。他们有的来自市井，有的来自乡村，有的来自边陲山野，有的来自城市底层。他们的笔下，荡漾着多姿多彩、云谲波诡的现实浪潮，涌动着新时期芸芸众生的喜怒哀伤，也流淌着作者自己的心灵悸动、幻梦、烦恼和憧憬。他们都不曾出过书，但是他们的生活底蕴、文学才华和写作功力，可以媲美当年“奴隶丛书”的年轻小说家和《文学丛刊》的不少青年作者，更未必在当今某些已经出书成名甚至出了不止一本两本的作者以下。

是的，他们是文学之星。这一批青年作家，同当代不少杰出的青年作家一样，都可能成为21世纪文学的启明星，升起在世纪之初。启明星，也就是金星，黎明之前在东方天空出现时，人们称它为启明星，黄昏时候在西方天空出现时，人们称它为长庚星。两者都是好名字。世人对遥远的天体赋予美好的传说，寄托绮思遐想，但对现实中的星，却是完全可以预期洞见的。本丛书将一年一套地出下去，十年二十年三十年五十年之后，一批又一批、一代又一代作家如长江潮涌，奔流不息。其中出现赶上并且超过前人的文学巨星，不也是必然的吗？

岁月悠悠，银河灿灿。仰望星空，心绪难平！

1994年初秋

序

城乡生活的双面书写

王　干

梁豪是一个90后作家，年龄其实并不重要，但是年龄问题体现出来的往往是时代的痕迹和历史的记忆，对20多岁的梁豪来说，时代的痕迹和历史的记忆其实不是特别清晰，他给我印象最深的不是纵深的历史的跨度，而是空间的断裂和延续。他在城市和乡村之间游走和徘徊以及因焦虑产生的莫名情绪，给我产生了很深的印象。

中国现代文学一大贡献在于乡土文学的书写和繁荣。鲁迅、茅盾、赵树理、李劼人等都从不同的角度，对中国的农村进行了生动而深刻的描写，留下丰富的财产，也为后人的写作提供了可借鉴的优质资源。当代文学是以“农村题材”的方式开启乡土文学的新纪元的，柳青、路遥自不待说，莫言、陈忠实、贾平凹、张炜等优秀作家的优秀作品都是为乡土立传的。连王蒙这样以写知识分子和干部见长的作家，获得茅盾文学奖的《这边风景》也是新疆背景的乡土小说。梁豪的小说集《人间》里的部分作品也是从乡村、从家族的故事出发，让不靠谱的叔叔这样的人物登场，以他们的欲望滋生去折射一个在现代性冲击下传统的破裂和乡村文明的崩塌。

对城市的书写是近四十年来中国文学的一个重大主题。中国现代主义小说滥觞的20世纪80年代，其中有一个命题就是对城市的书写，但由于当时城市化的进程刚刚开始，那时候的城市在小说家的笔下更多的是西方伦敦、纽约、巴黎的投影，情绪固然是迷惘或愤怒，但城市的框架依然是异域的，一些不成功的小说被称为“伪现代派”，就是一些作家不适当地把西方的情绪装在大集镇一样的小城青年身上。

到梁豪这里，中国城市化的建设已经初具规模，虽然城市的内核依然充满乡村的气息，但城市本身与乡村的冲突已经蔓延到伦理上、价值上、心理上，成为小说创作的极佳资源。梁豪对城市的书写并不是有意为之，或者追赶某种潮流，而是来自内心的波动和激荡。长期城镇生活的积累，长期南方生活的滋润，让他对北京这座城市的书写带着一种复杂的情绪，这种复杂的情绪在小说里会转化为一种典型情绪，可以称之为一种城乡的“双面”写作。

对一个城市的书写是现代小说常见的方式，19世纪40年代法国作家欧仁·苏的《巴黎的秘密》就引起了马克思和恩格斯的关注，马克思和恩格斯通过对《巴黎的秘密》的批评，提出了著名的“典型环境中典型人物”的现实主义理论。三十年之后，法国卢昂出生的作家福楼拜的《包法利夫人》出版，宣告现实主义巨著的问世，这也是一部以巴黎为背景的长篇小说。

北京作为一个中国地标性的城市，近百年来也是被人们反复书写。老舍的京味小说，奠定了书写北京的史诗性的地位。20世纪80年代中后期，以王朔为代表的新京味小说的流行，也让北京书写补充了新的内容。京味小说的特点就是北京人写北京，以本地人的内在视角来展现北京的文化地理和人文风俗。而“另一种北京书写”则是外地人来到北京对这座城市的书写。20世纪90年代以来，邱华栋的长篇小说《城市战车》描写一群流浪艺术家在北京的奋斗和苦闷，令人耳目一新，至今读来仍有价值。之后，不少的青年作家都通过外来者的视角来观察、体会、描写北京这座变化、动荡的城市。石一枫虽然是北京人，但他的小说，时常引进“外乡人”的视角，《世上已无陈金芳》《玫瑰开满麦子店》等以北京“城乡接合部”为系列的小说，也写出了城市与乡村“接合部”（不仅是地理意义上的，也是心理和情感意义上）的巨大困惑和反差。

梁豪的《麋鹿》《让我们荡起双桨》等小说都属于对北京进行正面书写的作品。《让我们荡起双桨》也属于另一种北京书写的系列，主人公黄迪在北京打拼的故事显然没有邱华栋笔下的青年那么惨烈奔放，但感受到的压力比当年有增无减，而那个大鳄廖烨的出现，则是文化霸权对年轻一代的青春的榨取和压迫，让黄迪和姚凯薇的爱情和理想迅速破灭。这是一篇充满边缘与中心对立的人生痛感的小说。

而《麋鹿》里的边缘又让“中心”感到尴尬。小说讲述的是北京人摄影师老齐和来自云南的“粉丝”卢莹的故事，有点像夕阳红的老年爱情故事，这对于一个年轻的作家来说，可以说是非常生疏的领域，但作家描写两人细腻而微妙的情感冲突松弛合适，一些细节也颇有生活气息。梁豪的本意不是去展现这样一个并不新鲜的故事，而是去挖掘这样情感故事背后的文化差异，来自乡村的女性为什么比老齐要获得更多的自由感和价值感，而身居北京城多年的老齐，反而在他的一个乡下学生面前显得局促，甚至对她产生了某种依恋。梁豪如果只是停留在城乡的价值和心理的冲突上，还不能超越他的前辈们的书写，他还在寻找。在《麋鹿》这篇小说里，正如他取的题目一样，是人物之间的“四不像”的关系。老齐和卢莹，是师生关系？是情人关系？还是朋友关系？还是夫妻关系？他们两个人没有搞清楚，作家在叙述时，也透露出一种困惑。这种困惑，就是梁豪对新的历史时期新的人物关系的一种把握。有了这种把握，梁豪的写作才有可能在小说创作中摆脱前人“影响的焦虑”。

梁豪的创作和自身的生活状态有着某种联系，他从南方来北方，南方的视角和经验影响到他对北方的叙述，他从家乡来到北京这个“他乡”，因而在小说里时不时地带着某种“对照”的思维，这让他的小说带有某种复调的潜质：和同时期的90后作家相比，他写的北京比生活在北京的作家要“复杂”一些；他写的乡村和那些纯粹的乡土作家、同时期的90后作家比起来，腔调也要暧昧一些，这是他的长处。

梁豪的小说注重生活实感，描写细腻体贴，尤其喜欢抓住细节来渲染气氛，让人物内心的苦痛变得尖锐而持久。如果持续不断地书写下去，不断地丰富自己，也许会写出《巴黎的秘密》那样的经典。

2020年6月24日定稿于观山居

麋 鹿

老齐天蒙蒙亮就起身，五点五十分整，比闹钟还精准。洗漱完毕，摆上砧板，将葱姜蒜切丝儿，煮上一锅速冻水饺，自己随便坐向一处，吃得吧唧吧唧。六点半，开着电视，转到新闻频道的《朝闻天下》。

罗拉已经听腻了动静，按着自己的性子醒神。罗拉是一条七岁的柴犬，当中算长者，跟了老齐六年。罗拉越活越贪眠，随心所欲，醒来的时间没谱。待它挪出窝，老齐就赶紧哗啦倒出狗粮，添上温开水给它喝。这么看，罗拉倒更像主人。

差不多九点光景，该上班的人马差不多都已就位，老齐便牵上罗拉到地坛公园遛几圈。罗拉喜欢户外，一到空旷地带就返老还童，撒腿开跑。老齐跟在后头追，还得喘些小气，嘴上却不认输："罗拉，快跑！罗拉，快跑！"

中午老齐通常只吃两个煮鸡蛋，兴之所至，也会弄一碗炸酱面。他做甜面酱是一把好手。然后他就背上佳能"大三元"出门，罗拉安分地待在家，安分地四顾茫然。老齐自从去年检出高血压后，就不敢开车，他担心会发生意外状况，害了别人。他把自己的老坐骑放上二手平台给卖了。

中午这时候人不算多，公交车上通常都有空座，无须换乘，一路坐到农展馆下车。老齐最怕别人给他让座，首先他一直都不觉得自己老，头发染黑的效果他很满意。再说，他也不需要，他喜欢站着。家里看电视、上网，他都这么杵着，随时可以做些下蹲之类的无氧运动。只有受气的时候他才会坐下来，蜷着坐。但万一有人让座，他也不得不领情。现在零星听到别人喊他爷爷，老齐仍会跟自己置一点气。为何大家都逼着他老齐认老，他想不透彻。不过现在好多了，现在老齐应付尴尬颇为自如。

天凉透了，走在风口上，北边来的风刮着白桦树，哗哗作响，像进了战场。老齐把鸭舌帽的护耳盖下来，将冒凉的相机拱到右胯，给自己点上一根烟。烟好不容易才燃上，可以烘烘鼻子、嘴巴和那衰老的肺。

已经入秋，前来打鸟的队伍没有了春天的盛况，老齐喜欢这份清静。打鸟是拍鸟的行话。他加了几个打鸟发烧友的微信交流群，都是上百号人的规模。老齐在里头，像一块披上苔藓的石头，沉在琐碎纷杂的文字深处，默不作声地看着别人发照片，互相吹捧。他喜欢独自偏安，讨厌瞎凑热闹。凑热闹他血压容易升高，因为有竞技感，自己比上不足，所以总是来气。

他步行到农展馆的人工湖边，第二根烟还没抽尽，嘴上默默叼着，开始倒腾器械。他从不跟旁人扯闲篇，与聚在一处的队伍拉开距离。哪怕拍摄角度因此不够理想，这份距离他也得保持住。事在人为嘛，什么角度都能拍到绝佳的画面。

习惯凑成一窝的人，明里暗里总会攀比装备，炫耀技术。884 是只好镜头，另外，我用的 K3 作为宾得的旗舰是够格儿的，比尼康的7200强，和佳能7D2也有一拼。我一直喜欢宾得的颜色，漂亮而又沉稳不浮。当然，后期用得好才行。884光圈太小，是个阳光头，光线一差，速度上不来，噪点增加，很让人头疼，拍飞版就更难了。只用“大三元”已经过时啦，得配齐“大四元”。这些台词喊得鬼响，恨不得把芦苇里的鸟都给惊跑。老齐很不待见，何况他的相机也不足以支撑他在愈演愈烈的装备竞赛中胜出。所以他乐得离群，自成一派，用护耳将耳朵捂得严严实实，严实得只能听到自己的耳鸣。

有时遇见熟人，他们总爱逗老齐，说您这是独狼行动啊。老齐受不起这份幽默，也撕不开面儿，等人走远了，才淡淡撑回一句：“你们一家恐怖分子。”

尚未彻底封冻的湖面，像一池子的刨冰，茸茸的冰碴子随意地堆砌。阳光火一样从湖面烧到眼前，让人觉出冷冷的热。湖中央的芦苇丛，已经变成暖暖的明黄，看久了能叫人多出几分并不真正存在的和煦。不远处有一个女人正给湖里的鸳鸯和野鸭投喂面包馒头屑，鸳鸯和野鸭纷纷挤到岸上争食，发出贪得无厌的嚷叫。

这个体态敦肥的妇女总在这时出现，老齐已经认得她。女人一边往湖里抛撒碎屑，一边发出慈祥者特有的劝诱，声调低龄化。老齐很想指着岸上蓝色告示牌的大字对她说，这里严禁喂食，禽类不懂节制，容易给撑死。但他到底什么也没有说，他不知道自己什么时候掌握了闭嘴之道，应该是无师自通。老齐重新把自己的眼睛挨到取景器上，将右手食指搁在快门键。他闻到自己上釉般的蜡黄指头散发出的温热的烟草味，很是历久弥新。

近乎饲养的状态让老齐失去了对鸳鸯的兴致，他把镜头切到湖中心的芦苇丛。除了燕雀这样的菜鸟，他还等到了红胁蓝尾鸲和乌鸫。最近老齐都把自己放在农展馆，之前他在植物园、百望山、奥森公园、莲花池和天坛都曾驻扎过一段时日，都不过是搞搞小阵仗，成了老齐的一项生活习惯。拍到宝贝自然是好，就算什么也没拍着，老齐也毫无怨言。他照样叼着烟，哼一段《击鼓骂曹》或是《林冲夜奔》把家还。入夜前，他会再陪罗拉出去遛一圈，排排小汗，跟狗说说人话。老齐的日子不温不火，无风无雨，写意。这就是退休生活吧。

老齐那天还是蹲点农展馆。他正坐在马扎上抖腿，吃点杂牌饼干，就着枸杞水，相当于给自己的茶歇。他的嘴巴很快就驾起袅袅蓝烟，神出了半边窍。突然有人点了一下他的肩膀，他不自觉地缩了缩。

老齐回过头，见一个女人对他笑。她的两颗虎牙生得不够安分，牙缝间隐隐约约藏着黑垢。这都是两三瞬间的印象。老齐以为她是馆区的工作人员，赶紧立正，点头道："同志，请问有何指教？"

"齐老师，果然是您啊！"这女人笑得很大方。

"请问您是？"老齐有些困惑，他重新把藏在屁股后的烟头放到嘴角。

女人说："齐老师，我是您粉丝，迷妹啊！"女人脖子一收，巴掌一捂，虎牙消失，笑得克制许多，但依然不够拘谨，把老齐弄得有些悚然。

女人张嘴闭嘴齐老师，她说我经常在论坛上看到您，可喜欢您的那些鸟了。您在莲花池抓拍的那张小翠飞版，真是太有张力了，太绝妙了！

不知为何，老齐脸上染出一些不规则的红晕。她居然知道小翠和飞版，这让老齐一时半会儿判断不出她的来头。他只希望女人的音量可以含蓄一点，嘴里却仍不吭气。他甚至无形中嗯嗯哦哦地跟着附和了几句。

老齐看不出这女人的年纪，既像快要搭上自己的岁数，也像孩子辈。其实老齐看女人，一向看不通透，从前是里子看不透，现在连面子都够呛。他不由自主地瞥了瞥十几米外扎堆的团伙。他把他们叫团伙。老齐一时也没弄明白，自己到底是希望他们听到，还是听不见，或者只把光辉的关节听进去。

“您最近不是总在农展馆拍鸟嘛！从百望山到天坛，从莲花池到农展馆，我是一路看过来的。当然啦，是在论坛上看，然后跟帖，占沙发不是嘛。可惜您都没回复我。但这都不重要。最近看您老在农展馆打鸟，我这不就过来碰碰运气嘛。没想到真给撞见了，您跟您论坛里放上的头像，简直一模一样！”

老齐不知如何回复，只得微笑。

老齐喜欢在较有口碑的拍鸟观鸟论坛上放些自己的战果，底下留言他只扫上一眼。有讨论摄影技巧的，他会精读。偶尔交流切磋，语句求短，因为他只会用两根食指敲字。论坛不比通信软件，这边去一条，那边过个三两天才回馈也是有可能的。这一往一返，余出许多提供沉淀的时间。老齐喜欢这种速度和节奏。至于留言里“精彩抓拍，欣赏问好”之类的溢美之词，全都从他的眼眶边擦过。他早过了那个阶段。

女人这才意识到要将手上的编织袋放到地面，她的掌肚勒得泛红。她扯开拉链，从里头摸出一个单反，尼康 D7000。她在老齐面前筛了筛，说我想向您拜师学艺呢，您可得收下我这个徒儿啊。她的语气词很多，让她的话带着柔劲。老齐撸撸鼻头，说你这装备，有些单薄啊。他不知道这女人葫芦里卖的什么药。他赶紧从鼻孔和嘴里遣出一道烟雾。

这下女人理直气壮了，她说：“您文章里不是说嘛，打鸟三分天注定，七分靠手艺，装备是其次的其次。”

老齐没想到他随意抖搂出去的话，竟成了别人的语录，而且举着它来套自己。这时老齐的笑就纠结了许多，什么意味都掺了些。

既是追到脚跟前，而且如此虔诚，老齐不教个一招半式，实在推诿不过。

右手攥着相机手柄，左手托着镜头，保持机身平衡稳固。什么？左撇子？那就同理反推，你自己感受一下吧。别佝着身子，跟谁鞠躬呢？小心一个趔趄让你掉湖里才好。身体的重心与相机的重心保持在一条直线上。你自己感受一下吧。

老齐想亲手矫正她的姿势，伸出手的当下想起对方的性别，干脆把手都背过身后，这让他看起来更像一个严苛的老师傅。

变焦基本靠走，对焦基本靠扭，抓飞基本靠蒙，虚化基本靠抖。你知道这句话的出处吗？出处不重要，重要的是说的就是你！抓拍，运镜讲究快准狠，按快门给个提前量，至于怎么把握这个提前量，这就是修行。没错，运气也很重要，但你不能光靠运气，运气是气，得靠你自己兜住，事在人为，懂吗？在光线不理想的情况下，需要把感光度放高，感光度就是那个 ISO 键，看到没？你把相机放下来好好看。高感光度有个问题，它会使照片噪点增多增大。能兼顾高速连拍，同时在较暗光线下也能拍出噪点没那么高的相机，那就是理想配置了。所以说，装备虽是其次的其次，但也不能置之不理。当然啦，现在说这些为时尚早，你先把基本功捶扎实了。心、手、脑，三者联动，缺一不可。你自己感受一下。

老齐没料到，自己教起人来一套一套的。这女人不像那种没话找话的搭讪，她果真皱紧眉梢，专注地把弄相机，每拍完几张就递给老齐检阅，老齐再指点二三。他的手势明显丰富起来。

对于收徒一事，老齐不置可否。之前他从不觉得拍鸟需要搭伴搭伙，现在他也不觉得有这个必要。他只是觉得她需要。

抱着模糊的成人之美的想法，老齐在心理上已先于口头，认下了这门师徒关系。

这女人成了他现实中第一位鸟友。

日近黄昏，晚霞把低矮的云抹得通红。老齐见女人没有要走的意思，说不然请你下馆子吧。女人不客气，猛点头，说好呀好呀。她赶紧把相机塞进编织袋。

“你哪儿人呀？”老齐问。

“云南省保山市施甸县人。”

女人回答得很爽快，好像早早备好似的。老齐跟着默念了一遍地名，发现女人两腮有两抹浅淡的高原红。

“对了齐老师，我叫卢莹。卢俊义的卢，杨钰莹的莹。”卢莹笑了，她的虎牙也跟着笑。

一路上卢莹都不怎么说话，只是若隐若现地笑。她走起路来的姿势，总让老齐想到某种鹿科动物的步伐，比如麋鹿，那四不像。她的手指被编织袋勒得辣红，指尖白中透青。老齐动了恻隐，直接抢过她手里的编织袋。编织袋比老齐预想的要沉很多。老齐将它握在手上，比想象中要斑斓和花哨。他有点不大好意思。老齐憋着气说：“你里头装着钢筋还是水泥？”他的脸顿时红艳艳，也不知是憋出来的，还是羞出来的。卢莹这下更乖了，直管耸肩微笑。老齐在心里摇了摇头。

在饭桌上，女人倒是懂事的。老齐不动筷，她也不动，挺直脊梁，双手捧着茶杯，不断喝里头的开水。她喝开水就跟老齐喝温水似的，不用停顿和呵气。到夹菜的时候，她也只夹自己面前的小半弧。老齐看不过，给她夹菜。卢莹连说使不得啊，也赶紧给老齐夹菜。两边的筷子就在桌子上头打起了架。

“在我们高黎贡山那儿，有个百花岭，齐老师您知道的吧？”卢莹猛然发问。

老齐不知道。好在卢莹不等老齐回话，径自又说了起来："那里一年四季都少不了一群扛着长枪短炮的打鸟人。我们那儿吧，穷人不穷鸟。我数得着的鸟，有大仙鹟、赤尾噪鹛、蓝眉林鸲、棕颈钩嘴鹛、红喉山鹧鸪。这些鸟俊啊，小身板的颜色，跟印象派油画似的。您都知道的吧？"

老齐使劲嚼菜，说："我还真不知道。我只在北京城里打转，拍的那些鸟，都是穷鸟。"他有意忽略卢莹的转词，他不喜欢她的虚张声势。

卢莹倒是被他的话逗笑了，她笑得越发酣畅。她又用手捂住嘴。可是老齐已经发现，除了醒目的两颗虎牙，卢莹的门牙也有些外瓢，上唇轻易盖不住。

"来北京几年了？"老齐只去看菜，不抬眼望人，"做什么职业？"

"您说我这样的人还能干吗，搞家政服务呗。"卢莹痴然一笑。

卢莹哗啦啦地说，自己刚炒了一家户主的鱿鱼。她就是受不下那些莫名其妙的指摘，浑身都疼。她指了指搁在左手边的编织袋，说这就是我的所有家当。被户主赶出来，她就只能暂住在小旅馆。她特意强调一句，这些旅馆，半边在地下，半边在地上，似乎生怕老齐没法设想到她的处境。这时卢莹话锋一转，说我就想拜会拜会齐老师，学学手艺，学完了就打道回府，没准以后还能靠这个混口饭。

老齐无话了，把身子从桌面挪开一些距离。他点了点头，闷头去夹菜。他们现在都放开了手脚，使劲吃。这样对谁都好。

"北京菜就是好吃。谢谢齐老师！"等老齐买单回来，卢莹浅笑着说。她的牙齿半边在唇里，半边在唇外。

"你没吃出来？这是你们云南菜啊！"老齐将手一拍，自己的算盘没打着，他的失落比料想的更多一寸。

“是吗？”卢莹尴尬地笑了，两块天然的腮红变成了艳粉，“真是好吃，北京的云南菜，比云南的云南菜还好吃，我都尝不出出处啦！”她又不合时宜地大笑起来，吭吭吭，像拖拉机刚被发动。

老齐被逗乐了，心就跟着敞亮些，他很久没有如此活泛。老齐对卢莹说，他以前单位有个招待所，离这里不远，价格还算厚道，她若觉得合适，可以住那里。卢莹赶紧回答：“好呀好呀！我都是当天交房费的，家当都背着，稳妥。”

卢莹走在前面，双臂摆动幅度很大，身子有些前倾，像头重脚轻，随时要倒下。她耳郭背后橙色的毛细血管，让老齐想起某种不常见的蕨类植物。老齐突然又意识到她到底是一个女人。这个看似普通的念头，从纷繁的思绪里贸然闯到最前端，让老齐的心瞬间柔和了下来，成了一摊软糯的黏液。

卢莹突然刹住脚，回头冲老齐招招手，说齐老师，您搞快点呀！

在招待所前台，老齐刻意瞄了一眼卢莹伸出的身份证。名称对上了。地址也没骗人。出生年月，一九七二年的。卢莹才四十六岁，老齐的心就七上八下了。现在卢莹的样子再投进老齐的眼里，整体感觉变得清晰了些。看来身份证是个好东西。

老齐让她自己上楼，说我就送你到这里吧，有什么事你再联系我。卢莹索要老齐的微信和手机号，老齐一一照办。她现在双腿立定，深深地鞠了一躬，连说了几个感谢。老齐两只大手朝前推了推，示意赶紧上楼。时候不早了，再晚回去罗拉就得挠沙发了。卢莹最后说了一声：“谢谢您，齐老师！师傅您早点休息。”

回到家，喂了罗拉，逗它玩了半晌，相当于补偿。老齐这才匆匆打开笔记本电脑，将页面翻出来。主持人已经登场，伴着一阵阵齐整的笑声。老齐并不知道这些笑声是后期效果，只觉得观众素养高，高到他不是很适应。戴上老花，都清楚了。他开始做一套深蹲，一边盯着电脑屏幕，一边伸手去摸索自己的茶缸。两块镜面一闪一闪，非常富有规律。

几双路过的小黑眼珠，贴到老齐大厅未拉帘的窗面上，眼睛纷纷弯作几道小拱桥。有人用拳头敲敲窗玻璃，声音闷闷的。然后就听到他们喊："老色狼！老色狼！"声音听起来很隔，像梦里的话。这些叫喊像一段口哨，逐渐拉远，只留下老齐愣怔的回眸。他过了很久才姗姗冒出一句："小犊子。"

第二天，老齐有些犹豫，他不知道自己该不该去打鸟。去吧，感觉像在迎合卢莹，到底是该盼着她来，还是希望她别来？这下打鸟的心思就散掉了。卢莹风平浪静地搅乱了一切。不去吧，似乎又说不过去。怕什么呢？一个边远地区来的女人，能把见惯了大风大浪的北京老干部给套路了？从年龄到出身，老齐到底还是有些自视甚高。

早晨去遛罗拉的时候，老齐有些出神，任罗拉怎么拽着老齐要起跑，老齐就是愣愣地踱步，心事沉到了脚后跟。

老齐的手机突然响了起来。是卢莹。他竟然感到一阵窃喜，像是绝处逢生。

卢莹在电话里嗓门依然爽脆，隔着距离，更加不怕天地，比当面还要洪亮。她说："齐老师，要不我做您家保姆吧？保管打不还手骂不还口，谁让我是您的迷妹嘛！我做菜不错，收拾房间更是绝的，跟您拍鸟一样绝。当初四室两厅的房子，屋里还有个电梯呢，我都能把它办得井井有条。"光听声音，老齐就能隐隐闻到她烧制的菜香，是那种中规中矩的好。

老齐还是老样子，并没有直接顺过话茬儿，转而说："你中午有事吗？没事的话来我家吃饭吧。省得再破费，还不卫生。”电话里卢莹的“好呀好呀”，简直让老齐心花怒放。挂了电话，他开始跑动起来。罗拉努着劲儿晃动尾巴，嘟起两腮，彻底忘了昨晚的惨遭冷落。

卢莹当时站在家门口，说齐老师您一个人住呀。老齐摊了摊手。他经常在卢莹面前感到无所适从，但他一点儿也不觉得困窘。

卢莹干活确实麻利，老齐留心过，暖气片的缝隙都被她擦得溜光水滑。中午老齐做了拿手的炸酱面，卢莹嘴里塞满深褐色的面条说，下回我给您做，我的手艺，虽然不比北京的云南菜，但跟您比还是有把握的。老齐又被逗着了。他很欣赏卢莹的直接，如此积极的直接，他这辈子还真没怎么碰见。

卢莹跟罗拉自来熟。罗拉当时一看到卢莹就伸长舌头，嘴里轻哼，前腿不断跳跃。老齐开玩笑说，本来还指着看家护院，现在算明白了，指不上，可惜晚咯。

“这是什么狗呀？”卢莹边问，边支着手指去掏摸罗拉的下巴。老齐如实禀报，日本秋田。卢莹连着哦哦哦，说我还以为中华田园呢，不过到底离得不远，一海之隔。老齐没料到卢莹知道得还挺多。

卢莹这天起，每周一三五会来老齐家收拾卫生，她把罗拉的狗窝也拾掇得焕然一新。老齐感觉罗拉已经叛逃到卢莹的阵营，卢莹不在的时候，它在老齐面前就有些狂，老夫聊发少年狂。

那天卢莹在老齐的卧室里，突然对客厅的老齐喊道：“齐老师，这是您儿子呀，长得跟您真像，您年轻的时候一定也这么帅。现在也好看，但是成熟的好看。”那张框着的照片就放在老齐卧室的床头柜上。

“儿子得管的，不能不回家看看老人，哪怕是看看呢。您要是觉得自己下不了嘴，我跟他去通通气，说重了也不怕，谁让我是个村妇呢。”卢莹趴在门框上向老齐张望，像个直接、热络、爱管闲事的村妇。老齐干泡茶，等着卢莹自讨没趣，接着回身去收拾。

卢莹最开始只是顺手下厨，往后老齐就让她天天过来，说你把我吃饭的事儿也解决了吧。跟老齐去拍鸟收工后，卢莹就跟着老齐往家回。通常都是卢莹买好食材，说算是缴学费。卢莹的手艺及格以上，偶尔优秀，荤素搭配得宜，味道微辣，老齐还能受得住。总之他现在饭吃两碗，过一阵子上秤，沉了不少。

那天深夜，手机突然嗡嗡响。老齐睡得不实，第二通就接上了。

“齐老师，我现在能不能去找您？”

老齐让自己变得迷糊，说：“你说啥？”他真的需要静观其变。

“我认不到回招待所的路了。”话音里夹杂着稀稀拉拉的风声和零零碎碎的车流声，开阔得很有风险。卢莹的口吻难得显出犹豫和飘忽，像犯错事的孩子，或是喉咙患了炎症，声音飘飘絮絮。

老齐回了一句：“好。到屋里说。”他给她发去了线路。他的声音比以往都来得低沉，像一口铜鼎，想要庄严地盖住那边一切的声响。

老齐上了趟厕所，就兜着袖口在胡同口等着。虽是初夏，天还是有些微寒。一个仓皇的暗影从远处晃来，样子有些慌张。老齐把卢莹带进房门，他不知怎的，有些心疼的感觉。但在屋里，他依然在她面前板着脸，听她把话说完。

卢莹说，晚上九点多的时候，招待所来了三位民警，是便衣。他们把卢莹的房门给撞开了。卢莹那时已经睡下，她是从床上弹起来的。她说一点儿都不夸张，弹起来的，像蚂蚱。

警察把灯光都亮开，其中一人让卢莹出示身份证，紧接着去搜她的包裹，另一人趴在地上探了一眼床底，然后站起来，向其余两人摇了摇头。卢莹睁不开眼睛，待她适应了光线以后，发现稍远的那人正举着 DV，她先看到的是他，然后才看到更靠近她的那位，他手里举着一台单反，问，这家伙哪儿来的？卢莹不知如何作答，她这才发现这是她自己的单反。她说，这是我买的啊，你们是谁？卢莹想起要把胸罩的纽扣给扣起来。她隔着起满毛球的粉色秋衣，把胸罩纽扣扣上。警察没有回答她的问题，他们扬了扬手，说都穿上，回所里说。她的脑袋空空的，像个全新的编织袋。

后来卢莹重新穿上外套，跟着三位便衣上了一辆黑色轿车。他们最终准确地停靠在一个派出所的门口。这下卢莹的心才算彻底撂定。

问话的时间倒是不长，二十多分钟吧，卢莹大概听出警方在进行某项治安突击检查，得核查一下可疑人员，并请她配合。卢莹不知道自己可疑在哪里，口音？相机？秋衣？她没去问，她在全力地配合，全力地释疑。之后她就拿着一纸杯从派出所装来的热水，独自走在了金色的大街上。她第一次发现路灯让人发寒，金色的路灯让她起了一身的鸡皮疙瘩。她本来不想麻烦老齐的，只是她真的记不住回招待所的路了。

卢莹对着老齐说，当时警察问我，在北京还认识什么人吗？老乡啥的。她想了想，拼命摇头，说没有。那会儿她满脑子都是齐老师，但她依然回答说，没有。

"我担心连累您，齐老师。"卢莹终于又笑了，右侧虎牙的牙缝上残存着一丝今晚吃的猪肉。今晚她做了红三剁，老齐破例吃了三碗米饭。

后半夜卢莹就在老齐家里住下了。老齐的屋子住下三个卢莹都绰绰有余。第二早卢莹醒来，发现老齐已经贴在了那把懒人椅上。他跷着腿，嗅着茶缸里信阳毛尖的烟气，说：“你要愿意，就在这儿住下吧，省得再闹出故事来。再说住外头也破费不是。”话刚落下，老齐就边掸直裤腿边抢着补充，“但你要住我这儿，一来，工钱就抵了啊。二来，对外头，你就说是我侄女儿，来北京投靠我来了。第三，你的衣服别晾在外头走廊上，回头我给你置个简易衣架，搁你卧室窗边。放心，窗冲西，保管一宿就干。”

卢莹说：“懂的懂的，人情世故我都懂的，这都不算什么要求，谢谢大伯！”老齐笑着站起身，指头戳了戳卢莹，这口齿转得忒快。

每次卢莹进到老齐的卧房，从不习惯敲门。老齐有时在看书或午休，会被吓一跳。说过她两次，还是老犯，老齐只好默默磨练自己的耐性和胆力。两个人的生活，说到底，就是互相迁就，以前过得不如意，就是彼此的自留地太多，没拢在一处，吃过一堑的人，也该长那一智了。这么一想，老齐心里就舒坦了些许，往后卢莹再怎么横冲直撞，老齐还真能不为所动。

那天中午，老齐盹了约莫一个时辰，一口气卡在喉咙提不起来，憋醒了。他发现卢莹就坐在旁边的靠背椅上，盘着腿，手里捧着那张框起的照片。老齐爬起身，说：“真的那么好奇？”

卢莹模糊地意识到了某种冒失，将照片赶紧放回原位，说：“就是替齐老师感到不平。您这么好的人，怎么就没个人来看望看望。”她没有特指谁，而是用了泛称。

老齐呵呵地笑了，他说你帮我总结得很好，没人来看望，说明我真不是一个好人。

卢莹笑说，我又说错话了不是。

老齐告诉卢莹，他儿子已经走了，是永远地走了。卢莹拍着自己的脑袋，连说失礼，失礼啊。老齐说，我已经不拿你当外人，什么都能说的。

于是他接着说，老伴前些年得了宫颈癌，不到半年就去世了，其实也算不得老伴，年轻的时候就离了。儿子大学没毕业去做了职业鸟导，天南海北、四海八荒地飞，去年夏天带团到印尼新几内亚的打鸟胜地卫吉岛，拍鸟观鸟，照说轻车熟路，却在红树林里，被一条金环蛇咬了一口腿肚子，蛇毒迅速蔓延至全身。他是在从卫吉岛赶往新几内亚医院的船上，摇摇晃晃地离开了人世。

“这张照片，是他进林前拍的最后一张。你看他笑得多爽朗，一口的白牙，随以前的我。现在不行了，让烟熏火燎的。实话讲，这么多年，他在我跟前从没笑得这样开怀。”

卢莹的眼泪说来就来，打在衣口上，噼里啪啦，像雨落在塑料棚的棚顶。

儿子出事以后，上头体谅老齐也是快退休的人了，给他调到闲职，没事让他在家歇着，出去走走也成。老齐知道有很多人想看他的哭丧脸，老齐不会让他们得逞的。要哭要丧，那也是他关起门来自己的事。

那天早上醒来，老齐看着堆放在墙角的摄影器械愣神，那是从印尼寄回的儿子的遗物。他忽然感觉肌肉在发胀，心里有一颗幼芽破土而出。老齐的心痒酥酥的，他整个人都想动起来。从那以后，他开始自学打鸟。

老齐对卢莹说，罗拉最初是儿子带回家的，名字是他起的，要换作是他老齐，铁定不会起这么一个让人摸不着头绪的名字。“当然了，顺口了就好了。蛮好的蛮好的。”儿子只给罗拉喝温开水，说这厮肠胃不好。从那时起，罗拉就当上了太上皇。

老齐还有一个女儿，叫齐媛，多年前就在演艺圈闯荡，眼下在一个什么女团里混着，没成气候。平日很少联系，她忙，对老齐也一肚子的怨气。她是母亲带大的。老齐平时得闲，就会看看她参加的节目。他看得一知半解，算是给她加加油，该动手投票的时候，老齐也不含糊，还硬着头皮，把相关页面转到家庭群和工作群，鼓动鼓动，臊得他在屋里遛起了八道弯儿，散热。

那次跟女儿求了一回，终于可以看见她微信的朋友圈。朋友仅展示最近三天的朋友圈，一不留神就过去了。她发在上头的照片，多半在昏黑的包厢里，有那么几绺彩光，一排的酒瓶，偶尔会出现跟她一样装扮浮夸的男孩和女孩。大多发在凌晨，老齐起夜的时候发现的。老齐偶尔会在底下留言，少喝酒，早点睡。不出意外地没有回复。

老齐把桌柜打开，里面放着一本相册，都是当年的照片。卢莹说，我不敢看。她走了出去，对着阳台的花草接着抽抽搭搭了一会儿。

吃饭的时候卢莹问，之后就没有合适的了？

老齐嘴里衔着两口的饭，回答得很充实也很含混："不了吧，闹得够凶的了。"

老齐后头趁着卢莹干活的间隙，轻描淡写地给过她一副望远镜，还有一个55—300毫米的镜头。他话是这么说的："你也到了该考虑装备的时候，再说了，你是我的徒儿，成天使唤一个裸机，我面儿上过不去。"卢莹悉数收下，在餐饮和保洁上更加狠下功夫。老齐觉得近来不仅他胖了，罗拉也跟着膘起来。他重新在二手市场买了一辆现代途胜，抽空就载上卢莹，去北京周边的十渡、坝上草原或者野三坡，走走看看，也打鸟，重在换口空气。靠着降压药，他的血压很稳定。

那天饭后散步，卢莹跟老齐道出了自己的一些情况。原来她跟过一个喜欢拍鸟的油画家。他们是油画家到高黎贡山拍鸟时认识的，是他后来把卢莹带到了北京。这油画家是北京人。

故事汹汹地来了，老齐赶紧找了个空座椅，让卢莹歇着说。罗拉也识趣地趴着，身子一动不动，好像它也听得懂。

当时这油画家一行人是到卢莹家附近一带打鸟。卢莹好奇，就跟着过去围观。油画家嘴俏，跟卢莹打起了小嘴仗。就这样处了三天，他们都感觉味道变了，变甜了，起腻了。那天油画家独自送她回家，在路上偷亲了卢莹的嘴，卢莹整个人软得动不得。她的初吻就这么被薅走了。油画家回北京前问卢莹，愿不愿意跟他一起回去。卢莹没有挣扎，说我愿意。她的脑海里早就贴满了油画家的肖像，日日夜夜都摘不走，有点像那天晚上在派出所里，她的脑袋装满了齐老师。

“你一个人跑去那么远的大城市，就没一点儿犹豫？”老齐问。

“没有，就想着爱情了。”现在卢莹的眼睛有些放空，她说，“北京都没想的，就想着爱情了。”

“家里人同意吗？”

“管不得的，那时候的我是管不得的。他们也不愿管，我们兄妹四人，管不过来的，别伸手要钱就好。”卢莹的笑容终于变得滞涩了些。

“齐老师，您知道我之前在我们老家是做什么的吗？”

“你说。”

“我们老家有个景区，叫清平洞，是明代爱国将领邓子龙所开辟，风景秀丽，文物荟萃，还是挺不错的。当然啦，跟北京的名胜古迹没法比。我在那里当售票员。以后齐老师要想去看看，我可以跟那边的人通通气，可以免票的。”卢莹瞪大眼珠看向老齐，像在等待他的赞许和钦佩。

老齐并没有迎合她的期待，他说："你接着说，说你们的事儿，那个什么油画家。"

就这样，卢莹跟着油画家飞到了北京。话说这还是她头一次离开保山市。油画家让她住在一个一室一厅的房子里。房子朝南，光线够亮，虽窄了些，但装修不错。用卢莹的话说，很古香古色。在这个房间里，油画家让她把衣服全部脱下。他画了很多她的裸体像。卢莹很喜欢画布里的自己，她喜欢这种似是而非的感觉。

"这么说，你来北京有些年头了啊。"老齐思考了很久，还是打算把话题岔开。

此时地坛远处阳光合唱团的团员们正在高唱红歌。旋律激昂，歌声嘹亮，在远处高高地飞着。

"可不是嘛，但我没享到几天的清福。因为很快我们就分手了。"

"他有家室？"

"齐老师您真聪明，我都没开口，您就什么都知道了！"卢莹咯咯咯地笑起来。她像在谈论某位同乡一样，谈论着自己的过往。

卢莹接着说："我当时都没想到，您一下子就想到了。现在想想也是，他要的是刺激和浪漫，我要的是踏实和爱情。我们不一样。"

老齐说："你们完全是过家家嘛。"他有些气不打一处来，也不知是生谁的气。可能是生社会风气的气。

"当时不知道嘛，我哪有您这么聪明。"卢莹像是有些委屈，她停了一会儿说，"他孩子都快赶上我了。"

老齐拍了一下罗拉的后背，然后不知道是对谁说："回家！"

卢莹后来跟老齐说，我说句不好听的啊，您长得有些像他，就是我的那位，前任。从她嘴里说出“前任”两字，总感觉有些突兀。

老齐照例挤挤肩，撇撇嘴，说：“我能说什么？”他很讨厌这个比附，但他希望这句话并不是一个完结。

“我现在估摸出来了，你们有共同的爱好，都是有品位有追求的人。还有，你们的祖先打一处来的，打山顶洞来，不像我，元谋人来的。所以你们有些接近很正常。但你们到底是两类人，你比他踏实。”卢莹那天一边拖地，一边对着厨房里的老齐说。她是喊着说的。这天是老齐下厨，他想改口吃炸酱面。老齐当时没回话，他在给胡萝卜切丝儿，刀法很爽利。卢莹不知道他听没听见。

自从卢莹搬进来以后，老齐夜里睡得特别安稳，都不带梦的。他最近给自己上起了闹钟，六点半。他轻易地闯过了五点五十分的界限，他对此十分吃惊。如果现在让老齐尽情睡下去，他真不知道自己何时才能醒来。他有点喜滋滋地怕。

拜齐媛所赐，老齐没少在网上瞎逛。新闻他很早就看到了。齐媛心机婊，争抢团体 C 位。齐媛音痴，阎王锁喉，车祸现场。齐媛黑历史，三任男友大揭秘，整容史大公开。

老齐跑了一趟八大处的灵光寺。他以前经常来这里，给自己的仕途清扫绊脚石。这回他特地对着佛龛金莲花上横卧的佛牙舍利，给齐媛念念吉利话。他知道不能急，可他依然心乱如麻。

齐媛没日没夜地躲在自己出租房里，老齐揿了半天门铃，门才幽幽地漏开小半。齐媛重新窝进被窝，穿着皮凉鞋的老齐则坐在巨大的深灰色布艺沙发上，样态与环境看起来有些犯冲。他犹豫了好些时候，还是决定暂且闭嘴。他觉得自己的沉默是雷霆万钧的。

他望了一眼手表，走进厨房，给齐媛做了一荤两素。齐媛要身材不要营养，但今天他决定给她多做一点。吃不吃是她的问题，量足不足是自己的态度问题。他疾着碎步把饭菜端到床头柜上。

齐媛既没看菜，也没看人，只是黯然地说："你跟那个女人，到底是什么情况？"她的鼻音很重。

她是那天回家，看到他们一起正满头大汗地吃饭。卢莹起身，让她也坐下吃两口，说我常听齐老师说起你。齐媛当即转身离开了，脸很臭，扔下一句："这个家，什么时候鸡鸭狗都能进了？"

"能……能有什么情况。"老齐口吃起来，他一时不知道怎么去解释。解释原委往往讲究天时地利人和，如果准备不够充分，很多事情非常容易被歪曲。

"本性难移。"齐媛忽然冷笑一声，哼出一鼻短气，"你请回吧。"

老齐更加不能说话了。他很响亮地叹了一口气，像在叹给全世界看。他真的往门外走去。他是有些生气了，他不能忍受别人对他的误解，而且是他最亲的人。

回到家，老齐干巴巴地睡在躺椅上，像一块冰凉的花岗岩。

卢莹从房间里出来，问说怎么回事啊，看起来无精打采的。老齐第一眼先看到她脚上粉红色的棉拖鞋。

"不关你事！"不知为何，这双棉拖鞋加剧了他的愤怒。

老齐不知道卢莹何时又悄悄踅回了自己的房间。那种熟悉的自我谴责和自我厌恶，又回到了老齐身上。这晚上他忘了洗漱，也忘了如何睡眠。他就直直地躺在床上，外套也没有脱掉，眼睁睁看着天色逐渐变浅。光线强行穿过尼龙面料的窗帘，朦朦胧胧，含含糊糊，让人心烦意躁。

卢莹早早起身，她煎了一锅猪肉葱饼，是老齐喜欢的咸口。老齐没有落座，只用手捏起一张，咬了几口又撇下。

卢莹肯定这是他故意给她摆脸色。“我哪里惹着你了？”卢莹自我检讨了一下，她没有什么重大发现。

“没有。”老齐又背过手，吭哧吭哧走回自己的主卧。卢莹觉得他在躲避什么。

在卢莹去洗碗的时候，老齐不等她收拾停当，独自牵着罗拉出门遛弯儿。罗拉哼唧哼唧，晃着尾巴往厨房里张望。老齐硬生生把它给拽出门。晚上卢莹走进老齐的房间，老齐再度注意到她那种类似麋鹿的步伐，一点儿也不够局气。

她瞪大那对浅褐色的眼球，委屈地问：“怎么了嘛，干吗给我脸色？”她的话音依然脆得利落。

老齐心里柔了一截，可嘴还硬着：“没什么。”

卢莹直勾勾地盯着老齐暗褐色的脸膛，说：“你不要像个孩子一样嘛，有话直说嘛。”老齐应该知道的，卢莹不会拐大弯，他不能这么藏头露尾，玩揣摩圣意那一套。

“是你要我说的啊。你能不能别凡事跟在我屁股后头啊？住哪儿你也清楚了，该干吗干吗去。你找份工作也成啊，别成天瞎晃，年纪轻轻的，就开始享清福啦？”老齐逼着自己狠下来，他狠下来自己也很隔阂。

卢莹两手一撒，说：“我给你提供服务，从来没有半点懈怠，我赚我该得的钱，你怎么能说我是在享清福？”见老齐还歪着嘴，卢莹接着说：“我懂了，就是嫌弃我了呗。真是给您添麻烦了，让您费尽心思找借口。我也是蠢，人家要逐客了，我还在这儿跟人家摆道理。”

老齐一把推开座椅，说：“你最好是懂！你自己摁着胸口想，我对你，够仁至义尽了吧？”老齐拉开了架势，他想这样热热闹闹地吵上一架。

“谢谢你的关照。”卢莹猛地深鞠一躬，说，“你很自我感动吧？”她总能出其不意地蹦出很多非常书面的语言，把老齐给惊一下。

她现在扭转身，四不像地走了出去。她主动弃权了，晾着老齐一个人意犹未尽。她的话像一颗燃烧弹，掷到老齐阴郁的脸上。老齐的老脸现在疼得难受，他不忍去看。它一定非常丑陋，像一块烤煳的烧饼。

第二天老齐醒了个大早，他的睡眠估计也被他给吓丢了。他窝在自己的房间里翻书，假装很投入。他一行字也看不进去。

将近中午的时候，肚子只剩了气体在肠胃里打滚，还不见卢莹来喊他吃饭，哪怕只进来打声招呼也好，让他有个台阶顺下。老齐只好背手踱出去，他赫然撞见门口摆放着那双粉红棉拖鞋。他疾步拐进卢莹的房间，她的东西已经清空，被子被她叠成了豆腐块。老齐送给她的望远镜和镜头，全都摆在那张老齐废弃的书桌上。她是什么时候离开的？老齐对此毫无察觉，他现在想去追都没法追。天花板开始顺时针旋转，老齐赶紧摸出口袋里的降压药，往嘴里塞了几片。他现在倒进那张躺椅上，一动不动，成了一条等待立春的蛇。

卢莹会去哪儿呢？老齐没料到自己会被这样一个女人害得患得患失，他现在参透自己在这件事上彻底缴械了。老齐只给卢莹去过一个短信：你去哪儿了？气消了赶紧回来，给你拐到西海固才好。没有回复。老齐既在自责，也迁怒卢莹。这女人怎么那么娇气，一骂就跑，到底是没吃过真苦头。这样一想，心里并未觉得更加好受，像有一片海浪打过来，人变得动荡，胸口又呛又咸。

这天起，老齐被迫重新转轨到独处的状态中，还多出了几分不甘。除了三不五时传来血压测量仪嘹亮的嗡嗡声，还有放学时成群结队路过胡同的小学生携来的欢闹，房间笼罩在那种老齐熟悉而厌恶的漫长静默里。罗拉的胃口竟然也比从前要小，似乎同样对眼下的生活意兴阑珊。

两个月也就一晃眼的工夫。一天中午，有人叩门，声音很弱。老齐跑得比罗拉还快。待拉开门一看，是齐媛。

眼下的齐媛显得格外瘦小，要是能上镜，倒是很称她的意。可惜现在她被公司冷藏起来了，以保护之名。老齐是在网上看到的。

她披了一件冷感的驼色风衣，让老齐觉得有些距离感。老齐现在的心绪全都是错位的。他把齐媛让进屋里，他不愿多言语，他要先看看她是个什么态度。他到底是她的父亲，不能彻底丧失父辈的威严。

齐媛说，她准备到美国去进修，以后转到幕后。老齐说，你们演艺圈的事情，我一星半点也不懂。总之，你自己做决定，对自己的决定负责。只要不犯法，都由着你。

齐媛点了点头。她说，她的签证估计不多时就下来了，学校已经申请好，她往后小几年可能都没有办法经常回来看望老齐了。甚至，如果，她没有说下去。

“你能照顾好自己吗？”齐媛问。

“开玩笑呢？这么些年来，谁伺候的我？”

齐媛不再发话，老齐自己也嗡嗡的。

齐媛后来给老齐打来一个电话，她说：“老齐，我联系到了卢莹。”

老齐哑然，他的心跳骤然高了几挡，蹦得十分剧烈。

齐媛是透过论坛找到的卢莹。她现在在老家拍了不少好鸟，不时上传到论坛里供大家品评。可惜老齐已经很久没有关注，他的手艺最近有些荒废。

在电话里，齐媛跟卢莹聊了很多。关于老齐，也关于她自己。齐嫒告诉卢莹，老齐其实非常需要有个人陪伴。

“那个人不是我，是你。”齐嫒说。

卢莹大声地回道：“我就不捣乱了吧，他已经够恼火的了。”

“恼确实恼，但能让他彻底安下心来的，也只有你了。”齐嫒觉得自己说得还算比较委婉，像老齐在说话。

齐嫒现在对着老齐说：“你又不是为我而活，我有自己的路数，也有自己的命数，这都不需你操心。你可千万别为我做什么牺牲，也不用为过去弥补什么，一点儿都不光荣，我也不会觉得你伟大。”

临行前一天，齐嫒回家跟老齐吃了最后一餐饭。过桥米线。米线有点煮糊了。齐嫒笑说，终于有东西替掉炸酱面了，好。

在饭桌上，齐嫒给自己也倒了一小玻璃杯的茅台，老齐藏家里的好货。她东瞟瞟西瞅瞅，咬咬嘴角，烫着脸说：“老齐，你为我做的那些事，我不是不知道。我就是纯粹跟你置气，要不跟你置气了，当年妈对我说的那些话怎么算？我怎么跟她交代？这种分裂和矛盾，才是这么多年来我最大的压力，好像我做什么都不对，怎么做都不可能做好。我这辈子注定是失败的。”

齐嫒的眼泪在脸上奔腾，老齐不敢再有丁点儿的脾气，赶紧去拍她的肩膀。肺腑之言何其多，乱糟糟都堵在喉结里，烫得难受，挤过缝儿的就一句：“傻丫头！”再一句：“是真傻！”

齐嫒洗好碗，陪着老齐出门去遛罗拉。他们聊到了卢莹。齐嫒问老齐什么打算。老齐犹豫半天说，一把年纪了，都现实一点吧。

“我说老齐，你精明了一世，别糊涂这一时啊。”齐嫒离开前，扽了一下老齐的衣袖。老齐不搭话，他的脸稍微宽展了些，透出一点点亮。

齐嫒俯下身，捏了捏罗拉两团肉嘟嘟的腮帮。罗拉眯着眼睛，它很享受这样的互动。齐嫒走了，一直喊老齐别送。罗拉在一旁，不停地叫。

老齐回了一趟单位。他选在这天正式办理退休手续。他第一次作为无关人等，回到自己奋战多年的办公室，手里提着最后一箱自己的物件。他拒绝了司机小覃要帮他搬下楼的好意。这天晚上，老齐倒是没有谢绝老同事们撺掇的饭局。他给自己重新梳了一个大背头。他有段时间没打理头发了，他的头发现在是一片明明灭灭的灰白。

这回坐在圆桌的主位上，他生出很多感慨，又有种置身其外的感觉。遥想当年的合纵连横，何苦呢。也只能想想。他找出很多由头，给自己灌了好些酒。他在今天，把所有人都喊成了兄弟。赶在酒足饭饱离席前，老齐偷偷下楼结了账。不舍在不可遏制地泛滥。借着酒精，他终于长出勇气逼视自己的内心。他的不舍不是对官阶，而是对自己大半辈子的不舍。还是老歌唱得好，时光已逝永不回，往事只能回味。

两天之后，老齐穿上一套修身西装，打了一条宝蓝色的领带。他的香水和啫喱水用白背心包好，放在行李箱内。除了贴身衣物，里头装满了打鸟用的长枪短炮。他叫了一辆车，直奔首都机场。飞抵昆明长水机场后，老齐得马不停蹄转到西部客运站。

他最终顺利登上最后一趟去往施甸的夜班卧铺。

齐嫒告诉过老齐卢莹家里的具体地址。他打算到施甸以后，再给卢莹去一个电话。

在微微颠簸的大巴车里，老齐有些紧张，也有些激动。窗外是莽莽的夜色，老齐隐约看到防撞护栏外闪现着几道绿光，像是麋鹿的眼珠。老齐不知不觉地把脑门靠在窗玻璃上。他睡着了。他的侧头轻微撞击着窗面，但他依然睡得格外酣甜，喉结里传来微弱均匀的鼾声。

《江南》2019 年第 3 期

人　间

我三叔谭勇良，一个好吃懒做、坑蒙拐骗样样在行的社会糟粕，终于蹲进了他早该进去的局子。

那天天上冒着雪，我们这个地方已经很多年没有见雪了。我坐在我哥的三菱摩托车后座上，赶赴看守所给三叔送过冬的家伙。我的左手抱着一捆十斤重的蚕丝被，被窝里暖着好几颗煮透的鸡蛋，此外还有两盒正清风痛宁、一瓶云南白药和一包夏桑菊冲剂。怕烟灰烧着被子，我咬住烟屁股的脑袋撇向右侧。

在每一寸光线都显得格外珍贵的探监室里，相隔一道斑驳的铁栏杆，我最后一次见到我的三叔。我哥当时没进去，他把摩托车停在看守所的大门外，说是脚蹬子坏了，他得在这儿看车，让我代他问好。我没有跟他废话，把被子搂得再紧一些，吭哧吭哧踏着雪，埋头朝铁门里走去。不远处看守所的狗舍里，狼狗的吠叫从未间断，隐约伴有锁链的撞击声。

三叔留在我脑海里最深的形象，是夏天爬上屋前那棵躁动的桂花树，给我和我哥捉独角仙和知了。夏天的桂花树，枝叶、树影和虫声都在晃动，三叔似乎也跟着摇曳起来。他像电影里的侠客，或者一只失事的风筝，挂在远远的树梢尖上。每次爬树之前，他都会挽起袖口，啐一口痰，他的痰总能说来就来，然后嘴角斜叼一支不知名的香烟，样子非常不做好。现在，他在铁栏杆的另一头，同样把我递过去的软中华放在嘴角的位置，但给人的感觉要规矩很多。可能跟斜叼的幅度有关，也可能是我的心理作用。

在探监室里，我谨代表谭家老少，希望他在里面能够洗心革面，痛改前非，做一个对国家、对社会，也对我们谭家起码无害的良民。我说了很多正确的废话，像法制节目里的特邀嘉宾，而不是三叔的亲人，那个捏着独角仙黝黑的甲壳呵呵直乐的侄儿。

我其实很想问他，如果可以，他是否愿意永远挂在那棵桂花树的树梢上不下来。但我到底没再说话。我注视着白烟从我的嘴里喷出，消散，再喷出，又消散。这是一个飘雪的冬天。在我印象里，三叔没有吱声。因为光线的原因，我也看不清他是否点了点头，或者早已落下忏悔的泪。

我忘了代我哥向他问好。

三叔喜欢女人。绝大多数男人都喜欢女人，所以当我特意把这句话放到这个位置，也就意味着三叔的这种喜欢有些过火。三叔真的有些过分。

他闲下手的时候，喜欢到通文街那家水果店买水果。店里的水果通常比菜市场边摊贩卖的要贵些，但他总爱往这家店里钻，我们都知道他兜里没几个脏钱。他是冲着人家老板娘去的。老板娘脸上的雪花膏涂得非常厚，香味浓烈，有攻击性。

她是我们这里首批戴上金耳环和珍珠项链的女人。一猫进店，三叔那干瘪的屁股就去寻找里屋那张矮脚凳。不熟的过客，还以为他是掌柜的。

三叔坐那里纯粹是没话找话。要是撩骚也就罢了，有骚就把它给撩出去，就像有冤就把它给哭出去一样，动动嘴皮子的事。可他非要弯腰，你说他没事总弯腰干什么呢？

他经常拜托老板娘帮忙拣水果，说你跟这些水果亲些，我跟它们不熟。老板娘爱穿鸡心领的针织衫，材质应该算不得很好，倒没缩水，只是领口越洗越宽。水果都摆在阶沿上，三叔在高处，老板娘在低处。只要她稍微欠身，那胸前一对白晃晃的乳鸽，就是要起飞的架势。我三叔这时就把腰压得低低的，把头仰得脊椎嘎嘎响。老板娘是生过二胎的女人，没有什么坏心眼能瞒得住她。三叔有时做得过头，她就会用那对乌溜溜的黑眼珠去瞪他。老板娘的眼珠，总让人不自觉地想起罗大佑《恋曲 1990》里的歌词。

“你干吗呢？”老板娘尖起嗓门问他，音量起得倒不高。

三叔肯定没少被她的眼神蜇过，所以他扯淡起来也是驾轻就熟。“你知道的，我们这里男人腰都不好，挺一挺就倒了。再说，又不是不买。”说完，就塞钱过去。老板娘有时候多占去块儿八毛，他也乐得不吭声。

他是真买，舍不得孩子套不着狼地买。水果攒多了，有时他会哼着小调，拿给他的两个侄儿尝鲜。他是把这些风流债，接着当作敦亲睦邻的贿赂。我人生第一次吃到榴梿和波罗蜜，就是托了老板娘的福。我一直觉得我三叔是一个很聪明的人，只是放错了地方。惋惜啊。

三叔买账，老板娘也就不跟他一般见识，到底风浪里来的女人。但老板娘隐忍，不代表她的男人窝囊。她男人的大哥，就是局子里的高层。那天三叔被人家抓了现行，也该。男人的体重估计是两个三叔的吨位，先往他脸上镶了两拳。三叔猴瘦，挨了两拳后反倒有点福相。后来穿制服的人过来，他就悻悻地被扣走了。

从这儿以后，三叔就一直在里头住下。

我们自家人都觉得，弯腰事件只是一个微不足道的导火索。在我们眼里，他早该享受数罪并罚的待遇了。

关于三叔犯下的那些混球事，我不想多说，说来说去，也就一句自作孽不可活。我倒是愿意在腰这件事情上多掰扯几句。

我们这里男人的腰都不好，三叔这话倒不是一句诳语。也不知怎么的，我们这个穷山恶水的小地方，净出坏腰的男人。老人的说法是湿气深重，水土属阴，身体再好的男人，总有一天也会受不住。我们这里云山雾罩，常常阴雨连绵，实在让人丧气。通常下四五天的雨，才会出那么一回日头。但也有人说，是基因的问题。一听到基因，就晓得是上过学堂的后生说的。他们说不能赖到土地爷头上，就怨祖先屙的种不好。我们这里群山环绕，氏族聚居，对外只有一条半新不旧南北向的国道，谭姓和黄姓是两大姓。我母亲就是黄氏，要是再古一点，我们家完全可以学人家螃蟹横着走。因此，这种舆论并非向壁虚构。

男人们在壮年的时候，腰都还跟铁打似的，再过些时候就吃不消了。隐隐犯疼，挺不直。看过西医，各项检查过来，说没什么病变。既然没病，何医之有？我们这里的老人于是发明出了晒腰这项本事。

日头一露，搬出几个小板凳，把白背心卷到胸口，裤头往下扯一寸，现出小半屁股缝，倒趴着晒日头。据说这样可以纳阳驱阴，缓解腰部痛感。

什么时候男人搬出板凳晒腰，我们就认定他老了。他们自己也呜呜地摇头，说老啦老啦，真的朽了。

有时阳光猛烈，可以看到见阳的大街小弄铺满晒腰的老男人。我们管这叫铺街，跟广东人骂人的扑街是两码事。他们一边倒扣着晒腰，一边不忘吞云吐雾，还能跟左右闲聊。整条街烟气缭绕，话音杂乱纷飞，场面颇为壮观。我们自己人早就见怪不怪，所以但凡有人拿正眼瞄上三秒，十之八九是外地客。

我祖父就非常沉迷于晒腰，板凳底下放一个收音机，他可以从中午一直晒到日落西极。他老这么趴在我家屋前，所以我看他后脑勺比看他正脸的机会多得多。我祖父的头发是棕黄色，像营养不良，稀稀疏疏，近两年根部蹿出些许葱白。看着他的脑袋，我就联想到植被稍微富足些的戈壁滩。虽然我还没见识过真正的戈壁滩长什么样，但这并不影响我自娱自乐的联想。

小时候新奇，我也学着他老人家躺到板凳上，把腰部给展出来。阳光滚落到我的腰肢上，痒酥酥，热辣辣，我觉得很好玩，嘴里一个劲地嘻嘻笑。打着盹的祖父猛然醒来，赶紧起身，揪住我的手臂将我生生拽起来。这时我觉得他的腰一点儿问题都没有。他的举动让我非常纳闷，他当时虎着脸警告我说，小小年纪不能晒腰，这是老年人的活动，身体没长开，光线会把腰骨给烤坏。我听着一知半解，其实他说的很多话，我都一知半解。

到再长开一些的时候，我听一个朋友说，不到时候不能晒腰也是有来头的。从前有几个后生，想说提前预防腰病，所以早早加入晒腰行列。不出几年，彻底废了，直起身都费劲，不见日头腰就犯疼，最后睡觉都得用台灯冲着腰部照射。我是头一次知道，光线居然也有成瘾性。

当我某天突然意识到这些说法跟迷信有着极其暧昧的关系时，我也依然谨遵父亲教诲，不去冒犯老人们的仪式。可不就是一场沿袭的仪式，仪式是自己给自己的折腾，也是彼此给彼此的折腾。不偷不抢，比我三叔强。

怎么又说到我三叔去了，我猜他现在在里头应该老打喷嚏。我是有些惦着他了，但其实我是借着三叔来想我哥。

我哥在诸多方面，都跟三叔很像，至少曾经很相似。我哥叫谭英尺，我叫谭英寸。我们这里的人，哪里晓得外国计量单位，完全是机缘巧合。我们兄弟俩是英字辈，喊成尺寸，那就是我父亲的功劳了。他希望我们两个永远记住尺有所短、寸有所长的道理，得寸进尺的我们，肯定让他失望透顶。我哥比我长四岁，我猜测要是我出生的时候没带把儿，取名英寸的既定方针也不会变。我父亲就是这么一个人。

我哥怎么说呢，一言难尽，别说一言，三言二拍我也没办法讲清楚。但我不得不说说他，不说他，很多话头就给堵上了。

我和我哥都住在我家二楼，门脸对着门脸。三叔的房间也在二层，后来母亲一直当作杂货间，堆放很多看起来有用，但几乎从不会动用的物品。我哥的房门总是紧闭，我的房门总是敞着，所以我对我哥其实知之甚少。我母亲经常把切好的苹果搁碗里，插上一根牙签往我房间送，这可能得益于我亮开的房门。这导致我从小就喜欢吃这种来自北方的大路货水果，苹果的香甜在我的牙龈长了根，愈咂愈烈，第二天醒来还在，这让我的心情无比舒畅。美中不足的是，我开始对刷牙意兴阑珊，这造成我蛀牙的情况非常严重。

别看我们这里落后，大伙儿的腰包不鼓，但每家每户基本都能造起一栋小楼。差一点的像我们家，两层，足够。宽裕些的，来个四层五层也没问题。那时候人们没有装修的概念，外墙上贴几块瓷砖，就是高级公寓，只要内屋干净整洁，就是一栋好房子。从前的老房都是白石灰敷墙，身子挨去准白一片。

小时候我不长记性，不知怎么的屁股后头或是肩膀上就跟了一团白，所以没少被我母亲骂。后来好多年，不管我到哪里，只要稍不小心倚到墙壁，就跟触电似的弹开。朋友们笑话我，但他们笑不出个所以然，因为他们不知道这里头有典故。

上初中之前，我的视线喜欢逗留在窗户之外。每当夜色围拢，我总能从我们家这个两层的小楼里，看到或圆或缺的月亮。现在还能不能轻易看见月亮，我是不清楚了，因为我已经不习惯抬头张望。桂花树的树影，被薄雾离间得朦朦胧胧，树冠没收了多余的路灯光。就在树尖的几寸之上，便是明晃晃的月，清晰撩人，我甚至能看到上头有很多暗斑，像母亲的脸。天上人间，完全是两种气象。自从那回外地某县文工团到我们这里交流，我在我们大礼堂的舞台上看见两台能够喷射烟雾的干冰机以后，我就开始猜测，我们附近一带，也藏了类似的家伙，干冰机。它是要衬托什么。它无疑更为庞大。

我们都管那个砖混结构的礼堂叫大礼堂，这完全是自长威风，礼堂的舞台不过四分之一个篮球场的大小。县里四大领导班子换届选举，外地文工团来访，或者某个小有名气的过气歌手前来走穴捞钱，都在这里亮相。如今这个礼堂已经被拆毁，建起了六层楼高的商品楼。我们这里也有了商品楼。

可惜我向来不是一个具备探险精神的男孩，否则我一定能够把那个干冰机找到。当时我把这个重大发现告诉我哥，他绝对是一个十足的探险家，我希望他能够替我完成这个心愿。结果他对我嗤之以鼻，而且兜头骂我傻瓜，我差点儿眼泪就要溅出来了。他几乎对我所做的任何事情都嗤之以鼻，他一点儿都不像我哥，他简直是住在我们家里的一个房客。其实我父母和祖父比我更不待见他，因为他总是让自己看起来像一个没钱又死赖着不走的房客。

只有在发现我裤兜里揣上零花钱的时候，我哥才会换上一副稍微柔和些的面孔，然后把我仅有的几块钱全给弄走，到游戏厅里化整为零。他总能得逞。我对他实在过于仁慈，我无法抵抗一个倨傲的人突然对我柔和下来的样子。另外，我还总抱着一线希望，希望他能真正融入我们这个大家庭里，而不是游离在边缘，这样他会很危险，而我们也会变得危险起来。但我总是徒劳。很长一段时间以来，我对他之于我的冷漠的厌恶无以复加，我总在被窝里悄悄地诅咒他。

从小学起，我便甘愿在父母划定的方寸间行走，我习惯了他们对我发号施令，也乐于被他们差遣，因为我很早就意识到了外界无处不在的危险。他们是我唯一的依靠。比如说随时可能降临的交通事故，比如说随时可能从楼上坠落下来的花盆，又比如说窗眼之外的雾瘴，它让黑暗变得更加鬼魅，我不敢在它面前大口吸气，否则很可能浑身剧痛，紧接着晕厥不醒。我使劲拍紧窗户，然后飞奔上床，盖头而睡。珊瑚绒毛毯让我周身滑溜溜的像一尾鲇鱼，我终究不知是晕倒还是酣眠过去。

在梦里，我哥出现了，他的模样非常滑稽，也非常恐怖。他就像祖父故事里的年兽，脑门立着一对带钩的犄角。我先是放声大笑，结果他对称的獠牙之间发出了一声六亲不认的嘶吼，泪水大雨一般俯冲而落，瞬间摧毁了我的笑脸。在我手上握着一卷殷红的鞭炮，但却没有打火机。我开始奔逃，我哥在后头紧追不放。他是一头年兽。我拼命大喊：“打火机，谁有打火机！”旷野里无人响应，我绝望得喘不上气，我不想再跑了，甚至不想再喘气。我很庆幸自己在这时惊醒过来。我瘫在床头，竟为自己的毫发无伤感到窃喜。从此以后，我开始练习长跑。到了高中，我如愿加入校田径队。在很长的时间里，我都保持着全市万米长跑的纪录。自然，那个梦再也没有来打扰过我。

我哥以前老爱说我是斯德哥尔摩综合征患者，我不知道他在胡说什么，也就无从发火，所以他应该也有些兴味索然。他高高噘起的嘴巴里，总是衔满我们一家人都听不懂的话。在我们全家都围坐在电视机前吐瓜子壳的时候，他就开始咕嘟咕嘟冒出很多句子。群体只会干两种事，锦上添花或落井下石。猛兽总是独行，牛羊才成群结队。一个人不能拥有的时候，他能做的就是不要忘记。数量即是正义。父母听不懂，见多识广的祖父也犯起迷糊，他私下里闷头闷脑地嘟囔，癞蛤蟆乱叫，也不知是要刮风还是下雨。所以，不是胡话又是什么？

我哥平常喜欢拿些书在手上，除开教辅书，什么书他都抓来看。他也喜欢往外头闯，跟一帮狐朋狗友鬼混，偶尔夜不归宿。我不知道这时的他，到底是猛兽，还是牛羊。看书和鬼混这两样看似不搭界的事情，在他这里得到了无缝连接。我母亲对我苦口婆心地说，别学你哥，迟早要出事的。我当时只似懂非懂地点头。后来，我不得不说我母亲真是一个未卜先知的狠角色。

她还说过，别学你爹，不中用的。

我哥比我英俊，这我不得不承认。他直挺的鼻梁，粗细适中的剑眉，湿汪汪的眼波，反光的脸颊，让他周围时常环绕着一到几个不等的女生。他的行事风格又给他添上一层洒脱的气质。对此我总是心怀羡慕，默默仰望。就算他做出什么伤天害理的事，他的这些特质依然能够深深地打动我。对于有这么一个哥哥，我总是提心吊胆的同时，也偷偷地引以为傲。我觉得他是一个放飞了的我，一个更高配置的我，一个得寸进尺的我。尽管他可能压根儿不想与我产生任何交集。

谭英尺早前犯过流氓罪。对我们家来说，流氓是一个远在天边又近在眼前的字眼。谈不上敏感，可能是之前已有三叔做好了铺垫。我祖父恨恨地用拐杖捣地板，说每一代都要出一个混蛋。他到了必须使唤拐杖才能走动的节骨眼，可见他晒腰的成效并不显著。

传闻中说，那天挨着河边的一位住户凌晨起夜，夏季屋内燥得难耐，于是他就多迈出几脚，来到河边吹吹凉风。不想在河边的菜地里，发现了我哥和一个女生。他们坦诚相见，像一个身子长出了两个脑袋。深夜的菜地边，河水涓涓细响，他们匍匐在地，眼睛像狼眼一样放出两道绿光。我们这里的人已经很多年没有见过狼了。更有甚者说，是我哥强迫那女孩跟他坦诚相见，像怪胎一样一个身子长出两个脑袋的。总之在派出所的审讯室里，女孩一直在抽噎，她非常痛苦，痛苦的女生看起来的确非常委屈。

必须把话讲透彻，我哥比我三叔要干净得多，也就是纯粹得多。我见过我三叔两条胳膊上密密匝匝的孔眼，在他去洗澡的时候。我当时以为他是患了某种特殊的过敏，直到我上高中以后，我才意识到那究竟是什么。他真是不要命了。

但是，单这一条，也够我哥喝几壶的。其实他跟那些女生，完全是周瑜打黄盖，没人比我更了解他潮水一般的魅力。但一个人不走运的时候，所有主客观因素都跟着挤对他。很不幸，我哥谭英尺赶上了特殊的时期，于是就成了儆猴的那只鸡。或许这就是命吧。

我们家隔壁的隔壁的对门，也有一个犯了流氓罪的男生，年纪跟我哥相当，那个年纪，女人似乎就是唯一值得追求的真理。一九九八年，新刑法将流氓罪剔除的第二年，他灰头土脸地回到了我们这里。我跟他哥比较熟，后来据他哥转述，那年头的小牢房，设施确实不敢恭维。局促的暗室，屈着膝也躺不利落，三面水泥墙被粗石灰粉随意地遮盖，人稍微碰到，准白一片。面前是一扇红漆铁门，锁和门闩都在门外。地面上有风化的粪便，憋不住了，也有你的一份。还有将干未干的尿液，喜阴的蕨类植物、苔藓，硌腚的水泥疙瘩，肥胖的蟑螂，巨长无比的百脚虫，永不疲倦的苍蝇。若是夏天，还会多出一大群伺机而动的花蚊。一双充斥着脚气的四十一码塑胶凉鞋，在里头哆哆嗦嗦无处安放。塑胶凉鞋是我自己添上去的，因为我哥跟我一样，都是四十一码的脚。在这一点上，他没有得寸进尺。我总试图想象他在里面究竟是什么样子，他肯定傲慢不起来了吧。每到这时，我的脑袋就像夜雾一样迷蒙，四十一码的塑胶凉鞋已是我的想象力所能抵达的极限。

我哥进去比我三叔晚三年，进去的年纪比我三叔小了一轮有余。他那间飘荡着汗臭的房间里，堆满了各类书籍，还有很多女孩送给他的礼物，像一对寄寓着彼此某段回忆的耳钉，一个飞镖盘，还有一打尚未打开的情侣款文身贴。他这一别，这些东西就显得非常多余。我父亲想说把书当废纸去卖，我母亲横着脸不答应，她非得学林则徐虎门销烟，要把它们通通烧毁。我知道她这是在解恨。她恨我哥，所以也恨起这些无辜的东西，她何尝不也恨无辜的自己？当时她就在我们家屋前的空地，也就是我祖父晒腰的风水宝地上，把这些沦为废纸的书扔进烧旺的炭盆里。许多暗黄色的书页，在火堆里冒出青蓝色的火焰，散发出一股让人昏昏欲睡的清香。那么多年过去了，那股香气依然让我着迷。

我们两兄弟在不同的方向上远离着父亲这个亲本，不论是长相还是性格。这是我母亲仅有的感到欣慰的地方。

我父亲是一名街边理发师。我祖父以前也是。我跟我哥从来都不愿让人知道，那个在五金店边给人剃头的秃头就是我们的父亲。

细心的人不难发现，但凡街边理发师，都不可能是一个毛躁的人，也不会是一个聒噪的人。只有我父亲这样的人，才能满足成为一名优秀的街边理发师的一切资质。他在街边设摊，说明他把自己放得很低。他是一名理发师，手艺都施展在别人的脑袋上，他必须敬畏人的脑袋，而且耐得住性子。街上人多嘴杂，他必须学会心无旁骛。

我小时候一度喜欢倚靠街边那棵挂满吊须的榕树，旁边五米远就是我父亲的摊位。我假装望着街口发呆，其实我的眼珠转得比路旁自行车的车轮都快。我在细心倾听父亲手上那把推子发出的嘎叽嘎叽声，这个行云流水的声音让我整个人都松弛下来，这是我的音乐启蒙。但我又是一个自相矛盾的人。我不想成为一个剃头匠，就像我母亲不断告诫我的那样，所以随着年纪的增长，我不断在远离父亲的摊位，生怕稍一把持不住，就吃下了这碗饭。或许更准确地说，我是一个没有主见的人，久远的母系制度对我的影响，远远超出所有人的预料。

我父亲爱笑。拜托别人办事他笑，别人给他赔不是他笑，母亲跟邻居吵架，他也笑着把自己支到中间，像拳击场里的裁判员。他脸色四季橙红，总像是喝了几两，所以一直以来他都害我以为，红脸的人心地大体是善良的。

在我们这个几乎所有成年男子都被安上诨名的野蛮小城，我父亲是所剩无几称谓跟身份证完全吻合的男人。我们这里管给人起外号叫册封。这样，他们谁都可以做一回甚至很多回皇帝，也可以做一回甚至很多回功臣或国戚。我父亲既没有得到过册封，也没有册封过别人，他把自己的人生过得十分契合他的正名——谭忠良。

或许正是这样，很多出了名的老赖喜欢去照顾他的生意。赊账他不计较，谁赊了账他也不记得，最后很多账都稀里糊涂，就像那些发屑一样，落在地上，烂在土里。我怀疑他根本不在乎钱，他只是对理发这件事感兴趣。他最擅长给人理平头，他能把从他手里放走的平头，理出因人而异的差异感，这可不是闹着玩的。

有时候，我挺希望他喝多了酒，给我几拳，这样我就能够确证有一天，他只需调个方向，把拳头对外，就可保护我们这个三代同堂的五口之家。我发誓那时绝对不哭，也肯定忍住不笑。但我父亲从来滴酒不沾，他也没有揍过我和我哥，他甚至没有揍过任何一个人。直到我上大学，我都替他感到一丝遗憾。但这就是他的调性。他的温良恭俭让使我始终替他捏着一把汗，一直到现在。

我父亲不揍我，并不意味着我可以毫发无损地度过童年时期。之前我说过，我的母亲是个狠角色。每个家庭，总会分出鹰派和鸽派，这跟一个国家一个政府是一个道理，否则容易走上极端。只不过在我们家倒了个个儿。一直到谭英尺刑满释放，从那条国道之外，把一个外地女人顺回我们家，这种情形依然没有得到改观。我暗地发誓，不让这种情况降临在我身上。但谁知道呢？

我母上黄氏，她是一位人生观和价值观非常明了的妇女。乐就笑，悲就哭，爱就疼，恶就嫌，怒就骂。她应该没有世界观，她的世界就是我们这里，可惜我们这里不是世界。

她摆摊做烧烤。

在我们这里，晚上的文娱活动相对匮乏，尤其在网吧和KTV尚未兴起之前，除了到迪厅蹦几圈，也就是到街上吃吃烧烤、喝喝酒——我们爱喝本地的漓泉，二〇〇二年漓泉被燕京收购后，我们就不再喝它，我们索性改喝青岛或纯生——然后撒撒酒疯，把街道当迪厅。

她上夜班，我父亲上白班，所以我们家大体是安稳的，因为我们都不怎么见得到彼此。我哥从不在家里闹事，他把撒野的场地都设到了外头，我笑话他是学人家老美。但是，气味的存在，证明了我们到底是一家人。

母亲那头是烧烤的油烟味，父亲这边是肥皂沫的清香，我哥虽然房间都是汗臭，但他自己随时随地都带着一身香水味。至于我，我不知道我是什么味道，或许是苹果味。这些气味在我们家里盘根错节，很难分清彼此，这让我们这个小楼充满了某种无形的张力。我蛮喜欢这种气氛的。

记忆中只有过一回，我父母吵得非常凶，应该说我母亲吼得比较厉害。我父亲通常不吭声，他至多往地上扔一些不大值钱、平日他想清理而母亲不让的易碎品以示抗议。那次是因为派出所来人登记家庭民族成分，我父亲思索了半晌，都给填了汉。他完全可以写成瑶族，我祖母据说就是在山沟里长大的瑶人，天生巨肺，对山歌是当地一绝，她什么内容都敢放到歌里唱，唱完面色不改。我父亲心里有他自己的盘算。

最开始是我母亲骂他呆子，说缴二胎的费用，够你剪一辈子头了吧。后来轮到我哥埋怨我父亲，那是高考放榜当晚的事。当时我拼命拉住我哥的手，说就算加了那二十分，你也爬不上二本线。我的话竟然加剧了我哥的愤怒，他说要是有了奔头，他肯定会玩命拼上一把，没准就上重点了。我对此无言以对。

对于这件事，我们最后都无言以对。无言以对就是最好的解决方案，日子总会冲淡一切。或者说，若都还想着把日子过下去，那就只能淡化一些事情。

除了腰不好，我们这里的人腿还偏短，上下身接近五五开，这回男女无有例外。这不是我一个人看斜溜眼，我们自己人也都这么说。当然了，腿短没有不好，离心脏路途短，供血快，脚板过冬不易冷，省布料也省床位，只是审美角度不同罢了。最近我听到一个说法，腿短是因为进化得更完全，用脑多了，犯不着跑，腿就跟着缩水了。我猜这可能是腿短的人用来安慰自己的借口。不管怎么说，外地人通常腿长，所以外地人来了，我们就喊，腿长的来了。

早些年，腿长的来得稀少，翻山越岭，呕吐一路，从长途卧铺大巴上下来，个个都像难民。腿长的不会说我们本地话，他们的普通话舌根音和唇齿音很刺耳，听着像老鼠咬床脚。这是我的午夜梦魇，所以我并不欢迎他们，甚至有一点抵触情绪。

刚开始他们到我们这里是卖皮鞋，牌子有红蜻蜓和意尔康，价格不菲，洋鬼子的人形立牌往门前一搁，射灯往鞋面上一聚，还挺唬人。我们都以为是外头的大品牌，所以他们的生意不差，到底哪里人都好面子。后来面包店也跟着进驻，卖面包的人和卖鞋的人说一样的话，我们这里的人也听不懂，这就有意思了。我人生第一次吃到肉松卷这么美味的食物，就是在他们装潢得让我差点儿没好意思踏进门槛的店铺里。从那以后，我每隔几天就向祖父软磨硬泡，他便会偷偷塞给我一元五角，让我买上一个细细品味。肉松卷替代了苹果，成了我的至爱。以后不管是我们自己人做的肉松卷，还是到外地吃上的，不是肉松太糙，就是面皮太干，或是里头的蛋白酱乏味，总之都不及当年那些长腿的弄得出彩。

长腿的夜里喜欢去我母亲的烧烤摊来几串。他们从没吃过这么上头的辣椒酱，也没有试过往烤肉上刷蜂蜜，他们甚至都没尝过猪鞭和鸡屁股这么美味的食物。他们纷纷拜倒在我们这里的烧烤文化上，这让我感觉终于扬眉吐气了一回。

他们通常四五个人撬一瓶啤酒，用塑料杯分着喝。我们这里的人喝啤酒，都是举瓶抡着灌，所以有些好事之徒就凑过去奚落他们。我们的方言重音多，费嗓，话赶话的时候像吵架，加上他们听不懂，以为是寻衅滋事，差点儿要报警。还是我母亲主持公道，把误会给摆平了。往后他们就认准了我们家黄姐烧烤的牌子。我母亲的手艺越发炉火纯青，这都是互相促进的结果。

我母亲的生意做得不赖，我偶尔会约上同学去光顾她的生意。但我哥从来不会，他都跑到远远的地方吃他的喝他的。他首先自绝于家人，所以发展到后来，自绝于人民。

我这人大毛病没有，小毛病一抓一把，也是犯错过来的人。我母亲打起我来，什么兵器都练过，晾衣竿、晾衣架、菜刀面、拖鞋、《知音》、《婚姻与家庭》、鸡毛掸、火钳。有时假打，有时动真格。我怀疑她是在拿我进行某种试验。她从没有揍过我哥，这就奇了怪了。

我哥从里头放出来后，又在外头混了两年，舍得回来了，就真的没再折腾过。他成天窝在家里对着电脑，跟母鸡孵蛋似的，早晚各一张面膜，我感觉他快要成妖。我父亲说，英尺终于长大了，不劳操心了。那时我哥再过半年就步入而立了。还是我母亲舌尖毒，她说哪里是长大了，是长蔫了。

那时的我已经保上本校的研究生，成了校老乡会的骨干。总跟人打交道，牛鬼蛇神都不怵，说话做事比先前要干练不少。我偶尔打电话回家，会跟我哥聊上几句。我问他前些年在外头做什么呢。他回说，整容鉴别师。整容最近听多了，不能吓得住我，但是整容鉴别师这个头衔，我还是头一回听到。他说别说是你，我也是第一次给自己这么起的。他又开始胡说八道了。

其实他不说也瞒不住我，我管着人事，消息不灵通都不行。我从旁人嘴里听得，我哥在外面做起了网络直播，专门讲解如何识别一个人是否整容，在脸蛋哪个位置动过手脚。在魔术圈，破解秘密相当于砸人饭碗，别人是要跟你拼命的。我不知道在整容界，他这样算不算扰乱行业秩序。他经常以明星作为案例，据说观众很多，他有这个观众缘。也就是说，我哥成了一个网红。他总能做出很多让我无法想象的事情，向来如此。

后来眼见兜不住了，他就对我说，嗐，还不是免得娶回一个假婆娘。他当时脸蛋红得比我父亲的成色还要足。他确实已经不是我熟悉的那个谭英尺了。

他从外头回来那天，左手拖着一个滚轮吧嗒吧嗒响的拉杆箱，右手牵着一个高跟鞋咯噔咯噔响的女人。他把自己弄得颇为热闹，像荣归故里。这女人个头快赶上我哥啦，长腿自不待言，脸蛋也整天吊得细长。反正我看不懂她的美。我能感觉到她的身上有一种跟我们完全不同的气息，我说不上是什么。我从一开始就不把她当自己人。

他们领证以后，一直没办喜酒。我哥说不用，我父亲不拿主意，我母亲说省得麻烦，我祖父不说话，意思是你们看着办。至于说我，我的意见屁都不顶一个。家里人掏钱给我哥买了一辆最新款的三菱摩托，就当是彩礼。我大胆预测，这个走路一扭一扭的女人住进我们家，绝对是一个两败俱伤的局面。我就把话撂这儿了。

她平常在我们家，就跟住单位似的，凡事拈轻怕重。而且这女人刁钻，嫌我们家灯光不够闪亮，也不怕刺眼，要摘掉吸顶灯的灯罩，说是个人生活习惯。后来谈判有了结果，她跟我哥的卧室和二楼卫生间的灯罩拆了，其他地方维持原状。我们家到我祖父这辈，才彻底挥别了黄土地，现在突然多出一个大小姐，常年的安稳就此打破。我母亲这人冲，说话带角带刺，所以这女人就老在我们家二楼的阳台上放长调。我哥后来不管了，说爱上哪儿哭哭去。但他对这女人很过意得去了，我哥是撒过野的人，只要思维稍微一拧，也就懂得如何真心实意对一个人好。

我这嫂子好吃甜口，经常对我哥撒娇："我突然想吃糖炒板栗了，小个的，不开口。"看起来像自我抒情，细则都制定好了。我哥不多废话，骑上摩托就到街上给她买。我母亲现在偶尔爱跟我父亲闹，说我突然想吃糖炒板栗，小个的，不开口。我父亲沉着脸说："不要脸了！"他现在比以前易怒，我母亲也不大敢招惹他。我猜他是到了更年期，应该很快就要搬凳子出去晒腰了。

我母亲现在晚上哪儿也不去，待在家里看黄金档电视剧。随着市容市貌整治工作的有序开展，她这个个体户也过上了退休生活。那一次是她跟我父亲吵的最后一架。从此以后，他们变得相敬如宾。我不知道这又意味着什么，或者什么意味也没有。

我跟大学里谈了三年的女朋友吹了，她终究还是嫌弃我没钱的口袋不够雅观。那几日我回了一趟家，请亲戚街坊到自家里摆了一场小宴。我考进了我们市卫生局。

市里已经是我们这里的人不敢奢望的大地方，而且我一下就端上了他们梦寐以求的铁饭碗。但最令我感兴趣的是，当我老的时候，已经不在这里的我的腰杆，到底会不会坏。

我们这里的人都机灵。在我们这里，卫生局的办公室就在计生局楼下，两个部门通常一体联动，面包车一开，加上公检法，就是要到下面拿人。我们这里的人，大都是从乡下摸爬滚打上来的，底下有藤有蔓、有根有蒂，所以席间他们瞄我的眼神不大对劲。我也懒得跟他们解释。幸亏当时没解释，现在国家把卫生和计生捏成了一个部门，我就是三寸不烂之舌也讲不清楚。

就是这趟回家，我父亲让我们哥俩给三叔送过冬的被褥。十几年都没下过雪的地方，今年突然给逢上了，也不知其中的旦夕祸福。我哥去给摩托车预热的时候，跟我拢共谈不上十句话的嫂子，突然跑到我耳边咕哝了一句。她说你哥诓人是一把好手，我原先在花店里卖花，你哥常去花店买花，说是送给别的姑娘，结果最后把我给拐跑了。我听了嫂子这话只想笑，好在在她跟前忍住了。我现在竟然没那么讨厌她了。

天地白晃晃一片，通向看守所的那条岔道盖着薄薄一层雪毯。土路两边开阔的甘蔗地上，被砍倒的甘蔗枝叶躺满四野，连同远处绵延的山岭，眼下全被涂成银白。在这条细长蜿蜒的土路上，只有我和我哥两个人，摩托车在颠簸湿滑的路面上发出噗噗的粗喘。我们都不说话，不说话是我们家的男人的一贯风格。而且就算说了也白瞎，故乡呼啸的疾风正猛烈地灌进我们通红的耳朵里。有那么一刻，我怀疑这到底还是不是人间，还是我哥开着车误入了仙境。

我曾很认真地思考过，我这一代人对自己没有亲身经历的过去不是很感兴趣，或者说，当我们记起要提起兴致并甘愿付诸行动的时候，过去已经一去无踪了。我甚至都不知道我祖父迷上晒腰这件事之前，又有哪些嗜好。还有我那早逝的祖母，在她那张嫣然一笑的黑白遗像背后，她又经历过哪些无法发笑的时刻。她是否真如传闻所说，山歌唱得对面山上的小伙都羞红了脸。我真的一无所知。所以，我父亲，我母亲，我哥，我那已经老得不成样的祖父，还有许许多多我们这里的人，他们的模样，就是历史的模样。

冬过后是春，对于化雪的整个过程，我们这里的人都有些手足无措，正如我们对降雪这件事手足无措一样。就在雪化的那些日子里，我那老得不成样子的祖父，咽下了最后一口气，他没来得及再看一眼我们这里花团锦簇的春天。那时他的头发大体还是棕黄，甚至都不怎么见秃。他活了七十六年，腰至少疼了十六载。现在，他的腰病终于治好了。

到我祖父故去的时候我才发现，我们家的男人还都不爱哭。反倒是看起来没心没肺的我母亲，哭得鼻涕眼泪汗水全搅一起。

听闻已经转移到外地看守所的三叔，几天后往家里寄回一样东西。是我接过邮政人员递来的包裹，那是一个微微鼓起的泥黄色牛皮信封。封肚上我三叔蓝紫色的圆珠笔字又丑又大。信封里的东西有些沉手，裹了一层气泡膜，膜内的气体依然充沛，圆柱饱满。我将信封撕开一道口子，薄膜内卷着一把钢齿长出黑锈的推子。我将手在信封里仔仔细细地摸过一遍，再没有其他东西。我把推子递给父亲，他将推子放到手心掂量了很长时间。那张薄膜上的气泡被我逐个捏爆。父亲到底什么也没说，空气里只剩气泡膜破裂的啪啪声。

那天是我和我哥在前头给我祖父抬棺，送他老人家最后一程。那天烈日当空，阳光烫得我的眼睛又酸又涩，叫我止不住地淌泪。这是祖父逼着我给他哭丧呢。铜黄色的纸钱朝刺眼的长空抛撒，我知道这是我的祖父在飘飞，是我的祖父在坠落。我父亲独自走在一旁，他嘴角的赘肉快耷拉到锁骨了，他在强忍着剧烈的腰疼。尖锐的唢呐声吹得我心窝子非常燥热。我突然想起那头祖父当年一再讲给我听的年兽。年兽一直向着远方跑去，在我的身边，不断响起短促而热烈的炮鸣。

在祖父出山一个礼拜后的傍晚，我们一家四口正在家里吃晚饭，窗外是一片浮动的火烧云。父亲当着我和我哥的面说，是祖父当年给了他和三叔人手一把推子。二叔早夭，不然祖父就得备上第三把。后来的事情我们都很清楚，三叔根本不稀罕这玩意儿，他有他自己的活法。我父亲说，没想到老三一直留着这家伙，他现在送回来，有个鸟用？我们都不知他这一出完璧归赵，到底是于心有愧，还是最后的倔强。

但，三叔待在里头，哪里来的推子？除非……我没有将疑惑吐出，我肯定我哥也有同样的疑惑。他在一言不发地吃饭，晚霞把他的脸映得既深重又堂皇。我们都好好地吃饭。

在饭桌上，我第一次见识我父亲喝酒。他当时催我母亲把酒给他拿来，斟上。他喝了足有大半玻璃杯的三花酒。每闷一口，他就皱起更加鲜艳的脸蛋啊啊叫。好酒啊！

从这天起，我父亲清早起身洗漱完毕，在安放武财神的神龛和我祖母的遗像前各烧上一炷香后，还要再给旁边我祖父那张新鲜的遗像多点一炷。那尊关二爷塑像结满了蛛网，这次回家，我特地给财神爷好好擦了一回身子。

烧香过后，我父亲便会在电动车的后座上绑牢两把折叠椅，然后挎上装着剃刀、剃须膏、两把推子（其中一把备用）、木梳、扫发刷、叠成一小块的白围布和一面碎了一小角的方形铝镜的胡桃木匣，默默将车推出我家的拉闸门。

此时天空的东南角刚露出一点红晕，尚未消退的寒气把我父亲冷得打了个寒战。藏身那棵桂花树上的知了和独角仙，已经开始发出电焊一般的尖叫。没有了三叔，它们的叫声越发放肆，也越发寂寞。

只要稍微一拧车把，我父亲他老人家就会嗡的一声，扎进崭新的一天里。我们跟着嗡的一声，扎进了崭新的一天里。世界也跟着嗡的一声，扎进崭新的一天里。

《青年作家》2019 年第 8 期

让我们荡起双桨

一

黄迪撇开腿，定在马桶两侧，一个稳固的三角，然后将身体堕下去，深蹲。从左侧口袋摸出那包南京金陵十二钗，口干，舌尖泛泛捋一圈，嘴唇黏性陡增，啄出一根，用唇肉调整烟蒂位置，咬紧。打火机在右口袋，侧身向左，掏出，咔嚓两声，烟头起了雾。便意久候不来，烟雾缭绕。外头的回力门吱呀作响，龙头水关了又停，痰声三两。皮鞋半年多没洗，纯黑转成褐黄，褶痕里栖满尘垢。因为姿势的关系，他能轻易地闻到鞋头低劣的酸臭。在拈灭第二根烟蒂后，他将自己从马桶面上升起来。腿麻了，麻感像泡沫一样，不管不顾地吹散开。那家伙有点凉，热胀冷缩。

现在，他略微见秃的脑壳抵住吊顶的铝塑板。视野非常开阔，左右两侧卫生间的风光一览无余，但没有看头，更无看兴。马桶开始颤动，隐然有开裂的吱吱声，他赶紧把裤头往上一拽，纵身跳了下来。衣兜里的手机，啪嗒摔出了门缝。

黄迪憎恶马桶，他想念蹲厕。

在天桥贴了二十块钱的钢化膜，手机看起来无碍。他打电话给华姐，顺手再抽起一根。如果不是手机摔了，他没想到要打给她，他想试试手机是否正常。黄迪非常确定手机没有一点问题，正如他非常之肯定，一口气喝不超过五升的自来水不会腹泻，用虎牙揭掉瓶盖不会损害牙釉质，北京暴雨一下无须撑伞，涮牛肉不能超过三秒。他的自信，综合了经验之谈、真伪错杂的手机资讯和一股急需他人称叹的渴望。黄迪之所以想拨出这个电话，不过是因为他很久没有动用手机的该项功能。最开始，黄迪并不知道要打给谁。腿麻的后劲上来，两条腿根本不敢动弹，他贴在这家商场二层卡其色的瓷砖墙上，感觉自己很多余。后背很凉，而他过分静态。肉身被自己的局部死死地钳住，鬼压床时，黄迪也有这种与自我抗衡败北后荒唐的无力感。

谁会在星期三上午十点半，情愿接受他无故的打扰？或者说，在星期三上午十点半，他敢无故去打扰谁？黄迪的眼睛在通讯录里游弋了两轮后，不无失望地拨通了华姐的号码。

手机里的声音非常嘈杂，他一度以为真是听筒坏掉了。

“黄迪，有事？”

她从来都喊他的全名，在记忆中，华姐从未赋予他其他任何称谓。黄迪，帮我把扫帚拿来，我要打断你的腿。黄迪，刚有同学来找你，女的，没出声我还以为是小哥仔。你自己温点饭吃，我今天累到了。听到没黄迪，再打游戏信不信我把电脑当了。黄迪，你今晚还过他那里住吗？干脆搬过去得了，在这里挡手挡脚。

黄迪去同学家，听到别人家长叫同学的乳名，或者宝贝乖乖囡囡，他就满脸不屑，但心底温温的，他原以为这种情况只出现在港台的电视剧里。同学去到他家，倒是很羡慕地说，黄迪，你妈把你当大人。

此刻的黄迪一点事都没有，所以他问："你那边怎么那么吵？"

"你说呢？"是华姐的口气。

"都不用上班啦？华姐，生意不错啊。"

汇丰苑是老家小城的老字号酒楼，华姐在里头当领班，年头摆着，餐饮部经理也客客气气叫她一声华姐。华姐一头齐耳短发，几年前开始染黑，搭上酒楼配发的白衬衫、黑套装、对讲机，干练得很。汇丰苑的熟客，不管老幼男女，操着一口广府粤语，也都管她叫华姐。华姐早啊。华姐真是越来越靓了，哪里焗的油，精神喔。华姐今日菜不够味喔，换大厨啦？华姐，还有位无？

"就是'非典'那阵，照样生意兴隆。早茶中饭下午茶晚饭晚茶，吃吃喝喝说说笑笑一天过，羡慕吗？"

"羡慕羡慕。"

"羡慕就回来，北京有什么好？"

"不好不好。"

"你怎么不用上班？"

"在上在上。挂了啊，有空再聊。记得偷闲，又不是自家的生意。"

出了商场，冷风如哨，这倒春寒厉害。他现在去哪里呢？

昨天黄迪跟当班的副主编对骂了一战。一个说你丫不想干了，一个说你丫别使绊，什么好处都留给小情人。同事顾小蓉在旁边连拉带拽，想拿手掌捂严实黄迪的嘴，嘴太宽，捂不严，该说的不该说的，全都哗啦泼了出来。那位跟副主编走得较近的女记者，埋在座位里，脸蛋热得滚烫，像一颗幼儿园过节时派发的红鸡蛋。

好在新闻期刊记者到底是个靠本事活命的行当，看不看领导的脸色，全看自己的本事。本事在，不怕闹这一架。本事在，也不需要点卯。

二

黄迪去找姚凯薇。

现在是晚上七点一刻钟，七点一刻钟是黄迪觉得姚凯薇肯定在家的时间。他进到姚凯薇的职工宿舍楼，敲了三下，没见动静。黄迪刚才进小区时遇到了一点小波折，看门大爷以为他是房产中介，不放人。这老头眼光贼，黑西装、白衬衫、运动鞋，再踩一辆共享单车，是有点中介的味道。老头要去掏黄迪的兜，并未找到预想中的工作证，估计以前经常得手。黄迪并不生气，他解释良久，才让这位尽责又健忘的老头想起，四个月前他还是这里的住户。

黄迪现在想抽根烟，候着。捏捏烟盒，空空如也，居然忘了扔掉。把烟盒凑到鼻孔前深嗅一口，舒坦不少，然后一个顺手，将烟盒扔出窗外。烟盒在空中飘得很笨，茫然无措地飞。他决定到楼梯口走动走动，积累一下微信步数。黄迪觉得不会等上太长时间，他觉得自己简直太了解姚凯薇。

姚凯薇的宿舍楼是单位配发，一人一个三十平方米的小开间，每月不到两千的房租，搁在北四环简直暴殄天物。黄迪以前有这里的钥匙，不但有钥匙，还有牙刷、浴巾、睡衣和一个单独的简易书架。四个月前，可以说很唐突地，姚凯薇让黄迪把书搬走，黄迪觉得这次不比以往，话痨姚凯薇很清淡地看着他，不说话。他偷偷摸摸地翻找，没能找到自己的牙刷、浴巾和睡衣。紧接着，他的钥匙就再也打不开大门的锁。黄迪真试过，弄不开，钥匙尖怎么顶也顶不进锁缝里，跟姚凯薇一样决绝。

那枚钥匙，现在依然叮叮当当挂在黄迪的钥匙扣上。那些书倒都还健在，老战友了，搁在如今出租屋的书架上。半夜写文章，需要的时候，黄迪会抽出某本翻一翻，每一页纸上，都徘徊着让人安心的浓浓的烟草味。

在此之前，黄迪去看了一场很烂的国产喜剧片，正因为他知道这个电影很烂，豆瓣四点六的评分，所以他想一睹为快。阅过无数上乘的电影，他突然就想恶心恶心自己，意识到这个世界有多么糟糕和无耻，才能暗示自己并非一个彻底的废物和混蛋，至少不是唯一，于是，大可觍着脸苟活于世，英勇地写些没人比自己更清楚有多么不堪的滥俗文章，然后堂而皇之地印制、宣发、贩售，最终赚足读者的眼球和业界的掌声。他很轻松地达到了这个目的，还补了半小时的睡眠。他喜欢睡觉时伴有一点吵闹，行话叫白噪音。

之后黄迪走出影院，想找一辆共享单车。他跟共享单车打了一个多月的交道，没人比他更懂得它的性能、市场前景、社会背景和文化症候。新闻稿搁浅了，被当班的副主编丢在一边。单车现在也跟他作对，黄迪绕着商场兜了一圈，找到几辆，全是老弱病残，不是打不开锁，就是内胎像肠道一样给翻了出来，又或者链子脱落、加了私锁。小小的共享单车，折射出了当今国人的诸般怪现状，再熬一阵，文章就没有时效性了。傻缺领导！黄迪硬是走了一站地，才在公交站边找到一辆完好的。开锁，骑上去，踩得很猛，不好骑，挪不快，又累又热，当风再骂一声，傻缺领导！

黄迪到底跑去附近的杂货店买了一包烟，回到楼梯口，烟熏火燎地抽上。在他的脚边躺下第五根烟头的时候，姚凯薇悠然而至。

黄迪那时透过楼梯口的窗户，看到一辆奔驰 GLA 在楼下耍了个漂移急停。蓝调版，骚气。他特意多瞥了两眼，便看见姚凯薇从副驾驶座上跳下来。她随后把上身挂在驾驶座的窗框上，又是歪扭身子，又是挥手告别，整个人很动荡，看起来很喜庆。

当她在家门口撞见黄迪时，那种高兴迅速躲了起来，藏得好好的。她身着一件黑皮长款风衣，黄迪之前没见过。她的香水也改成了黄迪不熟悉的味道，黄迪不知是什么牌子，闻起来高高在上，跟她至少有十厘米的高跟鞋很配。

姚凯薇还是把黄迪让进门。黄迪倒不客气，主动从鞋柜里拿出那双男士棉拖鞋，这双拖鞋倒是没给扔掉，做了充公处理。他吧嗒吧嗒直接奔向沙发，把自己甩上去，后背贴得紧紧的，像回了窝。他发现桌面上放着一簇粉紫色的满天星，花点玻璃纸拢着，拉菲绳打了一个漂亮的蝴蝶结。

“外人送的吧？你根本不喜欢花。”黄迪缩在柔软的棉绒沙发里，跷着腿，微眯双目，露出得意与失意交错的神色，很诡异。

姚凯薇把风衣抖开，擎上衣架，神色萧索。她拿出一个空糖果玻璃瓶，到厨房盛上大半瓶水，放到桌面上，解开花绳，玻璃纸发出稀里哗啦的响声，室内难得热闹起来。到这时，她终于说出第一句话：“吃饭？”

“哪敢饿着来，一碗羊杂汤，外加一个烧饼夹肉。”

“这分量，够你折腾一小时？再给你弄碗面吧，冰箱里有猪肉。”姚凯薇把花摆弄好以后，用手机拍了一张照片，再拍一张，显得不够满意，换了个角度，又来了几张。她开始在手机里调试相片。过了一会儿，她像记起什么似的看向黄迪，依然不响。

“不用，饱着呢。你饿啦？没好意思点太多菜？”黄迪越看那花越是来气，脱口而出，“奔驰哥还没发现你是一个大胃王吧？”

“说这些，你总是很有成就感吧？”姚凯薇怒而不作的时候，鼻子显得特别尖，像是开过刀、隆过鼻，且把手术刀的一翼落在了内头。黄迪觉得如果此刻他的手掌抚过去，能刺出亮亮的血。

以前黄迪给华姐放过姚凯薇的照片，像幻灯片一样跳着放。华姐的嘴扯得很长，说，鼻子太尖了，拢不住财，还忘恩负义。黄迪不爱听，也觉得可笑，说我就喜欢听你张嘴说瞎话。华姐说了，我不管你，也管不住，总之劝你别太上心，不然受伤的必然是你。华姐跟黄迪一样，莫名自信，或者应该反着说。再后来，真的跟林志颖那老歌里唱的一样：曾经的承诺，只像雨里的彩虹，我受伤的心真的好痛，为什么受伤的总是我？黄迪在电话里跟华姐抱怨，说你咒得真好，谢谢啊。华姐在手机里笑得很大声，黄迪一度以为是听筒出了问题。

“最近忙吗？”黄迪问。

姚凯薇已经在厨房里忙起来，黄迪跟着走进去。他帮切肉，冻过的肉硬得像铁，刀刃开不了道。

姚凯薇并没有搭腔，她不知道这话里是否埋着陷阱。她很讨厌黄迪这一点，自以为是，自作聪明，最后自食其果。

黄迪见她不语，就自顾说了些近段时间的琐事，糟心的多。姚凯薇这才说了几句安慰的话，然后再谈谈自己的情况，也是在说黄迪：“我马马虎虎，一来不敢顶撞上司，二来每天早八点晚六点。没事也得干耗着，生气也得闷憋着。吃公家饭，乐得窝囊，没你有骨气就是了。”姚凯薇这话的语气，有点像黄迪，她也不知道是不是两年的同居害她染上了恶习。

砧板上的猪肉，溢出了一摊淡褐色的水。

三

趁着清明节，黄迪提前给自己放了几天假，够他利利落落地回一趟家。他买了张清晨的机票，咬牙起个早，图个便宜。同一个办公室的顾小蓉知道后，说自己刚好九点要到机场接一个住美国的亲戚，可以顺道载他一程。黄迪假装客气，说算了吧。顾小蓉说那好吧。黄迪不干了，说你不能这么快就投降。顾小蓉笑，说以后别跟我来这套，腻了。你打算怎么感激我啊？黄迪说，回来请你吃餐好的，老坛酸菜牛肉面，管热水。顾小蓉说，不去了，多睡半小时，延缓衰老十五年。黄迪求饶，说，请你看场电影吧，你挑，爱情动作片都可以。顾小蓉要打人，黄迪忙说，不好意思，给口水呛掉了一个顿号。

顾小蓉高不足一米六，重不过九十斤，纤小，皮肤白亮，颇具东洋风情。齐耳短发浓密，烫得笔直，染成淡淡的酒红，彰显出新媒体人的干练。顾小蓉说过，她的皮肤晒不黑的，只会变红。当时黄迪也在场，一群女同事的表情，可以说非常可观。

顾小蓉这样的人，一看就知道没挨过苦，所以再干练，也还是娇弱。两瓣屁股蛋子倒是鼓鼓囊囊，走过路过，男同事的眼神都爱往那儿瞟，这又让她的娇弱里流露出一丝性感。有同事说，咱们单位的女同志里，除了凉白开，烈酒型的不少，北冰洋汽水也不少，就缺顾小蓉这样的，是武夷山的岩茶，得慢慢品，一泡二泡三泡，越呷越来感觉，妙了。同事捅捅黄迪的手臂，问：“你意下如何？”黄迪抬头，看见顾小蓉正在远处看他，笑不露齿。他一本正经地回答：“我喜欢喝凉白开。”

顾小蓉的座驾是奔驰 smart forfour，电动车，跟她的身形一样，十分小巧。加了粉色外壳，越发俏皮。两人坐下，比一般车子要来得紧密。黄迪最开始有些局促，几乎正襟危坐。顾小蓉见惯场面的样子，说这小家伙也是好不容易才摇上的号，等汽油车中了，她还是打算换一辆 SUV，以后有家庭孩子，拖家带口的，还是大车方便。黄迪说她封建，浪费，亏她还写什么狗屁节能环保的新闻稿。黄迪这下放松了，又是了办公室里的黄迪。顾小蓉说，骂得挺到位，大伙好像都觉得汽油车才货真价实，就像商业住宅和商品住宅，二者有着质的区别。这一点，她从众。黄迪油然感叹："给我一个北京户口，我愿永远摇不上号。"

黄迪很不自然地看了一眼顾小蓉，在侧脸中，她的鼻子格外突出，是饱满的一弯弧形，不像姚凯薇，棱角分明，锐利无比，盛气凌人。

"你跟那个金融大鳄进展到哪一步了？"这段恋情，单位的人都知道，那是一次采访促成的佳话。黄迪对顾小蓉的了解，也仅限于同事之间的口耳相传。根本来说，他并不八卦，他觉得八卦会损害一个人的感官功能，危害不亚于电磁辐射。

顾小蓉睨了他一眼，标志性的笑不露齿。黄迪好像意识到了什么，不无多余地补充说："我是说要奔着结婚去呢，还是且行且嗨。咱共处一室也半年多了，你懂我意思的吧？"

"早掰了呀，小道消息传我耳里都两遍了。你对我怎么那么冷漠无情啊？"顾小蓉佯装生气，嗟叹不止。黄迪堆砌笑脸，展示着两排被烟焦油熏黄的牙齿，说不好意思，最近有点自顾不暇，失察失敬。

顾小蓉说："老娘提出的分手，干脆利落，宛如新生。"黄迪鼓掌，做欢呼状。顾小蓉反问："你跟那位美女公务员咧？"

"怎么说，她越来越缺孩子气。这算不得坏话吧？我讨厌说任何人的坏话。领导除外。"

“你倒一直像个孩子。这可不是坏话。”

黄迪一咬牙，讲出来了：“分个手，屁大点儿事。”

“也宛如新生？”

黄迪寻思了一会儿，说：“本来无一物，何处惹尘埃。”

两人皆笑。

顾小蓉后头另起一话：“我觉得你那共享单车的文案挺来劲的。好的地方我就不多赘述，毕竟你已经够自恋的了，不能助长这种不良之风。就有一点，我觉得你不妨再多考虑考虑潜在的风险，那些押金凑到一起，可是一笔不小的财产，怎么检测它们的动向，如何保障客户的财产安全，我看都可以深挖一下。你可以直接拿给主编嘛。”

黄迪一时无话，最后冒出一句：“一丘之貉。”

顾小蓉哈哈大笑，说：“你丫的还是你，不过在单位，我还是很看好你。”这句话的口气，很像以前的姚凯薇。

“当然了，也有可能是我看走眼啦。我看人，向来都不准的。”

黄迪的飞机晚点一小时。两人挑了家茶餐厅，相对而坐，都没吃早餐，各要了一杯美式咖啡，一块草莓芝士蛋糕分着吃。各尝了几口，都嚷嚷难吃死了，咖啡太寡，草莓馊了，芝士齁甜，当着人家服务员的面大呼上当。结果蛋糕剩了大半，咖啡喝不到一半，冷在那里。

待黄迪要进安检，顾小蓉还靠在座椅上玩“吃鸡”，仰头对了一眼，又耷拉下来，说我就不送你了啊，让人误会我的眼光，我还怎么嫁人。黄迪说了声“我谢谢你啊”，钻进了人潮里。

黄迪很确定，顾小蓉此刻一定在打量他，她的目光主要逗留在他那并不挺拔的脊背上。他的脊椎因此有些僵硬，他蓄意把它挺得笔直，自己也意识到这样做有些犯傻。黄迪很想回头看一眼，好验证他的揣测。可直到过了安检，重新穿好外套、皮鞋，背上背包，手心攥紧纸质登机牌，他都没有回头。

四

华姐那个忙，汇丰苑金牌领班，好像上上下下都缺不得她这个老旦。

但多少年花谢花开，她还是一个领班，多少年，只闻楼梯响，经理的位子永远是老板的亲戚。黄迪说，你那么卖命，到头来，没人把你当自己人。华姐不听，不争，她说我对老板负责，更对客官负责，那么多年了，都处成了朋友，什么叫朋友？朋友就是互相离不了，离开了也能活，就是活得没滋味。

经理西装革履，到大堂视察，再瘦的人也爱挤出双下巴，指手画脚，话是窜天猴，嗖嗖的，却无关人世凉热。华姐同样指手画脚，但华姐的比画处处留有门道，三十六年，给贩夫走卒嚷骂，被达官贵人甩脸色，吃亏上当受辱，脸不红来心不跳了，方成一代华姐。平日里，或耳提面命，或冲着对讲机发话，轻拢慢捻抹复挑，从此君王不早朝。声带里厚重的茧，也混成了原住民。医生没少劝，少说话。华姐不无得意地抱怨，可能吗，没我这把声，酒楼还不乱了套？所以她一边熬中药保守治疗，一边继续扯着鸭公嗓在酒楼里窜动。基仔，赶紧拿双筷子给三号桌。阿芳，催下厨房，六号客人的鱼腩粥就要迟啦！峰哥，哇啊，好耐唔见，越发得意喔，来来里边坐，临街正数第二张，老位置，特登为你留着！喂喂，老陈，给刚进门的阿生加把 BB 凳仔。

别人放假她更忙，流水的打工仔打工妹，铁打的李桂华，华姐俨然汇丰苑的金字招牌。她沙哑的大嗓门穿堂过道，新来的客人多少觉得刺耳，但在老熟客看来，这绝对是一项保障。

哪里都可饮茶，老酒楼味道不相上下，来你汇丰苑，不就是图这一丁点儿熟悉和安心？华姐就是那粒定心丸。

这一切黄迪都懂，都看在了眼里，不过说与不说。不说，是一种理解，说说，是为了尽孝。他得搞平衡。

已经二十一世纪了，黄迪回趟家还是不容易，时间万难地挤出来了，空间上还得多加折腾。在家，他只能抓住华姐仅有的空当，加塞一些共同的经历。像一起去菜市场买菜，给金鱼买饵，顺便为鱼缸添上一丛鹿角苔。菜贩果贩金鱼贩竟然都认得华姐，秤砣也不看了，全用眼睛细细摸索黄迪，说，华姐，你的崽？真是一表人才，还在首都上班，京官来的，犀利犀利！华姐春光满面，照单全收，剩着黄迪自己不好意思，直说没有没有，打工而已。

华姐不排班的晚上，两人无事，列坐大厅沙发，一起把腿展到茶几上，把先前在电话里讲过的话，碾碎了铺平了，再说上两到三遍。他们都不是撒娇派，并无多少热络，无非家长里短，中间是冗长的静寂。最是舒服的，还就是了这份不会尴尬的静寂，以前没远走高飞的时候是这样，现在就算相隔千里，终于见上一次，也还这样。挪椅声、电视声、咳痰声、华姐犯困了将睡未睡的重喘声，统统惬意地在房间里自由穿梭，彼此相安无事。

华姐喜欢赶早市，天蒙蒙亮，趿一双布鞋出门，专拣农民挑担进城的鲜菜，健康，安全。在家千日好，鸡蛋是土鸡蛋，青菜是农家菜，肉据说也是山里的黑土猪。对黄迪来说，最关键的还是厕所。厕所是蹲厕，虽然书看久了两腿发麻，但脚踩地板砖，踏实，屁股怎么晃都不成问题，贵在干净。冲水阀坏了多年，按不出水，发挥聪明才智，用桶蓄着，拿瓢来舀，娘儿俩都不觉得不便。在黄迪看来，坐式马桶是人类最糟糕的发明之一，轻则滴溅，重则交叉感染，特别是公厕，千人蹭万人坐，多少霉菌、沙氏门菌、大肠杆菌、梅毒螺旋体、淋球菌，不敢多想，一想就头皮发麻，欲望皆无。所以在北京租房，黄迪没什么特殊要求，单一条，厕所须得是蹲厕。不多时，他就不得不放弃了自己的诉求。

华姐下班到家，累得惜字如金，直打瞌睡。黄迪也不言语，自己在电脑前敲字。手机骤然响起，黄迪一看，是黄德华打来的。且等一等，接起电话，那头先响声："回来了？"

黄迪调了一下声调，说："你又知道？"

"回来也不跟我说一声，还要你妈开金口。晚上过来吧，一家人都在。"黄迪想跟华姐交换一下眼色，只见她不停摆手，不知是让去还是不让。

黄迪于是说："今晚跟我妈约了饭。"

电话里的那个声音依然刚烈，说："你们哪天都来得及嘛，今晚赏我个脸，你大姑和二叔也来。"

华姐这时发话了："去吧去吧，难得回一趟，过年也没见到。"黄迪思忖了片刻，答应下来。电话那头轻轻叹了一口气，挂了，空余湍急的嘟嘟声如潮般涌来。

南方的天感觉不够干脆，蓝得拖沓、浅薄，有所挂碍，总牵着四散的云，像年轻娇羞的后娘拖着一堆娃，终日睡眠不足的样子。北京的天是另一番气象，粗粝、明快，蓝得极深，像用力过猛，毫无保留，云也干练，肉是肉筋是筋，让胆小的人心生畏惧，那头奉天承运，这边一下就慌掉了，跪下来不住地头点地。这是黄迪去了北京后发现的，不同地域的天，都有各自的脾性。

黄迪左手敲开那扇龙凤呈祥的红铜大门，他的右手提着一个果篮，华姐出门前硬塞过来的。论执拗，黄迪铁定随他妈。

黄迪到的时候其他人等已经到齐。除了亲戚，还有几位，应该是黄德华的同事，以黄德华现在的职位，不能再是他的领导了吧？大家见到黄迪，稀里哗啦地问好，黄迪听不全，抽几个肤浅的问题回答，答得也很肤浅，像在召开那种例行公事的记者会。黄德华和黄迪对视了一眼，互相躲开，黄迪抿了抿嘴，也不知是冷是热。

黄德华招呼大家赶紧落座，对身边的女人说，让两个小混蛋立马滚来吃饭。两个小混蛋，龙凤胎，是身边的女人跟黄德华生下的种。女人叫姚莉，黄迪从来不管她叫妈。什么也不叫，略去，只点头。在保姆再三敦促下，两个小混蛋从复式楼的二层跑了下来，去抢桌上的鸡腿。他们都把黄迪视若无物。在黄德华的厉声谴责下，他们心不甘情不愿地喊了一声哥哥，也不看人。那三角眼、肉鼻头、招风耳，像极了黄德华。黄迪没做进一步联想。

黄迪暗自沉默，但一点儿也不妨碍其他人因他而聊起北京。北京菜偏咸，糙的，恨不得拿脸盆装菜。二锅头烈，就一个烈，干吗不直接喝酒精？北京人还看不起外地人，要不是首都，有什么牛气的？北京冬天只有大白菜和白馒头，吃一口能噎死人那种。找女人，还是南方的好，生活习惯相近，气性一样。北京那烤鸭，浪得虚名，哪里比得上这边的烧鸭。

黄迪的沉默一以贯之，把自己隐没在家具队伍里。但在家具队伍里，他也是个寒酸的例外。镶墙的博古架上盛满各类烟、酒、茶饼和瓷器文玩，流光溢彩，恨不能逼迫他自轻自贱。

高中以后，黄迪就不再管黄德华叫爸。他觉得这个年龄具备了充分的资格，以他自己喜欢的方式，以一个男人的身份，跟另一个男人打交道。

五

北京用漫天纷扬的杨絮迎接黄迪的归来。五年前，北京以一场扑扑簌簌的大雪迎接黄迪的到来。

五年前的黄迪跳上一辆出租车，车子一头扎进苍茫的大雪中。他那时让师傅把车绕着故宫兜上三圈。师傅问："您这是朝圣呢？北京故宫，紫禁城，又不是麦加的克尔白。"黄迪就笑，说又不是不跳表，给你钱就是了。到交钱时黄迪才惊觉，出租车是黑出租，一口价，不跳表。

黄迪到最后看什么都是白色的，他不知道这就是雪盲，他以为是眼睛水土不服，或者雪是黑雪，要把他的眼珠子搞瞎掉。

仲春，北京的颜色最富，百花争艳，杨柳吐絮，所有人都一体均"粘"。哪里都热闹，机场更是一年四季地热闹。黄迪一个人勒紧背包站在到达厅，身心七分空，三分颓。他这回选择坐机场大巴，便宜也不累。微信里顾小蓉来了消息，问说，到哪儿了？黄迪冥思再三，回复说，在那没有户口的地方。顾小蓉很快回，不好笑。黄迪不自觉地笑，说我想哭。顾小蓉发来三个拥抱的表情，再说，晚上给你接风洗尘。黄迪心尖一热，却把字打成：算了吧，哪能老让你请客。稍许，顾小蓉的电话打了过来。

"这么不给面子？"

黄迪有些得意，嘴上这么说："身子有点乏。"

"你到底是回家还是去泰国？"

"为了证明我是个纯爷们儿，今晚我请，你选地儿。"他的儿化音还是很干涩，很作。

他们约在北太平庄一家比萨店碰头。顾小蓉梳了个半丸子头，新奇，黄迪夸说，不算顶难看。顾小蓉白一眼，说，你想吃什么？两人合计，来个小份夏威夷比萨，美式辣鸡翅，薯条加奶酪，再要两杯开水。开水也收费，一杯一块钱，恨得黄迪牙尖疼。

"再来个沙拉？"

“不爱吃草，在家里快吃吐了。”

“看出来了，吃荤的命。”顾小蓉一笑，卧蚕更加丰腴，眼睛迷离，并不真的看黄迪。黄迪突然有点乱，他感觉顾小蓉比以往要来得镇静。他其实看起来也很镇静，很不像往常。多日不见，如何拿捏这份距离，他有些生涩了。你一点儿都不懂女人。黄迪猛然想起姚凯薇曾戗过他的这句话。或许，真被她一语成谶。

“共享单车那文案，我发给老板看过，提了些无关痛痒的意见，然后准备下期发。”黄迪使劲地嚼比萨，两腮动如牛蛙，他需要一点伴奏音，“谢谢你的提议，我从命了。”

顾小蓉说下周要出趟差。“去法国，赶在福柯辞世三十周年，实地走访，做期关于他的文案。”

“哟，法兰西。”黄迪用湿纸巾擦嘴角，说，“咱单位何时那么大方了？”

“老板也去。回来给你带瓶香槟吧，你不是好这口吗？”

黄迪瞪大眼睛看顾小蓉，她的脸越看越窄，越看越陌生。他心想，几天不在北京，单位变天了？

单位不缺美女，各年龄段都有，属顾小蓉最不懂来事儿，所以大部分时候都被派去啃苦差。数九寒天到呼伦贝尔，调查达斡尔族牧民的生活现况。领导嘴上说，能力越大责任越大，把她顾小蓉当男劳力。其他姑娘，天天花枝招展，一年到头皆是清凉盛夏，说话又嗲又软，领导听了心里长毛，男同事们也愿效犬马之劳，最多在背地里骂人家狐狸精。黄迪不吃这套。

飞赴博鳌追踪论坛进程，与当红影视剧编剧兼知名作家进行深度访谈，这些名头响亮、内容光鲜的活动，通通由这些女同志包办。照片发在朋友圈，既像在度假，自己也像个业界精英。反观顾小蓉，雪天大漠里，十足走基层的州旗干部，浑身裹得严严实实，外头套一件军大衣，头顶狗皮帽子，拍大合影，分不清哪个是牧民，哪个是她顾小蓉。

顾小蓉人小嘴小，细嚼慢咽，像某种宠物店热销的松鼠或貂。一动嘴，两腮便显出两弯对称的酒窝。

“先去法国，跟福柯有关的地方都走一走。老板爱旅行嘛，我也喜欢，我都没去过法国呢。”黄迪有些耐不住，为什么不是他而是顾小蓉？他本科毕业论文研究的就是福柯思想中的性与爱。但他依然假装很感兴趣的样子，听着顾小蓉口若悬河。“然后去瑞典乌拉普大学，还有波兰的华沙，福柯讲学的地方，都逛一逛。法国签证下得快，申根国家畅通无阻。不去白不去。”

黄迪托腮，静静地看着她，直到她无话可说了，才笑说：“你认真起来像一头棕熊。”他没有说松鼠或貂，他自己也笑得很认真很无邪，认真无邪得不像他的笑。

推门去时，天色全暗，入夜风更寒人，两人都哆哆嗦嗦的。黄迪开始抽烟，说差点儿憋坏了，深吸几口，不见烟从那窍里跑出来，估计已经坏掉。

“那，祝你一路平安吧！”黄迪帮顾小蓉打开车门，向顾小蓉举手致意。

顾小蓉照例翻出白眼，说：“回个家，至于吗？”她的眼里黑白分明，看样子最近睡眠很好，见不着一根血丝。

“我是说，去法国，France！”

“法”字黄迪念第四声。

六

他说他叫廖烨，廖凡的廖，火华烨，刘烨那个烨，一般人喜欢喊他廖爷。

“你就直接叫我名字吧。”

廖烨真人跟黄迪暗自设想的相貌大相径庭。飞机头，背肌发胀，皮肤棕黄，晒出来的，不够自然。看身段，不是健身教练也是撸铁狂魔，肌肉把海蓝衬衫和深灰西装裤撑得很局促，文明里透着野蛮。黄迪悄悄捏一把自己侧后方的肚腩，想，要凭空单抡，肯定干不过他。廖烨皮鞋锃亮，像刚从货架上取下，黄迪不忍去看自己的鞋面。

黄迪再度不请自来。姚凯薇并没有理会他发来的信息。他也不想打电话给她，因为不愿太自降身价。所以还是碰碰运气，她在家的话，就进屋里坐坐，扯扯闲天，顺便把从老家兜来的冰泉豆浆粉给她。她一直喜欢吃这玩意儿。真的是顺便，黄迪催眠自己。

他是在门口碰见廖烨的。黄迪很肯定，他率先泛起的情绪是愉悦。这说明这家伙还没有姚凯薇房门的钥匙。而他曾经拥有。

“你就是黄迪吧，听凯薇说起过你。”廖烨头一句话，布满了硝烟和战火，而他却该死地对黄迪笑。他的牙齿显然美白过度，失真。这样的人，怎么可能对另一个人真心相待！

“她回来还要些时间，到楼下来根烟？”黄迪厌恶廖烨的主人翁精神，这楼里楼外的情况，没人比他更熟悉。黄迪刻意压着声腔说：“就近去楼梯口吧，玻璃窗一推就开，透气，烟散得快。”

在楼梯口，两人倒算客气地交接了一根烟，并给对方点上火，像两位国家代表互相交接文件，再握手致意。

气氛没有黄迪预想的那么恶劣，廖烨把自己的肌肉保管得非常好，没有多余的手势，只有嘴角噘起，很快就攒出两团白得失真倒人胃口的唾沫团子。他后头说：“姚凯薇是挺磨人的哈。”这话像要把两人的距离拉近那么一点点，“但正因如此，才那么惹人喜爱。”然后，又把距离重重地推得很远。

黄迪抽了一口廖烨的烟，此前从未抽过这种款式，细细一根白条，薄荷味，味道不够浓厚，阴气太重，有种过分的节制，也像在过家家。

“我们的缘分源于艺术。”廖烨把调子起得很高，非常阳春白雪。

他是做艺术品拍卖的。那段时间，他正在进行一个国外油画在国内的拍卖项目，活动场地需要相关部门审批，接待他的工作人员正是姚凯薇。拍卖会在手续上出了点问题，国外资方催得急，按正常程序走，很可能会耽误进程。廖烨于是向姚凯薇撒娇。他亲口说的，自己跟姚凯薇撒娇。然后，姚凯薇对他说，我想想办法吧，等我消息。拍卖会最终如期进行，客户非常满意，大家都很满意。廖烨为表达感谢，邀请姚凯薇一起吃饭。他们去了一家别有洞天的四合小院，每天限量一桌的云南私房菜，院里还自带画廊。两人品菜，赏画，漫谈。一来二去，水壶沸腾，情感升温，都快。

“其实我看到她的第一眼，就已经爱上她了。注意，是爱，而不是喜欢。她后来说，她看到我的第二眼才爱上我，因为她绝不能让自己吃亏。”廖烨的笑越来越失真，像那牙齿和嘴角的唾沫，他甚至煞有介事地摇了摇头。黄迪现在相信这个男人会撒娇，他什么都干得出来。

“该这么说，你们的相遇源于一场交易，充满了金钱的铜臭味。”黄迪告诉自己，挺住，不能输。

廖烨耸耸肩，不惊扰，一副不置可否的样子。他确实已经胜券在握。黄迪的烟只在他的嘴唇上碰了碰，看样子不像很会抽烟，或者他根本看不上黄迪的烟，刚吸进去又吹出来，不过肺。

廖烨假正经的派头不改，说：“我想让她搬到我那儿去住，主要是敞亮，这小房子太憋屈，两个人怎么待啊。你能想象吗？”

黄迪不说话，他开口只能讲脏话。

与姚凯薇初相识，黄迪刚在单位落脚，姚凯薇还在读研。为了写稿，黄迪办了张某高校图书馆的通行卡，每晚都泡在图书馆里阅览资料，通行卡按天计费，一天五块整。他总能在七楼的阅览室碰到一个扎了高马尾的姑娘，头发有些毛糙，有点发黄，总是低头，挨个儿去咬手指甲。她整个人看起来很洁净，哪怕连着几天都穿一件暗红格子衬衫，底下一条牛仔裤和一双白色运动鞋。他们总是最晚回去，黄迪是寻思把这五块钱的价值给榨干，姚凯薇则是赶着写毕业论文，再后来是忙于备战国考。经常闭馆音乐已经落下，同学都已散尽，在管理员的催促下，两人才匆匆忙忙收拾东西。几个来回，眼里有了印象，打起招呼来，后来便坐在了一起。再后来，离开图书馆也不分开，逛校园黑魆魆的运动场，只有两个人的眼珠子闪闪发亮，像某种城市里不存在的兽。或者就近找一间咖啡馆，接着聊聊人生和今晚的夜色。

姚凯薇开始勤换衣服，一天一件，颜色越发亮丽。黄迪多年不打理的头发，也开始喷起发蜡，每天在镜前停留的时间越来越长。姚凯薇很欣赏黄迪的职业，她说会写文章的男人，有种说不清的魅力，审视问题的角度和层面，跟一般人完全不一样。

“你能懂我。”

那时候姚凯薇还没说，黄迪你根本就不懂女人。

姚凯薇家在山西小县城，她想留北京，家里帮不上，喊她快回家结婚，各种二代都有的挑。黄迪给她打气，好好备考，咱们一起奋斗。他把咱们说得越来越气壮山河。到最后，两人离开图书馆，再也不能分开了。姚凯薇搬到黄迪的出租房，他们经常大晚上不睡觉，一起聊时政、电影、文学和谁比谁更爱对方多一点。他们最终极的问题，是如何让一个夜晚过得很慢又很快。这个问题很生活化，也很形而上。

黄迪和姚凯薇去过一趟北海公园，黄迪说，不来吧惦念，来了也没觉得怎么着。姚凯薇说，北京不也这样，人活一世，就能例外？黄迪说，你太悲观了，女人最好不要看得太破，容易活得累。姚凯薇说，男人就能例外？咱都积极起来，过盲目一点的生活。她后来提议去划船，说小时候那歌里不就是这样唱的，细细想想，还是做个孩子自在。结果被管理员告知，早没了双人船，不挣钱。姚凯薇说算了。黄迪说别，感受感受吧，再当一回孩子。最后他们是跟一对外地来的中年夫妇凑了一条脚踏船。四个五音不全的人，共唱了一首不太着调的歌。

廖烨这时改抽起自己的细条烟，接着说："她希望你以后别再来烦她。谁没个过去，你别太沉溺，都得往前看。"廖烨的表情还是可恶的平静，波澜不惊却又旗开得胜。

黄迪心想，这是你的意思吧。又一转念，有差别吗？姚凯薇快要回来了，黄迪拘谨起来，脱口而出："我该走了。"

"那个豆浆粉，你跟她说一声，我不爱喝，她倒是喜欢，扔了怪可惜。"

黄迪刚走出宿舍楼不远，听到轰隆一声，有东西摔落地面。空气里，很快飘荡起一阵甘甜的豆浆味。

七

黄迪跟黄德华联系还是靠手机短信。陈旧，迟缓，逐条收费。跟他俩的关系一样。他几度无视了黄德华给他发来的微信好友申请。

父亲节这天，黄迪给黄德华发去一条短信，草稿是：祝父亲节快乐！别再给我打钱了，都不容易，我够用。酝酿良久，又把感叹号改成了句号，再把“都不容易，”删去。黄迪铆足劲，点下发送键。

黄德华应该是从华姐那里要来的卡号信息，不多不少，每月两千块钱。黄迪打量那条发出的短信，心里有些满意。父亲节到底是一个好节日。父亲，不说爸爸。有礼，更要有节。

顾小蓉打来了电话，说人到戴高乐机场了，过一会儿就要登机。是返程。顾小蓉说，只有极少数人能够看到她这些天发的照片，她屏蔽了几乎所有人。黄迪不在几乎之列。

顾小蓉还说，香槟给你买好了，还带了个神秘礼物。

黄迪嘴上说哟呵，心想坏了，到底该准备什么回礼好呢？黄迪急中瞎问，话费贵吗？顾小蓉咯咯大笑，说傻孩子，单位报销。

黄迪啊啊哦哦了半天，终究无话，扔下一句：“祝你一路平安。”

晚上黄迪一人在家待不住，今晚怎么也写不进东西，心思就跟窗外的杨絮一样，飘飘然，漫无目的地乱荡。在三十五平方米的出租房里转了十好几圈后，黄迪出了门。嘴角咬着烟屁股，绕着小区跑圈，跑到自己的肺叶痒酥酥的，一个劲地咳嗽。消停了。

八

鸿运扇吱扭吱扭转，导风轮出了问题，转得吃力不讨好，暖气送暖风。不少住户已经开始用上空调，黄迪愿意再等等。往美了说，叫吃苦耐劳，往坏了讲，就是一毛不拔，不管哪一样，铁定都随华姐。空调外机的运转声，在砖混结构的旧房里听得格外分明，分明的还有隔壁房屋里的吐痰、呵欠、笑骂、啼哭。夜越深，声音越详细，动听的、不堪的，齐活儿了。

顾小蓉顺走了一把香榭丽舍大街的浪漫，翩翩然返京。头一天来上班，她梳了个公主头，上身一件蝙蝠袖刺绣白衬衣，蝴蝶和海棠拥簇在两边的袖口，下身是重新流行起来的九分牛仔喇叭裤，脚上是一双纯白板鞋。人人惊艳侧目，矮小的顾小蓉，越发像个刚刚开萌的青春期少女。

黄迪正式把健身计划搬入现实。他每天跑步上下班，还办了一张游泳年卡，痛下心请了一个教练。黄迪从小在河边长大，在他很小的时候，黄德华就带他到江里游泳。但他怎么也学不会，总呛，黄德华就骂他，骂得很难听。有时候黄德华会突然撒手，让黄迪自己在深水里载浮载沉，他感觉自己随时会死掉，索性放弃挣扎，反倒浮了起来。他不无失望。那之后，黄迪再也没下过水。

顾小蓉给他的礼物是一双牛皮德比鞋。

顾小蓉当时看着黄迪脚下的崭新皮鞋，说，哎呀，怎么想到一处去了，早知道提前跟你说一声。黄迪红着脸，连声称谢，说，多一双好啊，轮着来。顾小蓉让他试试。黄迪印象中只有两个人知道他的脚码，一个是华姐，一个是姚凯薇。他把鞋子穿在脚上，跳一跳，来回走动，顾小蓉夸倍儿帅。尺码很合适，就是两侧有些挤，新鞋嘛。黄迪说，非常合适，忒舒服啦。他还是红着脸。

关于福柯的文章发出来了，作者只有顾小蓉。黄迪燃一根烟，倚在办公室的转椅上，一口气给它看完了。等他反应过来，烟蒂上已经结满燕麦状的灰末。顾小蓉现在不在办公室，她喜欢串门，爱听八卦。

在家里，黄迪的手机三举三落，到底拨了过去。他到这儿才意识到，之前他从未在非工作时间，主动联系过顾小蓉。拨号音嘟囔了很长时间，电话终于接通。黄迪说："那个，我看了你的文章，主编派你去，不得不说，姜还是老的辣。"

“说谁是姜，你把话讲清楚。”电话里，顾小蓉在咯吱咯吱地笑。

黄迪的心一直在哐当哐当跳，像一颗篮球，感觉随时会脱离他的掌控飞出去，砸坏别人家的窗玻璃。他最后说的是：“明天趁天好，一起去北海公园走走呗。”他咽下一口漫长的唾液，感觉声音很笨重。他怀疑顾小蓉也听见了刚才唾液挤过喉结时的响动。

顾小蓉那厢，缄默半晌，如同抽空。黄迪说：“喂喂喂，能听见吗？”情绪已跌落谷底，心想完了，北海公园，多么老土的提议啊。

顾小蓉突然扑哧笑开，笑得很欢脱，声音扎过来，不疼，就是害得两只耳朵都痒痒的。黄迪兀自尴尬，脸非常烫，一个牛排拍上去，估计能煎得七分熟。他蓄意尖着嗓门喊：“别神经啦！”

顾小蓉这下急不得了，徐徐道来。小时候父亲到北京出差，带她去过一回北海，留下一张照片，就在永安桥上，她挂在父亲的脖子上，远处是北海白塔，非常经典。也就小学三四年级吧，之后再没机会去过。

这晚上黄迪睡不安生，脚底板都是汗，捅开被子，让脚板自由呼吸。他在床上摆弄出各种造型，床板响了一宿。后半夜，黄迪干脆爬起，人倚在床靠上冥想。

他不知道自己正保持着一抹旗开得胜的微笑。

很意外地，黄迪突然想到了华姐。华姐还没来过北京。除了《女人花》和《上海滩》，她还会不会唱别的歌，比如那首脍炙人口的儿歌？她愿不愿意抽个空，跟他一起荡起双桨？在北京或者世界上的任何一个地方，任何一个温暖的湖面上。

华姐，今晚你睡得好吗？

《湘江文艺》2019 年第 5 期

大宫女

宝玉开车，不赶不慢，放上音乐，从抖音里听来的《痴情玫瑰花》，耳顺，上口，私下里拿过来品味，放了得有十好几遍，掌握了几句闽南语。小电驴机灵是机灵，街上遍地热风，汗滚了一身，小珠筛成大珠，大珠汇成河，咸咸地成了声势。

风一路把宝玉吹进某社区学院大门。闰月给的是这么个地址。唯一来的那回还是半年前，稔子开着宝马接的他们，宝玉没剩多少印象。当时只觉得车内空调鼓得足，音乐也吵，鼻子痒得厉害，打了几个喷嚏。宝玉记得稔子说过，这是一大户人家祖上的宅院，到“文革”充了公，后来被某老板承包，转了几趟手，过了稔子手里，给他拾掇成一家油画院。

“嘿，干吗呢？”门卫老头急急赶出来问。

“你说呢？”宝玉把车刹稳，扭头回看。这下就有了对峙的意思。

宝玉眼神一贯犀利，眼白多，不怒自威。那回吃酒，闰月他哥说，咱宝玉这一对眼啊，乍看像狱霸，细看像牢头。天王地虎，都不是省油的灯。自家老母叹气，说，都大眼仁，怎么就隔代遗传了呢？这小眼球，不凶也是末吉。

逢着这对眼珠子，看门的老头自然不敢再冒声，脖子一缩，背过两手，原路蹑回，顺道把门给带上。

进了大院，岔出两条道，右向一支，两侧的皂荚间飘着一条白字红底的横幅：热烈祝贺某某画派联展顺利开幕。宝玉冲上勾了一眼，错不得了，把车往横幅内头开去。车停稳后，他在地上连跳三下。老家地方小，大街小巷，晾衣竿密，经常不小心就从别人晾晒的裤衩底下穿过。老人的说法得蹦三蹦，是把霉气重新蹦跑。

油画院的砖墙呈深灰，迎门便是玻璃罩关住的一尊石碑，不知何方圣物。石碑后头靠墙摆了一红木供台，供奉的神仙长袍红脸，像是书中的关二爷，宝玉没有研究。香炉里三根紫香还袅着烟气，烟灰摇摇欲坠，焚香味道幽芬，直窜进肺叶，闻着倒是心静，可惜飘得不远。过了两侧的窄门，里头小院别有洞天，改为笔墨染料味儿。这幢半古半新的深宅，房顶高耸，梁椽厚实，水泥贴着灰瓦，做工极细，瓦缝紧凑，光线悉数被没收，不分冬夏地凉快。小院被斧凿得雅致，院内花繁叶绿，摆满了蝴蝶兰和紫薇，一汪小绿池三分之一盖着玻璃板，三分之一在木栈道下，三分之一露天。水中养了几条深红的锦鲤，个儿大，挪得慢，探出一溜背鳍，像浮出水的红色潜艇。池旁站着一株高挑的法国梧桐，枯叶碎满了池面。宝玉暗忖，是文人胡闹的地儿。

宝玉吼了七八声，不闻响动。一侧的办公室里，电脑亮着，空调冷着，却不见人影。单一条泰迪犬，从进门便一路高吠，也不怕晕，转着圈儿尾随，晃着短尾蹦跶，不像善罢甘休的货色。宝玉唬它，佯装一脚飞踢，狗儿瞬间蔫了大半，保持在两米开外，喉咙里咕嘟咕嘟，自己把玩自己的窝囊气。宝玉暗笑，到底随主人脾性。

小院左侧往里是一展厅，挂满大小不一的西洋画。宝玉观摩半晌，琢磨着哪个地方画虚了，哪个地方写实了，哪幅底下钉歪了小标签，哪幅画的标题起得风马牛不相及。小院右侧的小厢房是一西洋摆设的餐室，蜡具高脚杯桌布置办得有模有样，宝玉不知闰月在这里作威作福过没。再往里进，是一国画室，油画院也有国画室。宝玉偷乐，卤煮店里卖汉堡，心真贪。毛糙的绒布面覆着一长桌，睡着一幅字，宝玉对墨水字不上门道。桌上笔墨纸砚镇纸笔架烟灰缸烟蒂俱在，四方的墙上同样钉了几幅山水，用色妖艳。

独有一扇小木门，在进国画室的左边陷进一截，干支棱着。小门不雕花不镂纹，看着挺反骨。宝玉拳头点了几捶，门给拱开了。竟是一处地窖。宝玉按亮灯，胆子够肥，直接钻了下去，鼻腔跑满灰尘和木屑味。一爿地阴飕飕，面积不大，人在里头得侧身走。除了摆得密密匝匝的画，画上的尘垢，还有一架子洋酒，红的白的都齐。平常宝玉只喝青岛纯生和江小白，自然悟不出其中的名堂。宝玉总感觉这里头还多带着一缕胭脂味。参观完毕，宝玉愣愣的，重又拾级而上。只嗅着气味，那只泰迪犬在门边徘徊，尽忠地高嚷。等宝玉浮出个发梢尖来，吠声就又立马弱去。这狗性。

宝玉蹭进那间办公室，看装潢长相，不像稔子的大殿。宝玉不便翻动桌上的纸页，他只想吹口凉气。寻思着有摄像头，干脆打给闰月，看她敢不敢说半个字的谎。

宝玉咳了一嗓，问干吗呢。那边说，吃饭呢。宝玉又问吃啥饭。回说，稻黍稷麦菽，大米面馒头，什么都吃。宝玉急了，说跟你说正经的。街边大排档啊，还能山珍野味？不是跟你说过嘛，包吃午饭，员工餐。宝玉说哦，语调上泄了些力，接着说，多吃点，不对，少吃点，街上的菜，都是坏油，跟人心一样坏。闰月念了几个知道了，问，你干吗呢？怎么舍得这会儿打电话？宝玉说，没什么，就想你了呗，要原因？讨厌！闰月气息软了，应该是笑着说的。宝玉满意地说，挂了啊，得送餐去了。

挂了电话，宝玉最后瞪了一眼那狗。这泰迪犬估计没遇过这么凶的两腿动物，心态彻底崩溃，一眨眼撒腿跑没了。

宝玉在出门的时候，撞上一矮老头。老头人矮，所以嗓音冲高处放。他说我认得你，你是宝玉，做外卖的。宝玉这下也看真了，说我也认得你，你就是小冯吧。

两边都是闰月说通的，连带着看手机里的人像。小冯不小，在家中已经当爷，在画院做门房，兼职打杂，有力出力。把年长的往小了喊，是油画院里不成文的规矩，估计有逆生长的疗效。

闰月吹过耳边风，小冯家里早年连夭俩娃，都是男丁，一个在河里游泳，脚抽筋，被水鬼劫了去，一个放学走在马路牙子上，一根碗口粗的高压线摔下来，把命给电没了。家里还剩一千金，高中没毕业，被一孙子连哄带骗，弄到了山沟里，生了仨瓜俩枣的，都跟小冯不亲。小冯老伴去年也归了西，据说躺棺里，身子硬得像花岗岩，眼睛撑得铜钱般大，眼帘子怎么也划拉不落。到底是小冯命硬，不然就是祖坟放错了地方，遭了罪。

闰月说，大伙儿都说小冯人好，就是精神不大稳定，时好时坏，跟气象一样。坏的时候倒也不惹事，纯絮叨，嘴里不缺词，属于呓语，旁人都不知道他在磨叽什么。念完了，人也就正常了，蹿天遁地，都是一把好手。反正闰月是还没遇见他犯迷糊的时候。

小冯对宝玉说，找闰月来啦？刚去吃饭呢，再候候呗，来口我的劣等烟？现卷的。宝玉不碎嘴，按住老冯那只掏兜的手，麻花花的一截，宝玉心里紧了一下。他努劲儿谢过小冯，说还得干正事儿呢。鞠了个躬，近乎九十度角，倒退出门槛。

宝玉以前在深圳大芬村做过些时日的画工，流水线大生产，把艺术转轨为生意，作品也就成了商品。喷绘机从拂晓开动到凌晨，再让画工补色，不考验绘画技巧，更没有艺术家常挂嘴边的心绪和意境。速成班里所谓的师徒，不过是工头和干活的，好歹也算给宝玉打了一点涂涂抹抹的基础。

后来一批要运往德国的货，被大钩鼻子给扣下，说是偷工减料，得推倒重建。宝玉嫌累，上头话也不好听，干脆撂手跑路，腋下夹满一打自己做的次品画。对内对外，宝玉从来不敢称是画的，是做，一天能搞定上百幅。

这些画，尽是些无从变现的死钱，放家里东倒西歪地挂着，相当于出洋相，好在宝玉脸皮结实。几个要好的同乡来家里做客，有泊车仔，夜店保安，做大排档的，也有自己开了金店，往美了说，也算遍地开花，互帮互助，向优向好。指着满屋的油画，都说宝玉的家离了人间，有些高处不胜寒。宝玉说，屁，都是屁。众人说，屁也仙风道骨。

缺斤少两的事宝玉没少干，找茬儿的人，隔三岔五来一回，没到虱多不痒人的地步，宝玉就觉得此地不宜久居。再说，生活得开销，老家里也等着来钱，宝玉不能不活络。就这节骨眼上，稔子的电话来得不偏不倚。

在电话里，稔子怂恿宝玉来 D 城投靠他，说是手下缺个人手，你来正合适。

稔子跟宝玉同村，从穿开裆裤一直咋呼到中学肄业，各自去了不同的地方打工。两家前檐挨着后瓦，祖上也沾亲带故，所以稔子这话估计蒙不了人。今年春节回乡，宝玉听说稔子在

D 城发了，该有的物件一样不缺。人还没进村，香水味就灌满了整片山坳。

宝玉问，干啥活啊？稔子说，还是跟绘画有关，你不是艺术家嘛。宝玉回说，少挤对我。稔子笑道，我现在管着一家画院，想请你帮我打下手，也算术业有专攻。

稔子最开始在 D 城做管道工，后来偷学了路数，自立门户，倒卖氟塑料合金泵、阀门管道等拗口的玩意儿。哪想财神爷串错了门，发了家，混成一家泵业有限公司的法人。如今又摇身一晃，成了一家油画院的社长兼董事长。宝玉对闰月说，川剧变脸也没这么利索，从没听过稔子有这方面的能耐，掏麻雀窝、尿浇蚁穴倒是一绝，现在这世道，流行外行指挥内行。

宝玉不愿再做些无中生有的活计，该是踏实一点，让自己心里兜个底。闰月却眼里放光，拍拍宝玉的大腿，说，不然我干，不受风吹雨淋，不耗脑汁心眼，还能免费来点儿艺术熏陶，合得着。宝玉想想，倒也中听。去了电话，稔子回答得也够爽快，说那就赶紧过来吧，咱哥俩还有嫂子，好好团聚团聚。宝玉寻思，剃了头，谁都能叫自己是和尚，但庙总得是真家伙。没过两天，宝玉和闰月挤了一夜火车到达 D 城。

遛了一圈工作环境，两人都很满意，应该说，都给惊住了。第二天，闰月踩了高跟就来上班。打卡，包午饭，正规军也就大抵如此。闰月的笑于是多了起来，气色红中透粉，跟石榴籽似的，看来 D 城养人。这里常年不见日头，水也属寒，不用再喝雷公根了，小米辣可以放开吃。可宝玉放心了这个，放心不下那个。他自己跟自己说，这不就是人生，操不完的心，操不完的蛋。

宝玉开始跑起外卖，一来他听人说这行来钱快，就跟《超级玛丽》里马里奥拱钱币似的，每天几分几厘进账，心里都门儿清。二来他得让自己赶紧忙上再说，行可以换，钱可以寡，但不能断。身前身后，大家小家，都是马力十足的吞钱机器。

晚上睡觉，宝玉和闰月的脑袋靠在枕头上，竟都毫无睡意，估计还没跟新床混熟，新鲜劲儿没过。不如聊会儿天吧。闰月说，稔子人不坏，要坏坏在外头，在画院里，挺像个正人君子的。再说了，跟咱到底念着情分。宝玉侧身看向闰月，他说人坏了，从毛发到骨头，全都好不了，就跟人脏了一样，身体怎么脏的，还不是心先脏的？心脏了一遍，就敢脏千遍，有了贼心，更有贼胆。正常人发家致富，会是这么个节奏吗？

闰月知道拗不过宝玉，于是改说其他。她告诉宝玉，稔子在画院主要负责行政管理，真正的头儿另有其人。此人既是画家，也是政府文化部门的头脑。宝玉说，你说反了，先有的后者，才有的画家身份。这年月，扒手也附庸风雅了。闰月说，你别老抬杠打岔，听我接着说。别看行政岗设了创作培训部、展销交流部、办公室、推广部，加上我和小冯，也就四个人手，另外俩女的，一个花瓶，一个关系户。宝玉插嘴说，吃亏不？吃亏就别干了，哪里都有容身处，谁都难，也没见谁睡公园不是。要不，我把她们揍一顿，揍老实了，你也就舒坦了。最后一句宝玉是讨欢心用的。

夜色里闰月的眼睛闪了闪，立睖着，说，平日我就擦擦桌子，挂画，也挂横幅，跑跑腿，装裱字画，联络通信。就是画挂歪了遭骂，碰坏了得赔，办事回晚了，会被那俩骚浪货碎嘴。不过吧，车马费报销，工作时长也短，闲来可以玩手机，所以总体不坏。宝玉信了个大概。

宝玉这时忽然起了兴致，身子吱吆一声盖过去。闰月喘着气说，混蛋，要压死我呀，都几点了，再胡搅蛮缠，当心一脚踹床下。宝玉笑着说，哪吒闹海，哪还问龙王爷的意见。闰月这下跟着宝玉叽叽坏笑，不再说话了，是听凭发落的意思。

宝玉当年仿的《大宫女》就挂在床头白墙的正中央。宝玉偏好安格尔的手艺，尤其对这幅画喜爱有加，一路辗转根据地，也舍不得给扔掉。此刻，大宫女的肥臀、厚背和鼓胀的右胸对着宝玉，亮而隐晦，她的目光也偷偷盯着宝玉。宝玉不害臊，他们都不害臊。闰月不知何时跑进了画中，淘气得分外迷人。这一夜，宝玉很得劲儿，画布的人儿跟着在尖叫。

宝玉和闰月租住在一个筒子楼里，挨着二层的楼梯口，用来盯梢倒挺合适，居家就有点嫌吵。好在听惯了，两边耳朵都不大挑。之前网上盛传一句话，只要心中有沙，哪里都是马尔代夫，说的就是这个理儿。宝玉闰月深得精髓，将这个一室一厅的小房子喊成皇宫，大厅是金銮殿，卧室是寝宫，厨房是御膳房。宝玉说，大门叫午门。闰月说，呸，午门抄斩没听过？不吉利。查查百度，说不然叫神武门吧。两人都觉得这名字英气，说过年都不用贴尉迟恭了。宝玉叉腰四顾，叹道，可惜缺了一个御书房。以后有了孩子，还缺太子府，东宫。闰月相随叉腰说，也缺行宫，到哪儿都能落脚的那种。说到兴头上，两人哈哈傻笑，不亦乐乎。

闰月方方面面的底子不俗，也懂得嘴甜的好处，跟微博里的美妆博主学了几招，天天施着淡妆，美得不过分。来画院开会办事的男画家，喜欢跟她调笑，闰月举止得宜，捏着尺寸应付。有时候一高兴，男画家把长发一挥，赏她几幅小画小字，连带稔子不要的好些废画，闰月统统搬回家。她自己悟不出画里的世界，只是觉得颜色鲜艳，热闹得有章法，可以填补家里的冷清和俗套。再说宝玉懂行，也喜欢研究这些玩意儿。

平时回家无事，宝玉常常站在画布前推敲，像个资深的从业者，也好为人师，对闰月开讲堂。维米尔《倒牛奶的女仆》，妇女手上是咱中国的瓷器，这是当时的时代风尚。右下角踢脚砖上头，有一只丘比特，这是画家的小心机。荷兰画里，光通常从左上方来，法国油画的光则大部分居中。闰月不知所谓，宝玉落得没趣，往后就把她支一边。闰月如果不喊他上床，估计宝玉能把玩到天明。他们租住的小房，俨然成了艺术之家。那句话说得真好，屁也仙风道骨。

看多了别人的残品，宝玉的自信心水涨船高，他不是很把他口中这些狗屁画家的“屎货”放眼里。当年他描摹的那些油画，好歹都是世界美术史上响当当的名作，大有除却巫山不是云的意思。那天回家，闰月见他把布框画架染料搬进家门。宝玉说他要重新提笔作画，这回搞原创。闰月不作判断。只是出租屋从此变得更加促狭，艺术得很不像话。

宝玉突发奇想，打算画画每天接触的那些同行，艺术与生活就该骨肉相连嘛。他开始留心其他送餐员的神色体态，还试过尾随别人，偷拍他们送餐的画面，回到家把照片晒出，正式动笔临摹。那次遭人发现，被骂变态。宝玉想想，是挺猥琐的，也罢也罢。

最开始他所画人物不定，有就餐高峰前汇聚商场门口的群像，也有深夜跑单小哥的一枝独秀，或插科打诨，或百无聊赖，或不断埋头刷单，或放着抖音快手笑成一团。宝玉务求写实，不放过任何细节，就像敬爱的维米尔同志一样。他喜欢线条明晰，色调偏暖，练多了感觉越发上手，自己给头上配了光环。宝玉笔下的送餐员，渐渐集成一个系列，挤挤挨挨搁在家里，逐步取代了其他人的糟粕。

这期间宝玉结识一送餐的哥们儿，名曰阿刁。阿刁口才好，自言以前在商业街暗地兜售假鞋，库房就藏在商业街不远的巷弄里，楼道上去拐三拐，有意者就带过去挑。货齐，嘴利爽，销量自然不错，赚的是人面子钱。他说一双鞋就是一张脸，街上就数人头最多，腰包不鼓说不过去。宝玉问，眼下跑来这里，良心悔过？阿刁一笑，越发邪乎，说，管得严了，抄一次，加上罚款，梭哈，全都赔上。以前不懂打点，以为躲得起，傻啊。现在是心累了，还是干点实在的吧。这下宝玉跟阿刁就有了同病相怜的情谊。

阿刁得知宝玉写画，主动请缨，积极配合宝玉作画。宝玉虽觉欠妥，但毕竟不至猥琐和变态，也就默认了。阿刁于是成了宝玉画板里的典型人物。

耗在绘画上的时间拉得越长，赚钱的时间就被占得越凶。本来不吱声的闰月，开始展现自己的苦口婆心，说你不想自己，也得考虑家里的老人。宝玉不爱听，心烦意乱的，送餐就丧失了往日的热情。本来长相就不占优势，脸色一难看，连锁反应，顾客评分高台跳水。

宝玉那天又来了突发奇想，用画笔对准闰月说，不然你给我来个裸的？纪念纪念。那边回，有毛病，纪念个头。宝玉再坚持，闰月口气就松动了，只说别放出去，也别对第二个人说。宝玉激动得大叫，真以为我有毛病啊。

闰月后来提议，既然好这口，干脆卖画赚钱，稔子活路多，让他给介绍介绍，没准哪天就翻身农奴把歌唱了。宝玉竖起一根食指拦在嘴前，说莫再跟我提稔子，当心剜你的嘴。闰月委屈得尖尖地抽噎，唾液连着上下唇，嚷嚷不过了不过了，真心过不了了，撑着也是互相拖累，两看生厌。宝玉的气，叹得比天边的雷还闷。

宝玉送外卖的时候，结缘了一位阿姨。这阿姨初见宝玉，就把他从头到脚打量了几个回合。宝玉被看得心虚，勾勾手上的塑料袋，说阿姨，您的外卖。阿姨说，别人都不像好人，就你这小伙子，看着是个踏实肯干的主儿。

宝玉乐了，说，阿姨，您这回真看跑眼了，我可不够踏实，整天心猿意马的，心里没装着外卖的活计。阿姨说，要不我怎么说你踏实呢，把心里话都翻出来了。我活了那么大岁数，人鬼神看了个遍，还能看错啦？宝玉忙回，错不了，错不了。

阿姨不停嘴，说以前那些送餐员吧，我老觉着别人心思坏，都像在打我家的主意。宝玉觉得阿姨想法独特，忙给同行美言几句，正想脱身，阿姨却说，小同志，往后我的订单，能不能都让你来送？宝玉据实禀报，单子都是公司随机派发，我们做不了主。阿姨皱了皱泛蓝的眉，说那不然这样，往后我想吃外卖，专打你电话。我这老胳膊老腿，有时候容易犯懒，也想享受一下科技进步的红利。放心，我就偶尔点点，不会老麻烦你的。怎么说呢，我就相当于你的 VIP 客户，货到付款，VIP 的价。宝玉抹了抹额上的汗，问，您这又是图啥呀？

阿姨抓着宝玉的手臂，把他拉进屋里。宝玉不明就里，阿姨又开始发话，她说你看看，阿姨家里的摆设，不像坏人的布阵吧。如今家里就我一人住着，平日一包乌江榨菜配白饭，一天就对付了。我对别人不轻易交心了，这回就当买彩票，认准了你，你就当行善，可还行？宝玉对老人，心总软着半截，阿姨把姿态放得那么低，宝玉心一热，便应下了这桩买卖。

宝玉后来逐渐了解到一些情况。阿姨姓覃，以前在珐琅厂掐丝车间吃手艺饭，景泰蓝上的山水花鸟、草木虫鱼，都是从她手上跑出来的。掐丝的工艺不算复杂，难在熟能生巧，要做好，得见真耐性。先设计图样，然后画到铜胎上，再将铜丝按图案掰出各款曲线，取镊子夹上，沾点儿白芨，最终斗榫合缝，粘在铜胎的图案上，这是掐丝的大体流程。宝玉来了兴致，常向覃阿姨讨教些作画的技巧和对工艺的看法。他告诉覃阿姨，自己也画油画，没事糊弄几笔，拍下一些作品，放给覃阿姨指教。阿姨说，我就说嘛，你不简单的。这下两人话就贫了起来，每次给覃阿姨送餐，宝玉都干劲十足。

宝玉将此事告诉闰月，闰月也觉得稀罕，想说改天拜会一下这位老人家。覃阿姨老早就催宝玉带上媳妇，来她家里吃顿满当的，说家里头好久没有热闹劲儿了。她现在就一个人，老伴去世得早，有一个独子，前年休假，非得跟哥们儿骑摩托去神农架找野人，结果在路上给一辆货车撞成了血浆肉浆。

宝玉听得揪心，说覃阿姨，以后我管您叫妈，您要不嫌弃，就认下我这个干儿子。覃阿姨眼睛笑没了有一刻钟。

近来闰月的身体越发懒起来，总说乏。以前宝玉窝在被子里招呼闰月上床，待她上钩，一把用被子将其盖住。被窝里头孵着宝玉挤出的屁。闰月想要挣扎逃开，宝玉则死死按住，嘴里嵌满得意的笑。类似的恶作剧屡试不爽，是两人的小游戏，调剂余缺用。但近来闰月不再配合，一副无欲无求、任欺受辱的姿态，害得宝玉也意兴阑珊。爬上身去，像登坡，叹一声，滑下来，滚到一边，径自鼾声如雷。

宝玉抱怨闰月，说都是画院的工作给你闲出的毛病。他当然也怨稔子。闰月自然不服，零星拌嘴回去，火力不及从前猛烈。这让宝玉更加七上八下，心想莫不是船舱漏水，爱的小船划不远了？

那天吃饭，两边都不说话。宝玉憋不住了，问：“在外头是不是有了看对眼的？”闰月的目光冷得像冰凌，回了一句：“神经病！”宝玉说：“那你干吗总给我低气压，身子哪儿病哪儿灾了？我看是心病。”闰月撂了碗筷，蹦出一句话。宝玉听不清，说，你说啥，咋口齿还不清了呢？闰月受气，哗啦起身，三步蹿进卧房。宝玉不饶人，说，我看你现在倒跑得飞起。

宝玉头一个想到的是稔子。这狗稔子，当年就不是好鸟，偷鸡摸狗，喜欢抓女孩的小辫，现在攒了钱，还不无法无天？宝玉不放在嘴上，心思却日积月累，快要把自己逼疯。

上次扑了空，宝玉心未死，闲下工夫就把车兜到画院里候着。那回闰月前脚出门，没过多久，戴了一副脸般大小墨镜的稔子就晃着身子出来。他开走了靠在画院门前的宝马，宝玉在后头紧跟不放。

稔子先到五金批发市场转了一圈，对着一群工人模样的小伙指手画脚。看来画院的事务算兼差，这头的事业还没放。随后，稔子又把车兜回了社区学院，是从后门进的，最终停在一栋办公楼前。稔子这反常的举动，让宝玉惊起一身鸡皮疙瘩。

稔子抽出钥匙，推开一扇拉闸门，进去后又将闸门锁死。宝玉知道这楼正面还有门，赶紧追过去，想着循声跟上，跑到二楼连廊的时候，自己呼哧带喘，却没能看见稔子的踪影。正要自责，忽然听到一声不轻不重的关门声，在整栋空旷的楼里格外醒耳。听声音，是在楼上的头顶位置，宝玉赶紧爬上去。

门一律紧闭，这栋楼不像日常办公的地点。宝玉愤恨地想，是挺适合辟为某些人不正经的后花园。连廊天花板的电条一半黑着，一半亮出薄弱的银光。宝玉现在一个房门一个房门贴过去听，终于听到了一扇门里头的动静。有模糊的男声，八成是稔子那破嗓门。再仔细辨听，竟然还有女人的声音。宝玉的心悬到了喉咙眼，汗水一茬儿一茬儿地往外冒。他在晦暗的连廊上走了几个来回，汗在身上打滑，痒溜溜的，脑子里尽是白色的光影在娑动。

宝玉蹲在墙边挠头。他咬咬牙，如果真是闰月，他决定就地正法，把她剥了皮、抽了筋，再按住稔子往死里揍，总之一个也不能跑，大不了最后投案自首。宝玉霍地起身，眼下没有工具，倒是戴了头盔，抓在手里可当武器。他重新站在那扇门前，突然想起掏出手机，打开了录像功能。

现在，宝玉觉得有一整列火车从他的体内钻过，哐当哐当，震响不歇，让他听得恐慌又烦躁。他往后蓄一步力，高高跃起，一脚将木门踹飞了半边。楼里又是噼啪一声尖响，宛如闪电劈过。

里头的确是稔子。也有一女的，剥得精光晃眼，但不是闰月。宝玉彻底放松下来。稔子吼得最凶。这种事，换成居士或者仁波切，也得急。女的穿衣很是麻溜，稔子让她赶紧先走。

现在屋里只剩两人，稔子抽烟，冷静了些，说张宝玉，你嫂子派你来的吧？宝玉没答话。稔子又说，那姑娘，就画院一学生，我们纯粹瞎胡闹，你总不能跟着胡闹吧？你想要多少吧。宝玉来了底气，说放你妈的狗屁，你的事，我一根指头都不想摊上。稔子乐了，说那最好不过，你自己说，为啥跟踪我，还把局面弄得这样狼狈？宝玉又不说话了。

稔子阴笑起来，说好哇你个张宝玉，我算明白了，你觉得是闰月吧？宝玉喉结发紧，气都缩在胸腔，跑不出来。那头接着说，我说到底谁狗眼看人低？我郑武再畜生，也不混蛋。再说了，你家闰月，是仙女还是野狐狸？宝玉嘴里溜出一个京骂，说，你最好老实点，弟妹是好女人，少了她，你丫能旺成现在这狗样？稔子没否认，只讪讪回了一句，光喝茅台不解饿。

最近这两三月，闰月越发喊累。宝玉说，难不成有了？闰月啐了宝玉一痰口水。在深圳的时候，宝玉到医院做了结扎，主动的。他不喜欢戴套，总觉着隔膜，自己硬得不利落，可不花钱找罪受。再来，他们也不急着要孩子，眼下这点钱，付不起第三张嘴。

宝玉蛮了一回，送她去医院，说总不能一直不明不白。排队挂号人多，半天工夫就耗在一个等字上。闰月说，你去工作吧，家里吃钱紧，就号个脉的事儿，好了我再打给你。宝玉想了想，说那我再去接几单，完事告诉我。

直到暮色四合，闰月也没来电话。电话拨过去，无人接听。宝玉先跑去医院，诊疗室里没见着人，想问一声医生，一排人堵在门口，用眼睛死瞪宝玉，像要把他切成块。宝玉索性开车回家，速度急，差点儿撞上一辆奔驰，给人骂了两句祖宗。到家后，发现屋里黑着灯，等拉了开关，才看到闰月的山寨耐克鞋歪倒在门前的红毯上，到这儿心才彻底安下来。

闰月躺在床上，也不怕长痱子，用被子埋着全身。问说咋啦。那头不吭声。再问，说累了，想歇歇。宝玉不死心，说医生怎么说，为啥不给我打电话，害我干着急半天。闰月弱声说，没事。宝玉独自叹了口气，捏了捏被子底下闰月的身子，说，我给你做一碗葱花瘦肉粥，你醒来喝。

宝玉送餐，遵循过来人面授的机宜，给保温箱笼上铁丝固定，再加把锁，防止有人窃食偷餐。结果那回下楼，发现车没了。宝玉说了无数个操你奶奶，心想干脆撒手，这是天意。往后宝玉再买一辆电动，只给覃阿姨送，不用穿制服，像是赌气。没有呼叫，他就在家里练笔。

光吃老本总不是活法，于是宝玉扛上画作，到各家画廊自我推销，没想回回碰壁。他怀疑是自己的着装问题，跟阿刁讨了资讯，拐弯抹角，买着一套盗版杰尼亚西装，回头还往打印店印了一盒名片。抹足剃须膏，删去胡楂，再出发。这回人家倒是客气了些，会端上一纸杯热茶水，瞅几眼，聊上几句，问了来历，最后还是谢绝。宝玉感觉自己的心血管都给堵住了。

那天傍晚，天上的雨憋着，没落下，倒是蜻蜓密得像雨，打到人疼。家门口这时来了一只野猫。闰月撑起腰身，喂了一点肉末和米饭。野猫喵呜喵呜地叫，闰月终于感到一丝久违的欣慰。往后日子长了，这猫也敢进门来讨食，撒撒娇，拿舌头舔掌。闰月跟宝玉合计，将其收为家庭成员。宝玉去买了一袋猫砂，这猫真就在家里住下，不再随便乱跑。

闰月问，取个名号？宝玉思前想后，说叫夸克吧。闰月不知何为夸克。宝玉说，就是最轻的重量单位，猫跟人一个道理，贱名贱命，反倒好养活。闰月说好，给我写写这俩字，我好现学现卖。两人终于收获了一点笑。不多时，闰月又惶惶的，说倒真是，你说月是啥，我又算啥，果然受不住了。说罢又哭哭啼啼，阴雨绵绵的样子。

宝玉那日从床上爬起，洗漱完毕，闰月坐在大厅的沙发上，说要离婚，过不下去了。宝玉犯蒙，说，为啥，不打不骂，有吃有喝，还图啥？闰月说，就是厌了，可以了吧。宝玉说，我想打人。你打吧，找个地方下手。宝玉胸口疼，压抑得紧，不懂作答了，人整个跟着坠在沙发上，有些飘慌，嘴唇硬起一层白壳，也没觉得要喝水。再问，说，为啥啊？闰月倒哭了，说不值得，你不值得。宝玉霍地站起，说，别闹，孩子似的。再等一会儿，说，我去上班了。他吻了一口闰月的太阳穴，闰月木头一样杵着，宝玉又拍拍闰月的后脑，发丝极细，真是一头秀发，可不能就这样跑掉了。

宝玉其实是出去兜风，想确定一下什么是可确定的。小幅的画就拴在后座上，他不肯就这么认了。

现今每次回家，宝玉都感觉整片筒子楼灰沉沉地朝自己倾来。七扭八歪的窗框，被风雨或是野小子打碎的玻璃窗，竹竿上随风荡漾的花衬衫、奶罩和婴儿尿布，都在加剧着他心里的躁郁。

闰月果然在哭。这段时间她一直哭，避着宝玉流泪。在跟前虽然止住了，眼眶和鼻尖子却红得凄怆，单眼皮快腌成两道杠。宝玉不是不知道，只是不知从何说起，只能看她绷到何时。

闰月实在绷不住了，逊下来，连说我怕。宝玉抱住闰月，说，别再折磨我了，好不好？闰月指了指病历本。宝玉摊开，横看竖看，说这他妈的鬼符，成心让人看不懂。

闰月已经泣不成声，说，宝玉，我跟我爸害了一样的病。

宝玉眼前瞬间黑了一阵，说这病还他妈会遗传？闰月说，应该没跑了，当年我爷饿死得早，所以没发现。宝玉说，你爸快到六十才给赶上，你好端端的，会不会弄错了？闰月说，复诊过了，医生也说，我这年龄算罕见的。

闰月的病，学名肌肉萎缩性侧索硬化症，也就是俗称的渐冻症。闰月父亲之前就得上，瘫在炕上，越缩越小，早晚都得有人服侍。家里六兄妹，大家砸锅卖铁，让闰月父亲多活了四年，前年才戴的孝。大家都说，老人终于轻松了。

这病是绝症，闰月说，宝玉，我不想那样活，毫无尊严，生不如死，我想现在就去死。宝玉说，别傻，我不让的，打死我也不让。

治这病得花大数，宝玉比谁都清楚。他去管阿刁要钱，说我在这里，就你一个朋友了。阿刁说我想想办法吧。宝玉点点头，说不勉强。发一根烟，走了，没带着希望。

过了一礼拜，阿刁找上门，说你查查账上。宝玉查完，差点儿给跪下。阿刁说，你跟我这样就没意思了啊。宝玉说，我就你一个朋友，要是你也没的借，也就没人愿意借我钱了，我都想通了，要真没辙，我跟闰月一起走，没啥好留恋的。

阿刁说，之前不是跟你说都梭哈了吗，其实还藏了点儿。当年一大学历史系的老教授被抄家，我爹这人贼，堵人家门口张望，等大伙儿散去了，他就往里头刨挖，捡回了一套玩意儿，明万历的洋货。后头我偷摸着给卖掉了，老头子就骂我不孝。这笔钱一直没敢大花，现在派上了点儿用场。嘿嘿。阿刁笑完，又对宝玉说，你积极点儿，人活一世，多往好处想想，听到没？把你剩下那半包烟都给我吧，得戒了，当是还礼。

如今闰月的手脚已经使不上大劲儿，需宝玉帮着穿衣、喂饭。闰月哭，说，都说闰月命硬，屙屁！先把自己给克死了。

宝玉说，别瞎说。闰月说，我毕竟不是霍金，是吞金，钱的黑洞。宝玉，给我个了断吧，求求你。下一次，你就可以找个奶子大点儿的，身子骨硬气的。宝玉捏住她的嘴，死命摇头。他说，你给我老实咽饭，有病，咱治，否则我先死给你看。

宝玉到底跑了一趟稔子的画院，一进门就大喊“稔子、稔子”，难得在办公室里把他给逮着。

稔子正往烟斗里捣烟丝，起身说，哟，稀客稀客，让女秘书出去。

“做个交易吧？”宝玉坐定了说道。

稔子将烟斗引燃，半笑着说：“你丫葫芦里卖的什么药。”

宝玉这才说开，他想让稔子帮忙卖画。画了些题材，自己觉得有意义，手法上也不落人后。

稔子说，明明是拜托我，怎么成了交易？

宝玉说，你要能帮上我，那件事，我就这辈子封口，把录像给销毁。

稔子稳稳坐下，跷着腿，晃了又晃。烟雾缭绕，味道香浓。宝玉嘴馋了，赶紧说，你快落个槌。

稔子说，要没大难，你不会求我的，是闰月的事吧。

宝玉说，不关你屎事。

稔子感叹道，宝玉啊，你这人真他娘的倔，可惜这不是一个倔就能行的年代。你迟早会吃亏的。闰月的事，我知道个大概，那次来离职的时候聊了些。你其实犯不着要挟我。

宝玉唉了一声，说，我先谢过你。稔子说，改天你把画弄来给我瞧几眼。宝玉起立，说不劳改天，就在我车上拴着。

宝玉去卸画的时候，稔子把他拉到偏处，说，宝哥啊，赏个脸，往后别在外人跟前叫我稔子，总像差了一辈。有正名呢，就叫郑武吧。说罢从烟盒里拍出一根蓝屁股，递上。宝玉没要，说戒了，不戒就该喝西北风，刚才在里头，把老子馋得要死。

“郑武啊，回头我寄你一箱山稔子，都是山里现采的，就地打包装箱，家乡味道。”宝玉冲画院里喊这么一嗓子。

稔子忙回：“我先谢过你。”

见着近来宝玉总把自己的画搬进搬出，闰月问说怎么回事。宝玉笑嘻嘻地回答，终于打通了任督二脉，从没见过这么大的数额，以后你的医药费算是有着落了。闰月没笑，青色的脸膛上风雨不动。

如今的宝玉和闰月，没了闲心，却得了闲工夫。那天终于跟覃阿姨约上饭。闰月嫌贵，不愿坐出租，宝玉就翻出那条当年母亲塞来的在送子观音庙里开过光的花背带，把闰月拴稳当了，骑着小电驴过去。闰月路上笑说，真是丑死了。

覃阿姨亲自下厨，做了盐煎肉、鱼香茄子、秋葵炒鸡蛋，到街上买了一碗三大炮，还炖了一煲佛跳墙，说是以前跟厂里一福州佬学的，得给闰月补补。

在桌上，覃阿姨不断给闰月夹菜，说照规矩，你也得管我叫妈。闰月叫得响亮，清楚。她现在口齿不比从前清晰，也不够从前伶俐，一个长句，得缓成三段。宝玉和闰月不大响动，半是矜持，半是疲惫。覃阿姨的嘴倒是勤快的，她说：“宝玉其实跟我儿子很像，都在鼻头长着一颗痣。第一眼看到的时候，简直一个模子里烙出来的。对宝玉，我是存了私心的。”宝玉连说，以后常来看您。

覃阿姨还说道，她感觉自己如今老得很不体面。去咖啡馆喝咖啡，她仰杯的幅度，比一般小姑娘要大不少，但她愣是改不掉。意识到却改不掉，没有什么比这更感伤的了，这就是老化。她还想起自己捧碗的时候，习惯性把拇指勾到碗内，简直讨厌死自己。闰月想笑却未敢笑，她何尝不想老得这样可爱。

到后半段的时候，闰月才相跟着敞露心扉，她说自己有几次想过，趁还能动，干脆一头撞死。

“宝玉看得紧，看着他如临大敌的样子，我就很不忍心，活着不忍，死了也不忍。老天爷，怎么就这么狠心待我。”饭吃到最后，成了三人一起的哭局。

病情不管情分，闰月的身体，眼下可以很明显地看出肌肉萎缩的迹象。她总说自己臭臭的，她开始大小便失禁。覃阿姨主动来当护工，说喝杯咖啡打个盹儿也是一晌午，不如替你们省下一笔费用。宝玉千恩万谢，对覃阿姨，他比亲妈还亲。

亲妈在乡下，两个兄弟四个娃，还有一圈猪和一房的桑蚕，都得照料。宝玉甚至没把闰月的病情如实通报，因为没有必要。

那次宝玉去给稔子送画的时候，覃阿姨打来电话。宝玉没留意，等接上才发现已经是第六通。宝玉赶到医院时，覃阿姨的身体还在不住地发抖。她抓着宝玉的手，感觉稍微缓和了一些。下午闰月突然想吃素馅饺子，催她去买馅料。难得闰月提建议，她不敢懈怠，没料到回来就发现染了一地红。覃阿姨当时吓得又哭又叫。

割的是手腕，手腕皮嫩，偌大的血管就在一层皮下，一点儿力就进去了。水果刀当时放在果盘里，闰月从床上滚下，一点一点爬过去。得亏这点距离，不然真就让她给得逞了。经过抢救，闰月到底捡回了这条薄命。

闰月躺在病床上，人跟被单一样洁白。她吃力地对着宝玉说：“昨晚我做了个梦，梦见你跟我在河里游泳。我们一边游，一边嬉闹，一点儿都不觉得累。我们就这样游啊游，一路游回了老家。我看见我妈在河边洗衣服，她冲着我喊，我的野闺女哟，终于晓得回来了。”

宝玉点头，说，你好好睡，过年就回去。

那天深夜，家里的房门被敲得很响。上次响得那么猛，还是派出所来人查居住证。宝玉没睡，在台灯底下作画，搁下画笔，趿着拖鞋去开门。竟然是稔子。宝玉让他进屋里坐，稔子没答应，他说是来跟你告别的。

稔子用袖口擦擦一脸的汗，说，跟你实话说吧，那些钱，都是我出的，你的画卖不出去。我一直放在库房里，现在都还给你，兴许还能用上。

宝玉探头往两边的走廊张望，栏杆底下，摆满了自己运给稔子的画。

稔子出事了。公司生产的一批紧固件出了问题，害得下游的能源公司损失了一大单生意，来人找稔子算账，稔子硬撑着，对方于是把他靠画院替人洗钱的罪状搅了出来。警方现在正追查，他得出去避一避。

稔子说其实也没啥好糟心的，就是对不住小冯，那么大年纪，还得跟着奔波遭罪。宝玉没有彻底缓过神，只说了几个“哦哦”。

“我来不是要你还钱，就当是买了画，现在再送给你。对了，那个录像呢？”

“早销了，当晚就删了，留着晦气。”

稔子笑出一气鼻音。

宝玉问：“不急吧，出去整桌小酒？”

稔子摆了摆手，撂下一句“天命在上，咱都珍重”，红着眼吭哧吭哧走了。

他走路的姿势，跟宝玉记忆里稔子的模样很不相像。既不像小时候，也不像前些时候。

闰月连着一个月呼吸困难，得送医院里长住。那次医生找到宝玉，说你要做好心理准备，我们尽最后一把力。

当天晚上，宝玉请阿刁到街边摊吃小炒，他给自己开了三瓶红星。他问阿刁，咱这儿饮水的河是哪条？阿刁说，佚河上流，总归喝不死人。哪条河最脏？阿刁寻思半天，说弥河和幻河都够脏的。幻河吧，见过有人拉屎。咋啦，关心起生态文明建设？宝玉笑得鲜红油亮，说可不是，人活饱了，就想着活好喽。

回到家，宝玉用米饭兑水，喂了夸克最后一趟。然后他就将它抱到街上，把它往外逐。“该回哪儿回哪儿去，这里本就不是你的家。”夸克似乎听懂了人话，一别三回头，直到看不见宝玉的身影，才倏地一下，闪没了踪迹。

宝玉后头在闰月那幅裸体画的脚边，补上一只猫。灰底黑纹，小巧可爱。他边画边号，干号，没滴泪。

覃阿姨来过一次，宝玉让她挑走几幅，说也没什么能留下的，只有这些乱涂乱画了。覃阿姨铆足劲说，我可喜欢了，你不能就这样算了，是别人没眼力看出里头的妙处。

那晚夜深，天好，挂满一幕的星星。宝玉在卫生间吸走最后几根烟，然后折回病房。闰月一直在睡，睡得那样平静，她已经睡了很久很久。宝玉深呼吸，将呼吸机拔走。他用那条花背带，把闰月绑好在自己的背上。

宝玉现在骑着小电驴，背着闰月，穿过 D 城夜晚所有的流光溢彩。大宫女充实的肉，现在变成了一摊坚硬的骨。宝玉觉得自己的心，被这些嶙峋的骨硌得生疼。

他先把画一幅幅横过栏杆，再好不容易把自己连同闰月一起甩过河栏杆。坡度陡峭，他必须一路刹脚，才在河边停稳当。此刻，宝玉的嘴唇十分干燥，他抿抿嘴，用舌尖舔润。燥烈的触感在舌面上一路延伸，他第一次感觉自己的上唇如此漫无边际。

宝玉躬下身，轻抚了一阵《大宫女》，或者是那幅闰月的胴体。宝玉把两者画得极为相似。她们确实有着高度一致的美感。宝玉轻声说，别了，别啦。手一松，伊就在河上凫起了仰泳。白灿灿的身体，还是那么性感，健康，充满着生气。伊越游越渺。

在河光里，油画像一叶叶小船，船队拨开漂浮的垃圾，缓缓而下。宝玉背紧了闰月，也开始游去。腥味浓烈，久而不闻其臭。划水声咕噜咕噜，静且悠扬。

不多时，河上有歌传来——

我要送你九十九朵玫瑰花，我要做你永远的阿娜达。我要寄张喜帖到你阿嬷家，真正的痴情男子汉在这，就是我。

宝玉转过头，对闰月说，咱们回家。

《山花》2018 年第 11 期

跟 踪

我在静候一个站在扶手电梯左侧的女人，一个不知出于何种原因，让蠕动的人流突然卡住的女人。她就像扼在喉咙里的鱼骨，攫住血管的血栓。

昨天去上班的时候，我就是这样被堵在了电梯的半道上，之前我已在地铁里挤出一身足够烹饪三菜一汤的汗油。新愤旧怨，我当即脱口而出，左侧电梯是给人走的，前面的你能不能有点素质，乡下人进城吗？我自己其实就是乡下人进城，但当时我必须把自己呈现得十足老北京，把话说得义正词严，甚至字正腔圆。

在电梯海拔稍低一点的地方，一个留着寸头的酱油色男人转过身，撇头凝视着我。随他歪斜的目光打包过来的，还有因绷得过紧而弯向外侧的手臂和竖起的食指。他冒了一句，谁在放屁？语句精短，语气轻挑，竟然有种四两拨千斤的效果。显然他比我更懂得支使语言虚张声势。

其实话说出口，我的愠气已然消失殆

尽，可我分明用丹田发声，却被当众说是在放屁，这让我很没面子，所以我继续把自己表现得非常愤怒。他站在电梯底下，守着我，双手叉腰，两脚叉开，像古装电视剧里演技浮夸的衙役。

我感到电梯下滑的速度偏快，一条条溢出冷光的灯管从我的头顶嗖嗖而过。最好现在发生故障，电梯顿在半道上，这样我准会扭头走掉。可惜事不遂人愿，电梯依然快马加鞭地降落，我们的目光越拉越近，我能清晰看到从那张吸光的圆脸里叛逃出来的躁郁之火。绝非夸张。

我们都没使用人类擅长的语言多加论争，他不是一个苏格拉底式的人，我也不是。他是不懂，我是不愿。我们注定无法生成有益的对话。事实上，一开始我就陷进一场自卫反击战。这场战斗对习惯了讲文明懂礼貌的我，确实不堪回首。我不但为此严重迟到，还去医院织了五针眉角。而我只是扇了他一记耳光，他蛤蟆皮一样的酱油色脸蛋，一点儿都没给回应。我的失败一目了然。

地铁安保人员很快围拢过来，我在心里很孬地感到无比庆幸。在对内情一知半解的情况下，他们习惯性决定各打五十大板。为了捍卫仅余的尊严，表明这是一场势均力敌的纷争，我无视不断从眉角冒出的热血，受下了他们对我出言不逊、歧视外地人的批评，同意了他们对我俩的调解。到最后，我甚至还跟他握了一下手。这个酱油色的板寸头，没有给我一分钱的医药费。

我是晚上回到家后才越想越窝火，我感觉自己成了鲁迅先生笔下的阿 Q。可我毕竟不是阿 Q，我起码也得是以牙还牙、先礼后兵的小 D。

所以今早，我憋着一肚囊隔夜的肝火，重新跑到那个地铁站的电梯底下。我打算揪住那些杵在电梯左侧的人。我当然不会动手，我非但不是一个粗俗的人，准确地说，我是一名修为不俗的知识分子，一位正儿八经的新闻传播学博士。今天是周六，我有大捆大捆的时间去守候这么一个人的现身。

当时电梯上共计三人同时挤进我狭窄的视阈。一个男士，两名女子。

我学着昨天那家伙，跨腿叉腰立定。主客观条件，都决定了我只能从中选择一人。我两眼微眯，追随自己的心声，锁定了较为养眼的那位女士。对一位有着光鲜外表的女性展开说教，让她注重外表的同时，不忘行动中的细节，无疑是最理想的案例，也更具操作性。

我开始尾随她。这是临时起意的。今天是水波不兴的周六。

显然，这不是一个流行跟踪的年代，我们都已惯于按部就班和不逾矩，把自己变成某款智能机器。智能是形容词，机器才是落脚点。况且，这座城市到处安插着不同型号不同像素不同功用的摄像头，它们代替了所有正义或非正义的跟踪。它们就是跟踪本身。但我不以为意，我打算冒犯一回这个年代，用人类亘古的好奇心向天眼致敬，也是对抗。

当然啦，我完全可以找到一个更为岸然的理由——究竟是什么样的环境，造成这位女士做出如此不文明的行为，知其然，还要知其所以然。无所谓的，事实更重要。

她蓄着最近烂大街的半丸子头，穿着一条同样烂大街的微喇九分牛仔裤，我以此推断她是一个媚俗的女人。媚俗距离粗俗，往往不过一纱之隔。她两耳垂上银晃晃跳动着的耳环，给她挽回了一些分数，但已于事无补。

我只想表明我尾随的目的非常单纯。我在为人方面没话说，疼爱老婆，关心孩子，不忘根本，克己奉公。每年至少回一次老家，是拖家带口地回去，至少住上一宿。每天上班挤地铁的时候，我的两手都举得高高的，生怕挨着女同胞的身体，就算没有多余的把手，我也把手举得高高的，举得高风亮节。

她走进一个将要拆迁的菜市场。菜市场的水泥地湿漉漉，层层叠叠地浮着鱼腥、肉膻和下水道的馊臭。关押着活禽的铁笼上，不同时期的粪便像岩层，与锈迹融为一体。我是从透着鸡鸭鹅粪便和泥土浊黄的腥味的乡村闯出来的，在受过十年城市教育并最终扎根首都以后，我已经对肮脏丧失了抵抗力。我现在只希望她能尽快离开这里。

她买了两个西红柿、一把油麦菜和一根排骨。在猪肉摊挑选排骨的时候，她跟那位白胖的老板磨了很长时间。她并拢的手掌在猪肋骨上做出拉锯的动作，我猜想他们应该是就能否只买一根排骨展开谈判。女人最终胜出了。从她没有搽粉的颈部肌肤判断，她应该是我的同代人，正处在由少女到少妇的过渡阶段。这些食材无疑是一个人的分量，这让我的跟踪变得更有底气。她后来还到一家花草店，买了一小盆仙人球。

在走出菜市场的时候，她给自己点了一根烟。她抽烟的动作十分干练，不夸张，不太像那些纯粹为了要酷的媚俗女人。

我一路随她，走进一个并不高档的小区，门卫都懒得乜我一眼。我知道是时候跟她摊牌了，我一个箭步冲了上去。前面的姑娘，请你等一等。我本来打算语气更加强硬，但出口的时候，不小心暴露了自己的涵养。

她回头了，困惑在她粉色的脸上纸屑一样飘散。我小喘着来到她的跟前，我的胸脯对着她有个小驼峰的鼻梁。微笑突然在她的脸上浮现，让我心里有点发虚。

“老郑！”她握着仙人球的右手在我的左臂狠狠地击了一拳，我差点儿以为她要袭击我，“居然在这儿碰见你，你也住这里吗？”

“小姐你是？”她居然知道我叫老郑。

“我是钟茗啊。”她的眼睛睁得很大，瞳孔上有类似太阳神鸟的纹样，“不是你先跟我打招呼的吗？”

这样的情形我始料未及，我兀自在嘴里过了两遍钟茗这个名字。我敲了敲太阳穴，把沉淀在脑部马里亚纳海沟深处的记忆都给晃了起来。钟茗是我的高中同学。我豁然开朗，说你就是钟茗啊。我像考试审题一样，全神贯注地在她的脸上阅览了两遍，还是没能找到熟人的证据。其实我对钟茗本身没什么印象，所以基本她说什么，就是什么。

也就是说，我一下子从北京上千万人口中，拎出了多年不见的老同学。如果我没有记错，我们有两年多没碰面了。上次遇见，还是在我唯一参加的那次同学会上。我怀疑我们那时连招呼都没打。

我叫郑开，我上高中的时候比班里一般男生大两岁，比大部分女生长三岁，所以他们从那时起就管我叫老郑。老郑的名声逐渐远播，人人都喊我老郑。我妈后来都管我叫老郑。我爸就很不乐意，说纲常都被你给喊乱了。

读书晚这事不怨我，村里孩子读书普遍晚，我在里面算年轻有为的了。正因为我是村里考到城里的，所以我学习起来很卖力，课间休息我都用来写习题。要不是性格内敛，凡事怕麻烦，我早就申请跳级，不跟他们这帮小朋友一般见识了。

老郑老郑的，听起来像个忠厚老实的退休干部，可我其实才三十冒尖，事业春风得意，家庭美满幸福，媳妇去年才给我生了一个据我妈说比我小时候俊朗得多的胖小子。多插一句，优生优育，就得选一个像我媳妇这样心灵美的同时还不忘外表美的女人。

那次我刚好回老家省会，参加一个探讨传统纸媒如何因应全媒体时代的会议。会议难得按时结束，也许是与会专家都不情愿把真知灼见浪费在一个资质平庸的西部省城。我心想长夜漫漫，干脆去会会那帮老同学。于是赶紧摸出手机，过了整整一天以后，在老班长的留言底下回复了四个字：不见不散。

上台发言时还滔滔不绝的我，来到这些多年不见的同学中间，突然害了一点失语症。我说什么都显得如此空洞、突兀。他们热衷于谈论谁谁又高升了，谁谁又锒铛了，谁谁又离异了，谁谁又找了个小的。除了谁谁又找了个小的还能稍微激起我的兴致，其他话题只能迫使我学习忍耐。我们没有共同语言。

他们知道我在北京，总爱抛给我关于中南海的问题。我感到很困窘，我上班地点离中南海不堵车也有一个小时的车程。我说也不对，但不说出个所以然来，又生怕他们小瞧我，我无法接受这种局面。于是，我只好支支吾吾，把从手机里看过的新闻，换个语序复述一遍。

我在高中的时候就是一个不善言辞的人，我训练自己只对试卷感兴趣，这让他们觉得我是一个很无趣的学霸。这种刻板的印象应该一直延续至今，但我一点儿都不介意。他们大部分都在省内混口饭，了不起就是一个地方暴发户。我敢打赌，他们没有一个人知道黑格尔是谁，要是我跟他们提到黑格尔，他们准会问我，黑格尔也是内蒙古的歌手吗？从那以后，我再也不掺和他们举办的任何活动。我宁可在家里独自发呆，然后点一份外卖，也不吃他们的大餐，最后还要AA。

我使出抱歉的神色，跟钟茗打了一个迟到的招呼。她指了指我眉角上的纱网，问说这是怎么回事。我说说来话长，改天告诉你。我并不打算向她揭开伤疤。我在女同学面前的羞涩再度暴露无遗，说话舌头老打结。我猜想我的脸蛋一定像那苹果到秋天。

钟茗告诉我，她来北京快两年了，就是那次班聚以后不久，她决定来北京发展。“我当年不是艺考的嘛，我大学学的是公共艺术与环境艺术。”我其实一点儿都没有印象，但还是拼命点头。她说从事文艺事业，只能来北京，就算露宿街头也得来。这话我觉得颇有道理，所以更卖力地点头。钟茗说如今她在一个知名艺术家的工作室里干活，主业搞搞装置艺术，副业是陪同各方要角吃饭，喝些很有年头的红酒或茅台，最后帮他们叫代驾。她现在经常跟团队跑国外展出作品，所以没来得及跟我这老同学恢复联络。我不得不附和着说了很多恭维的套话。

我对装置艺术很感兴趣，装置这个词让我立马联想到电路、车间、游标卡尺、伸缩梯和理工科。它跟艺术连在一块，就有种文理兼修的气韵。于是我问她怎么才能做出一件出色的装置艺术作品。她说首先当然要掌握基础美学，了解色彩的构成与彼此的关系、空间的排布、体块关系，然后慢慢积累各方面经验，从生活中汲取灵感、素材和原材料。虽然我根本来不及消化，但我听得很来劲，我对知识充满了兴趣，对拥有我所未知的知识的人更是满含敬意。我对她的好感度，瞬间蹿高到对流层。

这时她又点了一根烟，同时不由分说也派给我一支。很可能钟茗觉得文史哲艺不分家，大家都在为了祖国的文艺事业而抽烟。我从不好这口，但这个时候我还是把烟稳稳捏在手里，听任她给我点烟。我学着她的样子，把烟夹在拇指和食指之间，用中指弹烟灰，吞，吐，吞吐的间隔也跟她差不多。虽然有些呛喉，但我还是成功地忍住了。

当时她说，你瞧，咱净站着说话干啥，到家里坐坐吧。从一个南方人嘴里说出“咱”和“干啥”，我的手臂不由自主地长出一排鸡皮疙瘩。我假装推托了一下，便紧紧跟在她的身后上楼了。

她住在四楼。杂乱的楼道让我想到了刚才那位目光呆滞的老年门卫。步入那扇打开的铁门，我发现昏暗的屋内坐着一个男人。他在看电视。一场 NBA 篮球比赛。我当时差点儿就要高喊一声有贼，扭头去看钟茗，却见她一脸淡漠。明眼人都能意识到，他们关系匪浅。

男人看得很投入，似乎没有瞅我一眼。我在他眼里成了理所当然的存在，就像钟茗手上的那根排骨。他后来只是象征性地挪了半边屁股，淡淡地说了一个字："坐。"应该是跟我说话。

我最后是坐在钟茗给我单独拿来的一个深蓝布面的马扎上。我压根儿就没想过她不是独居这种情况，这让我变得很多余，我甚至都比不上那根富含蛋白质的排骨。我双手接过钟茗递来的一次性纸杯，里面深褐色的可乐仍在不断溅出气泡。可乐在杯中发出一种水渗进干燥的沙堆里的响声。我担心纸杯会迅速软掉，于是仰脖一饮而尽。糟糕的是我开始打嗝，我都想不起上一次打嗝是什么时候。钟茗现在独自走进卧室，粗心地把我晾在大厅里。我只好一边打嗝，一边跟着男人看比赛。

"你是钟茗的朋友?"男人终于又发话了。比赛进入了暂停时间，电视里现在跳出广告。他把脸对着我，眼睛却还挂念着电视屏幕。我搞不懂这个奇特的姿势意味着什么。我像罪犯自首一样，把我跟钟茗的关系一五一十地供了出来，但绝口不提我为何会碰见她。他这时终于舍得用眼睛直挺挺地打量我。但他什么也没说，只是缓缓地点了点头。

"你们在一起多长时间了?"为了化解尴尬，我打算主动找点话题聊聊。

"我们住在一起有一年了。"他主动嵌入一个动词，就像中小学试题里常问某某假设是否正确，我们必须在给出答案以后，再额外回答为什么，否则就会被扣掉大部分的分数。我推断他从前的应试能力，一定跟我旗鼓相当。

钟茗换了一身居家的睡衣出来，她对我说今晚留这里吃饭吧。我知道这是一个礼节性的问候，一根排骨还不够我塞牙缝的，于是赶紧说不必了，改日我请客，谢谢你们的可乐，真好喝。是我的可乐。钟茗特意强调了一句。一直全神盯着电视的男人突然大笑一声，我不知道他是笑电视里的比赛，还是笑钟茗所说的这句话。他们的关系很微妙，说不定之前小吵过一架。

因为突然多出一个陌生的男人，我浑身怎么摆放都觉欠妥。我以有限的幅度扫描了一下这个房子，除了沙发后头的墙壁裱着一幅俗艳的牡丹刺绣，其余墙面是过分的空白。茶几上没有多余的事物，一个透明的玻璃果盘上覆了一层细微的尘屑，里头刺眼地睡着一把水果刀，同样贴着一层灰蒙蒙的尘屑。我在这里搜寻不到任何关于装置艺术的信号，只有简洁而笨重的生活痕迹。我又干坐了一会儿，打算回家。

在出门前，男人主动起身，给了我一个很有力道的握手。他的个头不会比钟茗高出多少。

“李叶。很开心认识你。”

从他分布着很多汗毛的脸上，我并没有看到开心的踪迹，他应该并不欢迎我的出现。好在我也不打算让他喜欢上我，这样挺好的。临走时，我甚至还当着他的面，给了钟茗一个拥抱。当我柔软的胃囊触碰到她稍显坚硬的胸口的时候，她条件反射般将右腿往背后勾了一下。一股得意从我的心底油然而生。我们都说下次再约。

在回家的路上，我一直把双手插在裤兜里，嘴里吹着不成调的口哨。我还特地拐到一家烟酒店买了一包万宝路。刚才钟茗抽的就是这个牌子。

我跟钟茗第二次见面是在她的工作室。我是带着儿子一起去的，我想从小就培养他出众的审美品位。但他全程只对餐桌上的咖啡机、碟盘里的甜点和印着巧虎的抱枕感兴趣，我难掩作为一个父亲的失落。我看到他们把很多快要腐烂的水果摆放在一起，钟茗说他们打算做一个以“丰收”为主题的系列，届时会去上海参展，一切还在试验讨论当中。他们在我眼里有几分小众宗教的神秘气息。

从这次跟钟茗的交谈中我才得知，她跟李叶只是同居舍友。她说你千万别想歪了，我是颜控。我对她说，我觉得李叶对你有意思，不然他没必要把我关于你们关系的问题回答得如此艺术。他不可能不知道我误解了你们的关系，而他却任由我去误解，甚至甘愿将错就错。

“他可能只是觉得好玩，他是一个很有意思的人，以后有机会接触，你一定也会这么认为。到目前为止，我身边认识他的朋友都很喜欢他。如果他长得再争气一些，没准我们真有戏。”钟茗一边给我儿子剥巧克力纸，一边跟我说话。

她夸我儿子长得可爱，脑门敞亮，鼻子随我，扁平，鼻孔朝天，萌萌的。我看着儿子满嘴的巧克力泥，隐隐担心将来他会是一个没有出息的家伙。

我挑了一个周末去钟茗的出租房。这天雾霾很重，泡桐刚刚开花，在雾霾里紫得脏兮兮的，路上零星有乌鸦的粪便。我忘了戴口罩，所以走得很快，到小区的时候浑身燥热。

在了解了内情以后，我变得非常理直气壮。我握紧拳头很用力地敲门，好像执法部门在执法。李叶出来开门时，我赶紧从门缝里钻了进去，然后一边脱鞋一边问：“钟茗在家吗？”他说很不走运，她刚出去没多久。我说哦，没关系，我等等好了。我当然知道她不在家，我此番造访是奔着他李叶来的。现在，我对李叶产生了兴趣。

这天我坐到了沙发上，他坐在我的右侧。我们都跷着腿，大开大合的那种。我给他发了一根烟，他推托了一番，说戒了。但当我把打火机伸到他下巴的时候，他还是老老实实地把烟放在了暗紫色的嘴唇上。我们不约而同地笑了起来，微笑拉近了我们的距离。

李叶抹着眼屎说他刚起来，还没来得及漱口。我说我不介意的。他打开了电视，说今天没有比赛。他的样子看起来很失望，我相信他是一个非常铁杆儿的球迷。后来我们东拼西凑地聊了起来，都是些无关紧要的话题。

“你最开始找她合租，就没想过跟她发生些什么？你完全可以找一个男室友。”我跷着的腿抖了起来，烟雾让我看不真切李叶现在的神情。

“看来你知道我们的关系了。”他躺在沙发上，干笑一声，声音像抒情男高音在开嗓。他接着说：“你说到点子上了，是她发布的合租信息，而且并没有规定异性请绕行。”

“所以你觉得是她在尝试一些小动作？”

“我没这么说，但我会保留这种可能性。”他适时地递来一个杯底剩了些水的纸杯给我弹烟灰。我怀疑是我上次用过的那个纸杯。

“事实是你接盘了，而不是别人。”我像一名警察一样步步为营，当时我并不觉得失礼，“如果是我，我不会跟一个陌生女人合租。虽然这没什么。”

“怎么说呢，你信不信人在很短的时间内，想法会发生急剧的转变？”

“我信，你说你还是处子之身我都信。”我尝试开一个玩笑，可他的脸上却无动于衷。我想他可能缺乏一点儿生活必备的幽默。

“一开始有一点儿期待，但很快就打消了念头。但这真的没什么，我们住在一起很和谐。她给了我很多看待问题的新角度和新理念，而我可以帮她扛东西，她总是把很多大件包裹寄到家里，没个男人她折腾不起。”他现在离开沙发走进厕所，可能是去洗漱。

“所以是不是说，她要是长得再争气一些，你俩有戏?”

“老郑，看来你真懂我。”他在厕所里回答得很大声，有一点儿回音效果。

后来我们还聊到了近期的NBA赛况和热播的电视剧，虽然我从未接触过这两样东西，但这并不影响我们热烈地交流。捧哏不影响逗哏的发挥。正如钟茗所说，李叶真的是一个很有趣的人，他的四体不勤让我既羡慕又疑虑。至少在我离开的时候，我们都忘了钟茗是谁。

那天在单位无事，我用办公室的固定电话拨通了钟茗的手机。

“李叶是做什么职业的?”我问。

她说她也不清楚。“我没事在家睡到自然醒的时候，他也在屋里，不是看电视就是在自己房间里捣鼓什么。每次我干完活或出差回来，大部分时间也能在家里撞见他，所以他很识趣地提出水电费六四开。”

“你就不好奇吗?”现在我对各方面都感到相当好奇。我晃着脑袋掰着指头说：“毒贩，窃贼，身背命案的公安部A级通缉令嫌犯，或者女性内裤收集者，你的内裤有没有丢失的情况?”

“神经病!”钟茗的声音哗啦一声，像水一样泼进我的耳朵，“好奇是好奇，可好奇害死猫。”

“说到底，你还是不够好奇，对于一个搞艺术的人而言，这可不好。”钟茗没再说什么，估计是默认了这个结论。

“天文学家之所以成为天文学家，就因为他一天内的绝大多数时间都仰着脖子从望远镜里张望。如果一个人整天都无所事事，他一定能成为一个生活学家。”我又变成那个同事熟悉的文艺理论家、批评家，“李叶就是这样的人。”

从那以后，我伺机寻找借口，频频向单位负责考勤的大姐申请外出走访。她本来就又臭又长的脸蛋因此变得更臭更长，这让我心花怒放。其实我是去调查李叶，我怀疑自己最近迷上了当一名侦探。

我在楼道里等着他，李叶喜欢在早上十点半左右出门。他们的楼道不透光，大白天犹如子夜，墙壁上贴满了各类涂鸦一样的小广告。虽然楼道里有声控灯，但李叶出门时，总是很小声地把门带上，然后黑着默默下楼。他的步子很轻，但步履很快。他肯定没有夜盲症，而我觉得自己应该买一瓶鱼肝油。

他喜欢背着手在护城河边散步。他有一点弓背，所以远远看起来像一个老头。很多鸽子扑棱着飞到他身边，他从口袋里摸出些东西，撒到地上，鸽子纷纷低头啄食。看样子他经常来这一带。他会跟鸽子说话，喉结一抖一抖的，但具体说了什么我听不清楚，或许是人类都听不懂的鸽语。这让我突然对他有点儿欣羡。

李叶随后站在一个写明禁止戏水、游泳、垂钓、溜冰的蓝色告示牌下，看着岸上的钓鱼人垂钓。他站成军人稍息的姿势，像那根悬出去的鱼竿一样纹丝不动。直到那人钓上一只灰色的鱼，他才大踏步地走开，好像能钓上鱼完全是沾了他的光。

空气里似乎混进了猫毛，我的皮肤有些酥痒，鼻孔里徘徊着猫砂的臊味。一到深秋，我来自南方的嘴唇就会脱皮干裂，像两片烤过头的香肠。李叶接着背过手，缓缓走向熙攘的大街，最后在一家彩票站附近刹住脚。

他只是立在彩票站的马路对面，神色略显慌张，嘴里不断地塞烟屁股。我抬头看向彩票站的大门，朱红色的横幅上白字贴着热烈祝贺我站喜中某期双色球一等奖一注奖金五百一十四万元。他就这样驻足了很长时间，我的脚后跟有些酸痛了，他还在这里逗留，双手在裤兜和衣兜间不停转换包厢。

他离开时倒是很决绝，我差点儿把他给跟丢了。他进了一家小卖部，等他出来以后，我赶紧走了进去。我闻到了他残余的体味，像咖喱。我向看样子跟我父亲一个年纪的店老板打听李叶的情况。老板狐疑地打量我，说不知道，你要干吗？他的话很冲，这一点也像极了我的父亲。这话把我噎得一时无言，好在我灵机一动，冲口而出，我是他大哥，看他整天游手好闲的，我妈让我负责盯梢他。对付这样的老头，就应该打亲情牌。果然，他的情绪很快和缓下来。他颇有感触地对我说，儿行千里母担忧啊，生个孩子，本想着养儿防老，结果操心没完没了。

他开始说起自己的儿子。他儿子是影视剧的摄像师，常年出门在外，三四个月也见不着一面。别人都往北京跑，他偏往全国各地跑，往深山老林、老少边穷地区跑。老板唉声连连地说："你说别人去拍戏都能露个脸，他倒好，专给别人拍脸，自己从没露过半只胳膊半条腿。只有在剧终演职人员滚屏时，才会有那么一行出现他的名字，得戴上老花镜仔细端详才能看到。不过我跟孩子他妈也知足啦。现在每回看电视剧，不管是不是儿子所在的剧组，都感觉镜头的背后就是自己的儿子，所有摄像师都是我的儿子。这样看起来就特别来劲，觉得中国电视剧拍得就是好。"我很恭敬地听着老爷子口吐莲花，直听得有点犯困，不住地打着哈欠。他老人家最后话锋一转，回到了李叶身上。

"你弟弟刚才在这里买了一包中南海和一条绿箭口香糖。"

没有任何有效信息。我跟老板要一支唇膏，我感觉嘴唇热辣辣的十分难受。他说不好意思，这里不卖这玩意儿。说罢他就用手拍口袋，然后从右衣兜里摸出一支黑色唇膏。他笑嘻嘻地说："小兄弟，你不然先用我的吧，好使得很，你看你嘴唇都挂血了。"对于非常注重个人卫生的我，这显然是不可理喻的，我连忙推托，趁机跟他告别。

大街上早已不见了李叶的踪迹，现在我只好回单位迎接领导的臭脸。

第二天我获知钟茗在家后，在将近中午的时候登门拜访。不出所料，李叶这时已经出去。他的房门并没有反锁，这是他的风格。我假装漫不经心地将门把一扭，大步流星地走了进去，嘴里噼里啪啦地大声说话，洪亮到钟茗不好意思质疑我的行为。

李叶的卧室比我想象中要洁净很多。他的床上铺着纯白的床单和被褥，头顶上放了两个枕头，同样是光洁的白枕套。我特别俯身细看，连口水印或一根发丝都没有。他的房间让我同时联想到了便捷酒店和医院病房。我问钟茗李叶是不是处女座，或者是同性恋。她回答说我真的不知道。她真的是一个很缺乏好奇心的女人。

我在翻开李叶书桌的抽屉时，看到好几个叠放在一起的面具，有圣斗士星矢、奥特曼、蜘蛛侠和猪八戒。在踮起脚尖勾开书柜上方的那扇柜门时，一摞粉红色的小纸片顺着门缝逐个跟我热烈拥抱。我拿起一张，有点像迷你答题卡。上头写着双色球玩法，还有销售时间，底下是几行以字母打头的数字，最下方有很多类似盲文的不规则小黑框。原来李叶是个老彩民，这说明他是一个对奇迹满怀期待的人。我想到了那个他逡巡良久的彩票站。

次日早上，我如期在他家的楼道里蹲点，我特意戴了一顶帽檐很长的黑色鸭舌帽。他如约般在十点半出门，还是背着手，在散发出一股腥臭的护城河边漫步。

当天那位钓鱼人没来，之前的位置站了一名城管。李叶时而走到桥栏杆边，时而来到垃圾桶旁，两者相隔不远，最多十步路。两处地方都拥着一窝窝下象棋和打扑克的人，清一色的老头。我后来凑近瞄了几眼，赌注在三两块钱上下。李叶站在他们中间，就像刚修剪过的草坪上多出一根茜茅。他太过年轻，而且皮肤特别白，像一位从未干过重活的城市女孩。他喜欢给人出谋献策，所以坐在对面或两侧的秃顶老头总拿眼神瞪他。他要么完全没注意，要么视而不见，仗着年轻气盛别人不敢招惹，依然叽叽咕咕充当狗头军师。这时的他看起来十分自足。

中午时分，他走进一家山西面馆，一个人把一碗刀削面吸得呼呼作响，手里抓着手机跟人打电话。前天他进的是隔壁家的驴肉火烧店。他在下午还去影院看了一场电影，我干脆坐在电影院边上的咖啡厅里发呆，领导打来电话也不接。只要稍微发挥我的聪明才智，不去上班的理由就会像龙头水一样哗哗直往外冒，随便找一个就够领导哑巴吃黄连的。

李叶果然又去了那个彩票站。今天在距离彩票站十余米的地方，他跟一个身材魁梧的男人碰头了，我猜测就是中午跟他打电话的那位。他们互相发烟，互相给对方点烟，然后倚着路边的共享单车吞云吐雾地聊起来。想到他房间里的那些面具，我脑袋里忽然闪出一个叫人血脉偾张的念头。

更让我汗毛竖起的是，跟李叶聊天的这个男人，正是前些天和我纠缠不清的酱油色男子。他的板寸头缺乏修剪，像一丛猪鬣朝着不同方向刺开。一认出他，我刚拆线的眉角就一抽抽地疼起来。

这一幕让我好些天都睡不踏实，半睡半醒间，我总能见到戴着动漫人物面具的李叶，他像座山雕一样披着貂皮大氅，站在彩票站的大门口，左手竖起一把半自动步枪，右手抓着一个银亮的保险箱。他的身边叉腰站着那个许大马棒似的酱油色男子。

我老在床上翻来覆去，本来就睡眠很浅的老婆，气得不断拧我的大腿肉。她早就对我最近心事重重的样子很不待见。

“在外头拈花惹草了是不是？开始在我面前摆脸色耍性子了是不是？”她的异想天开让我啼笑皆非，但我除了发毒誓什么也不能做。我不打算把我的跟踪行动告诉她，不然她一定觉得我要么疯了，要么在满嘴跑火车。

我把自己的所见所想都告诉了钟茗，她是那个最理想的倾诉对象。但无疑，她不是理想的意见交换者。她听了我的见解以后仰天大笑，双脚乱蹬，大破洞牛仔裤在我面前像开裆裤一样招摇。她直说不可能，李叶是一个连鸡蛋都不敢敲碎的人，绝不可能做出这种骇人听闻的事来。没想到她还是一个盲目乐观的女孩。

我依然对李叶进行暗中观察，随时打算跟天眼那头的人接上线。那天我跟随他的脚步摸黑探步下楼，突然被人从背后揿了一下肩膀。我当即吓得一声尖叫，整栋楼的声控电灯都被我惊亮了。是李叶。不知何时，他居然摸到了我的身后。我万分懊恼没有及时补充维生素 A。

他铺盖着一层淡灰色汗毛的脸上藏着一股得意，他说你干吗跟踪我。既然事已至此，我只能跟他摊牌。我对他动之以情，晓之以理，让他别干傻事，我告诉他，北京的治安环境在全球范围内都是数一数二的。有那么几个瞬间，我觉得自己特别伟大。他听我说完，居然跟钟茗一样哈哈大笑起来。我怀疑两个人住久了，行事风格也会趋于一致。

他后来竟揽着我的肩膀，拉我去一家早餐店吃早点。我索性也痞里痞气地抱住他的肩膀，我绝不能在一个比我矮半个脑袋的男人面前输了阵势。

我们都用嘴角咬住一根烟，他给我们分别点了一碗豆腐脑，然后再要了一份小笼包。作为南方人的我并不喜欢吃打卤的咸豆腐脑，但我仍然把它吃得窸窣作响。李叶说老郑不够你只管要，今天我请客。我抢着说不行，必须我来买单。我争强好胜的个性又被激发了出来。

我们一边吃着热腾腾的早餐，一边掏心掏肺地聊天。我承认了我对他的跟踪，只是出于对未知的好奇，而永无止境的好奇心是人类不断进步的必要条件。他告诉我是钟茗泄露了我对他的跟踪。原来是钟茗出卖了我。昨天晚上，她以一种间接引语的方式，将我的种种忧虑完完整整地转述给了李叶。我不得不说我这老同学真的太过天真，莫非艺术家都这样？

我们随后来到他往日走动的河边，我们很享受把自己变成与这座以忙碌著称的都市格格不入的一分子。鸽子天女散花一般落在我们的脚边，他从衣兜里掏出一些晒干的玉米粒撒向鸽群。他没有说他往常使用的鸽语，可能对我有所保留。李叶选在一个无人的角落告诉我，他早前买彩票中了五百万，也就是那个彩票站的头奖。他的获奖和眼缝里弥漫的淡然，都大大出乎我的意料。

“以前我是一名护士，当我中了五百万以后，就辞职不干了。工资太低，又辛苦，还要排夜班。”男护士并不多见，但我想李叶是再合适不过的人选，他的离职绝对是我国医护事业的一大损失。李叶说到他有洁癖，喜欢纯白，见不得房间脏乱，所以他喜欢跟女人合租，因为通常女人比男人更爱干净。

我问他为什么决定跟我分享这些事，就不怕我觊觎他的奖金？他说之前还挺担心，但现在不怕了，因为北京的治安环境在全球范围内都是数一数二的。我们又都捉着对方的肩膀笑了起来。当时我有种错觉，我跟他是认识了好几年的老友。

“五百万去了税，在城里还买不起一套像样的房子，何况我还没解决户口。你一个在北京有户口有房产的人，我没什么好担心的。”他挽着我的脖子说，“老郑，你是外地人扎根北京的典范。”面对突如其来的夸奖，我的手脚突然变得有些拘谨。

鸽子吃饱了，哗啦啦地起飞，镶入灰色的天幕，整齐而不呆板。我问李叶他跟那个酱油色男子是什么关系。

“他叫陆铮，是当年我当护士的时候照料过的一个病人。”李叶说。他的眼睛现在眯向一块从河中心探出脑袋的淤泥。

因为都是老烟枪，那时他们总能在医院的吸烟区碰到，偶然的机缘让两人开始有一搭没一搭地闲聊。陆铮开了一间彩票站，李叶是多年的彩民，他们在彩票和球赛上有聊不完的话题。就这样，他们侃成了朋友。陆铮本来不归李叶负责，但他后来指定让李叶给他打针检查。到陆铮出院以后，他们还会没事一起出来撸串喝酒。

李叶正是在陆铮的彩票站里中的五百万，他说他该管陆铮叫恩公。我跟踪他的那天，他正在跟陆铮商量怎么把这五百万巨额奖金给取到手，毕竟这方面他的经验十分欠缺。

我直言不讳曾跟陆铮发生过小小的不快。李叶当即两手一拍，说不打不相识，他一定要当一回和事佬，让我们化敌为友。他信誓旦旦地说，陆铮是一个很讲义气的人，你们很有必要把这笔误会勾销。他非要拽着我去彩票站找陆铮，我对一笑泯恩仇这事，既不支持也不排斥。

我们是在陆铮的彩票站里碰头的。当时的我比预想中来得忐忑，牙龈不断渗出唾液。李叶在陆铮的耳朵边交代了几句，便见陆铮哐哐朝我走来。他给我来了一个黑人见面时常做的撞胸，这让我受宠若惊，我以为他是玩嘻哈的。随后，我们都把对方的后背拍得噗噗响。

陆铮虎背熊腰，论动粗，我绝不可能是他的对手。陆铮将我们请到彩票站的内堂，说里头好说话。我们坐定后，他开始给我们泡茶。陆铮说，哥，你真说对了，我就是乡下来的，不懂规矩，你教育得对，我当时太冲动了，冲动是魔鬼。我摆手说真没事，一点皮外伤而已。你别叫我哥，我肯定没你大，你叫我老郑就好。当时急着上班，所以话出口语气有些硬，其实我自己也是从农村混出来的，不丢人。

我们都把自己的烟递到对方的手心，再抽出一根夹到对方的耳背上。那包万宝路现在派上了用场，可见人生里所有的道具都有用处。我告诉陆铮我们家是种桑养蚕的，以后给你寄一床蚕丝被。陆铮说他们家是放羊的，畜牧业，以后给我寄羊肉羊下水羊毛衫。一聊到农业，我跟陆铮都显得特别激动，我们的关系一下子拉近了不止三站地铁。

我们一边喝着陆铮泡好的橘普茶，一边谈论彩票站里发生的事情。对于新鲜的事物，我总会把自己表现为一名虔诚的听众。

陆铮说，来店里买彩票的绝大部分都是老主顾，男性居多，中老年居多，像李叶这种少壮派是少数。有时候私房钱没了，他们也会到彩票站里坐坐，就像以前大家农忙结束，会在村头墙根上坐坐，晒晒太阳。在这里，墙壁上的彩票走势图就是他们的太阳。李叶补充道，烟有烟瘾，彩票也有票瘾，不少中了大奖的彩民，往后还是会不时回来买几注，念旧啊，比如说我自己。他把最后一句说得气若游丝。

陆铮告诉我，彩民们都有各自习惯的时间到彩票站里试手气。这么些年，他见过有人倾家荡产，也有人枯木逢春，更多的是偶尔几十上百块地来一下，揣着奔头过把瘾，也是做慈善。在赶回单位上班的时候，我顺便投了几注七乐彩，纯粹是为了彰显以德报怨，支持陆铮的生意。到开奖当天我都没来晃一眼，不信者恒不信。

李叶去福彩中心兑奖那天，我也随行陪同。我恍然有种做伴郎的感觉，李叶此番是要把五百万娶进家门。会不会横生闹洞房或是抢婚的枝节？对此我竟然不怀好意地有些期待。

他最终选择戴上蜘蛛侠面具，那是他最钟爱的角色。他在外面套了一件我父亲留在我家过冬的军大衣。他在最里层穿的是一件起满毛球的白色背心，他说这件背心是他的幸运衫，某年过年的时候他奶奶送给他的。当年高考就因忘了穿它，所以才没考上本科。他买了一个红色塑胶资料册，把所有票据和证件都放在里头，然后一直搂在肚皮上。我跟同事借了一辆大众捷达，领奖毕竟不是真娶媳妇，不宜太过张扬。

在载上李叶和陆铮以后，我们便奔赴福彩中心兑奖处。陆铮是要跟李叶合影，好为店面做广告宣传。一路上李叶显得很焦虑，他不断用掌心搓大腿，问我是不是应该表现得开心一点才对。我说可不是嘛，五百万砸中你的脑袋，你还抑郁不成？“就因为天上掉馅饼，总觉得不够稳当。怎么就突然百万富翁了呢？”他咬着嘴唇，腼腆地笑了笑，跟我初次见他时完全是两个人。

在福彩中心，披着军大衣戴着蜘蛛侠面具的李叶和喜笑颜开的陆铮，分别握住写有奖金数额的现金支票板的左右角。我必须打开闪光灯，才能把陆铮酱油色的五官拍出些许棱角。

当天晚上，李叶提前预支奖金，请我们俩加上钟茗，一起到北京一家知名酒店的六十六层餐厅暴饮暴食了一顿。我们把这辈子都不敢点的菜肴全点上一遍。席间我们鬼话连篇，动作粗鲁，嗓子喊得都快要抛锚了。我们就想在众人面前撒野要钱疯，浸没式地体验一回做暴发户的快感。

这晚上过后，我又恢复按时上下班的优良传统。老婆对我的满意度重新恢复到峰值，她现在睡觉再也不拧我的大腿肉了。只是每天我在挤牙膏的时候，在不断摁下遥控器频道键的时候，临睡前在儿子脑门上印下一口吻的时候，用一根尼龙线拔下他第一颗门牙的时候，总觉得生活缺失了点什么，但我说不上。那天吃完晚饭，我正打算歇一歇去洗碗，李叶突然给我打来电话。电话里他让我赶紧去他家里一趟，说是有要事商量。我当即答应，把洗碗的任务交给妻子后就急忙赶了过去。出门前，我偷偷在耳垂上点了两颗香水。

钟茗也在场。自从有了我这根搅屎棍，他们算是真正搅和在了一起。

原来是李叶老家的媳妇在闹事。他居然有媳妇！钟茗不知就罢了，连我也毫不知情，我说我原先还以为你不喜欢女人呢。李叶说，他们其实早已名存实亡。

是他老婆先提出的离婚，他俩没孩子。李叶不肯答应，他一直在竭力挽回他的这段初恋，他老婆是他暗恋三年最终追到手的大学同窗。后来就到了五百万的情节，李叶当时赶紧把这则喜讯告诉了老家的老婆。老婆说你就扯吧，一千万我也要离的。李叶把证据拍照传给了她。过了大概两小时，老婆回拨来电，说她同意不离婚了，毕竟还是一样的配方，还是熟悉的味道，我们可以再试试看。

这下子轮到李叶不乐意了，他对我说，这就是他之前跟我说过的，突然间的剧烈变化。他说我一个大活人，居然没有还没到手的五百万钞票重要，这让他无法接受。只是老婆咬定青山不放松，说买卖不在情意都在，何况我们是有过革命感情的，你不能有了几个臭铜板就抛下糟糠之妻。我觉得他们夫妻俩都很会抖包袱，非常适合演相声。

“她当初为什么想要离婚？”钟茗问，“钱？外头有人了？”

“钱吧，我不知道。”

“你不好奇吗？”钟茗抢先替我问了。

“我当时顾不上好奇，后来就没兴趣好奇了。”李叶的眼珠子在我和钟茗之间不断摇摆，“你的意思是我被绿了？也不是没有可能。但如果我当时知道了，我担心自己会做出一些傻事来，所以都是最好的安排。反正我是不会吃回锅肉的，没有嚼劲，谁爱吃吃去。”

钟茗盘着腿说：“就是，你们男人又不是柿饼，耗着就能熟透。不经历几段感情，怎么成长？”我赶紧伸出大拇指。

李叶钟爱白色，他当年结婚的礼服是白西装，他说如果以后再婚，他打算穿大红的传统唐装，转转运，喜庆还耐脏。李叶私底下跟我说过，他说钟茗长得至少不寒碜吧，也懂得拾掇自己，我跟她天天共处一室，相当于一场熬人的灵修。

我非常肯定我的兄弟李叶是一个很有操守的人，但人善容易被人欺。老话讲宁拆十座庙，不破一桩婚，可现在我要他务必守住底线，坚决将离婚进行到底。我们都喝了几口小酒，李叶把头点得像患了癫痫。我跟钟茗都用酒杯敲着茶几，祝他顺利离婚，早日二婚。

为了填补这段时间在工作上的荒废，我一连几个晚上都窝在书房里熬夜到凌晨两点，就为了写出几篇书评、影评和话剧评论。一到深夜我就文思泉涌，只需看上几篇相关报道，我便能添油加醋写成一篇漂亮又似是而非的文章。我的手指在键盘上如野蜂飞舞，这时候睡觉对我而言简直就是浪费生命。

第二天来到单位，再添上几篇早前写好的存货，我将这些稿子一次性甩到我们第一编辑室主任的办公桌上，吓得他赶紧把跷在桌上并不修长的双腿撤下。那些刚从打印机里孵出的

A4 纸，散发出热乎乎的铅粉味，把他眼镜底下的泡芙眼发酵得更为膨胀。

“主任，鞋。”我刻意挤出一种很低沉的声调。

“鞋怎么啦？”

“鞋底不干净。”

他于是歪下头看了半晌，常年不拉伸的韧带根本不足以支撑他看到鞋底。他这才想到去脱鞋。我说左脚。他思考了片刻，准确地把左边的鞋子脱下。翻过来一看，是一张不知何时粘上的招嫖卡片。

他蹦出一句脏话，然后对着我说，太猖狂了，都贴到我脚底下去了。我憋住没笑场，说可不是嘛。

同事们虽然嘴上不提，但从他们看我的眼神中我不难得知，他们对我这老骨干的工作效率佩服得五体投地。我还是像以往那样，在办公室里泡一杯挂耳咖啡，拿出一本文学杂志打发时光，慢慢品尝咖啡杯里的苦尽甘来。不得不说，现在的文学水准太次了，还不如封面和彩插给我的印象深刻。但该说好话时，我从不嘴软。

来北京以后，我就喜欢上了喝咖啡，是广东人说的斋啡，从不加糖和奶精。很多新来的同事都误以为我是上海人，对此我只笑笑不说话。

日头底下无新事，这话是对日头说的，是对这个世界说的。对我个人而言，依然有那么多新鲜事等着让我心生波澜，比如说陆铮好好的彩票站突然关门了。

如果不是陆铮亲口告诉我，我万万不敢相信，五百万大奖的宣传期还没过几天呢。当时陆铮摇头说，彩票钱不好赚了，各方面都需要打点，开销压力大，新店一个个冒出来，分流严重，像李叶这样的青壮派越来越少，活路也跟着越来越窄。他的腮帮子上爬满了粗糙的胡楂，很契合一个男人潦倒时的模样。

我想说现在不是人口老龄化吗，福彩怎么会缺人？而且二胎开放，未来青壮派肯定也能顶上半边天。但话没放到嘴边，陆铮就说出一个再来。再来也想要个孩子，北京是待不住了，那就回老家吧。出来打拼，困难大家都有，但既然陆铮已经把卷帘门给锁死，也就轮不到我一个外人拿主意。我只能祝他一路顺风，将来财神爷戴上乌纱帽。我们再次把胸口撞向对方的胸口。

另外一件稀罕事，是钟茗要搬到胡同的大杂院。按她的说法，是去体验老北京原汁原味的生活，接接地气，刺激灵感。她真的像一个信奉神秘主义的教徒。

她相中的这家大杂院确实够大，但分摊到每个人头上就相当拮据，而且户型紊乱，人为分出许多小格间。零点过后，院里但凡有人在床上翻身，估计全院都能听到一声嘎吱响。而且这地方没有独立卫生间，上厕所得跑到胡同口的公厕解决。看来钟茗是铁了心了。

李叶的失意全写在脸上。我悄悄对他说，天底下女人，比钟茗还五讲四美的，海了去了。他只愣愣地点头，说是住惯了，这下不习惯了。他最近的情绪一点儿都不像一个新晋百万富翁，我怀疑他可能真的不爱财。

陆铮返乡的前一晚，我、李叶和陆铮相约到钟茗的大杂院里小聚。酒足饭饱，趁着一星半点的酒兴，我们四人搬来闲置在大院里的爬梯，像阿姆斯特朗登月一样，爬到多年未有人涉足的屋顶上。钟茗甚至光着脚丫，硬生生弄出了一点浪漫情调。

我们比肩而坐，用屁股擦瓦灰。我们本打算在苍茫夜色下纵情谈笑，营造对酒当歌人生几何的气氛。结果坐定后，竟然一时无话可说，像四个被突然推上台前的幕后人员。我们的耳畔塞满了邻居电视机里家庭伦理剧嘹亮的人物对白。

天空不见半点星光，除了稍远处路口那月色般的路灯，我什么也看不见。我甚至看不见他们几个人的脸。我怀疑我的夜盲症越发严重了。现在这里好像只剩我一人，我像一只突然不懂跳跃的野猫，窘迫地瑟缩在屋顶上。喵呜。

“兄弟们，就此别过啦！”应该是陆铮喊了一句，声音似乎来自无比遥远的北方。

李叶后来告诉我，他说陆铮的离开跟钟茗有点关系。我当时的震惊不亚于在地铁站里陆铮对我蹦出第一句话的时候。我说他这是以卵击石啊，钟茗不食人间烟火。简直是自取其辱，李叶说。

钟茗当时给了陆铮一幅画，有马，有牛，上方还有三条打卷的线段，是风。我觉得还是挺委婉的。她说你过几年拿去卖，没准能值几个钱。总的来说，他们把局面维持得非常融洽。他们当晚还开了一瓶不知真假的拉菲，各饮了半瓶。这就是钟茗的本事了。

那天周末，我起了个大早去找钟茗。清晨的阳光直直切入我的眼睛，把我的眼袋熨得又暖又胀。这使我产生一种错觉，太阳离我很近，而人间离我很远。

钟茗最近聘请我为一个艺展的文化顾问。这是她第一次独立策划一项活动，她显得特别亢奋和积极。我不得不表现得同样积极和卖力，毕竟吃了粮草得拉磨。

一进屋我就喊惠妃。惠妃是钟茗新养的泰迪犬，巧克力色，看着华贵，其实走亲民路线。平常我一来，惠妃就会飞窜而出，在我脚边撒娇扮痴。这回钟茗都咬着牙刷晃晃悠悠出来了，惠妃还不见影。

钟茗左手抱着满满当当的搪瓷尿盆，嘴里呸了一口，阶沿上洒下斑斑点点的牙膏沫。环境果然能够改变一个人的作风。

这时我才得知，养了四个月的惠妃，昨晚跟胡同里一条流浪狗私奔了，也不知还会不会回来省亲。我不禁拍着大腿，笑得直不起腰，说钟茗你真成狗不理了。但钟茗说了，祝它幸福，狗身自由和婚姻自由万岁。我说嘿，果然艺术家，境界就是不同凡响。

那是距离我们初见很久以后了。钟茗那天冷不丁地问我，我是怎么找到她的。

“你貌似还没有好好交代。”

她的质问对我一点杀伤力也没有，但我毕竟不是一个倨傲的人，也不喜欢撒谎，尤其是在没有必要撒谎的情况下。于是我把对她的跟踪和缘由据实说来，并且最后补了一句，不管你信不信，情况就是这样。

“对了，你为什么站在电梯左侧一动不动？”我特意瞪大双眼以示严肃，“这很不文明。”

“谁告诉你一定要左行右立，而且还是周末。”她鄙夷又怜悯地盯着我说，“我还要告诉你，只站在电梯一侧容易造成扶梯部件受力不均，会缩短电梯的使用寿命，增加安全隐患。这你怎么说？”

我能怎么说？我什么也不能说。钟茗是在用工具理性精神反抗我的人文主义观念，我只能说我们就像两头不在一个频率上的蓝鲸，看着很近，实则很远。

这次艺展，钟茗编排了一个行为艺术，她先让演员全都站在扶手电梯的右侧，再让他们全都站在电梯的左侧，最后是左右依次错落分布。这个取名《平衡》的行为表演，无疑得益于我的启发和触动。

《平衡》的影像版后来还在国内外多个艺展中展出，受到广大文艺爱好者的热议和好评。这个作品后来被艺评家们认为是钟茗最重要的代表作之一。

作为此次艺展的文化顾问，同时也是作品的灵感策源地，我却什么话也说不上来。真的，人人都能说上两句，就我不能。或许，伟大的艺术就是人人都能说上两句，伟大的生活也应该如此。那一刻，我知道了自己跟所有的伟大绝缘。

儿子上小学后，我闲暇的时光变得格外漫长，漫长得过于平淡。如今我无须请假报备，就能自如掌控自己的时间。时间成了我的私人物品。我就像排球场上的自由人，不受限制，不被约束，把别人够不着的球救起来，是我留在场上的最大价值。我相信自己仍有用武之地。

以前每月我大概要消灭一磅左右的咖啡豆，现在快长到一点五磅。我腰间的皮带扣也跟着离开它最熟悉的那颗扣眼，一点点往带头处靠拢。这叫我坐立难安。我知道生活不应该是这个样子，或者说，我不应该让生活变成这个样子。那晚我做了一个梦，我梦见自己在追踪一个大腹便便的秃顶男人。我尾随他走进一条逼仄的小巷，这是一条死胡同，浓烈的尿臊扑鼻而来。当我把他逼到一堵水泥墙下时，他悠然转身，冲我咧嘴笑。我不禁直打哆嗦，这个秃顶男人居然长着我的五官。我从来没有见过如此猥琐和丑陋的自己。我彻底从梦中惊醒，全身披满水一样的汗液。睡在另一半边床上的妻子“啧”了一声，使劲背过身，接着蒙头睡去。席梦思在微微晃动。这晚上我再也没有躺下，我就坐在属于我的半边床上，冥想了很长时间，直到窗外的世界重新冒出热闹的喧嚣。

我意识到，我得让自己重新运转起来。

我再度走进地铁站，跟随人潮钻进某号线地铁的车厢，从一成不变的站台上抹去，从这个世界无效的喧哗里消失。今天是水波不兴的周六。

现在，我的目光如同枪口的准星，牢牢盯紧靠近车门的爱心专座。我在守候一个将屁股贴到爱心专座上的非老弱病残孕乘客。

你们都能猜到接下来会发生什么，但又都不知道究竟会发生什么。我跟你们一样。这就是生活唯一的真谛。

《野草》2018 年第 4 期

我想要一条尾巴

张华考上了北京大学；李萍进了中等技术学校；我在百货公司当售货员：我们都有光明的前途。

——《新华字典》1998 年修订本，第 673 页

陈小年把上半身探出床沿，两手抓着床边那台空气净化器的两角，将开关打开，液晶屏幕显示现在 PM2.5 值为 21，空气质量等级是一级优。那些在北方长开的家伙，早就为一口新鲜空气在朋友圈里炸开了锅，自嘲的自嘲，骂娘的骂娘。这里倒好，已经连着好几天的优了。

枕边的手机不断地振动。陈小年双手架在净化器上，欠了欠身，脊椎和肩胛里嘎嘎传来几声文玩核桃碰撞的脆响，然后他才重新爬回去。打开手机，屏幕显示现在是正午十二点十三分。醒那么早，陈小年在心里暗叫。他点开微信，是蔡思瑶来了信息。她的头像还是那张去年在东京新宿街头摆拍的半

身照。下半身，牛仔热裤，低帮范斯滑板鞋，两条让人浮想联翩的大长腿。陈小年滑过一连串表情和呼号，定格到正题上。

蔡思瑶：帮我打听个人呗。老中医，治妇科的，从市中医院刚退，现在单干了，挺火。

陈小年：什么玩意儿？许久不冒泡，一来就给我整这个，镇场子？

蔡思瑶：我一外边朋友托我打听的。

陈小年：你哪儿不舒服啦？

蔡思瑶：神经病，是我朋友啦！她说她一个闺密，得了那病。去广州，医生也没办法，挺绝望。结果男朋友家是我们这儿的，他妈带她去找那老中医，喝了他自己配置的药方，好了。

陈小年：世界都亮了吧。

蔡思瑶：亮了亮了，问你呢！

陈小年：朋友的朋友，又是这一套，那干吗不问她朋友呢？

蔡思瑶：她朋友不肯。

陈小年：哎哟喂，挺神秘，算国家机密？

蔡思瑶：闹翻了她们，这忙都不肯帮，不是见死不救嘛！

陈小年：可不是！

蔡思瑶：你问问你妈吧。

陈小年：这话听着哪儿不对呢？

蔡思瑶：是让你妈帮着打听打听，别找茬儿。

陈小年：那么急，我怎么不知道你还有这票朋友？别致呀，老中医，治妇科，要不我给你撕条小广告吧。

蔡思瑶：妈的，说正经的！

陈小年：你想想啊，我难以启齿呀。我妈多心思细密一中老年妇女，肯定以为是我干的好事。朋友的朋友的朋友，听着就是在说自己。这话说出来，你信？就你信了。

蔡思瑶：不帮拉倒！

陈小年：也没说不帮，这不是焦虑嘛！在我眼中，你朋友的下半身健康，也就是你的健康，我感到责任重大。

蔡思瑶：没法沟通了。再见！

蔡思瑶后来还是跟陈小年出来了。在比约定时间晚半小时以后。

陈小年当时无所事事，立在十字街头，眼睛四处张望，专门搜索人群里的年轻姑娘，因为蔡思瑶就是年轻姑娘。别人狐疑的眼神，表明他们可不这么认为，弄得陈小年非常尴尬，他只能不断在微信里冲着蔡思瑶刷屏撒泼。蔡思瑶像一潭死水，半天才回一句，快了快了，你丫吵死了。陈小年只好拼命玩手机，刷完朋友圈再刷微博，手机快没电了，急得干跳脚。

陈小年百无聊赖，跑到附近的肯德基，要了枚甜筒，选了一个靠窗位置，坐下来瞅那个车来人往的街头。他还是拣年轻姑娘看，但这回的看跟之前的看，性质就不那么一样了。

陈小年的屁股还没坐烫，蔡思瑶仙里仙气地出现了。蔡思瑶这一慢一快，完全打乱了陈小年的阵脚。他抓着舔得还剩半壁江山的甜筒冲过去，他本来还想对她发发火，哪怕假装发火也成，但来到蔡思瑶跟前时，陈小年连假装的劲头都消了。

瞅什么瞅，对得起你吧！蔡思瑶神气活现地说，没有一丝愧意。

她打扮得确实神气，深蓝紧身牛仔裤，腿还是细长直的标配，她的腿从初中开始就为人津津乐道。陈小年特别关注她的脚踝，还是有棱有角，身体长开了，脚踝没变，这让他放心了。可他放心个什么呢？他说不上。她的脚掌配上平底凉鞋，俊俏。她的上衣是一件宽松的亚麻白衬衫，里头是件乳白色背心，小乳房不卑不亢地挺立着。陈小年心里欢天喜地呱呱叫，嘴上偏说，嗬，瞧你这整装待发的，不知道还以为去相亲呢！

蔡思瑶跟着一肘子揍过来，就跟上高中那会儿一样。

陈小年和蔡思瑶是高中同班同桌。

蔡思瑶看了一眼陈小年手中耷拉的甜筒，一脸不屑地说，那么大个人了，跟个小孩似的，臊不臊？

我确实还是个孩子啊，你不是了吗？陈小年眨巴着自己的内双，假装吃惊。蔡思瑶白了他一眼，瞅了瞅餐巾纸上的logo，说老美都吃麦当劳，只有中国人才吃肯德基，土啦吧唧的。陈小年说，对啊，西医可不也比中医好嘛！蔡思瑶说，哎哎，别哪壶不开提哪壶。说正事吧。

赶着回去呀？陈小年知道蔡思瑶并不急着回去，她手法掩饰得很好的妆容，说明她是准备认认真真在外头逗留一番的。但蔡思瑶还是不出陈小年意料地点点头，说，可不是嘛！陈小年怪笑说，正餐之前还有开胃菜呢，哪有一上来就直奔主题的，别猴急。蔡思瑶就用脚尖踢他的小腿肚，陈小年哇哈哈地躲。

两人沿着河堤路一直走，天色已经由蓝转暗。很多人蹲在路边，以老年妇女为主，在小盆小钵里头烧着纸钱，点着香蜡，嘴里嘀嘀咕咕。丝丝絮絮的黑色灰烬散在半空，害得蔡思瑶左躲右闪，怕脏了自己，嘴里发出啧啧啧的怨声。

陈小年纳闷，说今天什么日子，大家一个个都作起法事来了。蔡思瑶说，你选的鬼节呗，揣着明白装糊涂。啊，陈小年恍然一叫，说你不说我还真忘了，没爹没妈在身边，谁会记得这节日。对哦，咱们这儿过鬼节比其他地方早一天。蔡思瑶刻意把脸冷下来，说，女朋友是用来过情人节圣诞节的，老同学就特地请来过中元节清明节寒食节，真凄凉。

陈小年忙说，得了吧，我一个单身汉，跟谁过节啊，情人节情人节，情人节我倒是愿意叫你，你敢答应吗？蔡思瑶就笑说，敢啊，为什么不敢，你又不是银角大王，我又不是孙行者。这时，蔡思瑶一把抓过陈小年的钱包，陈小年不知她有何贵干，只见她翻了几个夹层，然后又把钱包扔回来。蔡思瑶两腮挂着一抹浅笑说，没那玩意儿哈，想看看你是不是要图谋不轨。

我靠！陈小年蹦出有力而短促的两个字。

陈小年想到了蔡思瑶的男朋友孙晓峰，高中那会儿隔壁班的班长。当年这小子没事老在陈小年教室外的走廊手插裤兜耍帅，只为引起蔡思瑶的注意。当时陈小年跟一拨朋友打赌说，以他对蔡思瑶的认识，她肯定不会喜欢孙晓峰这种方脸浓眉的傻大个儿。没过多久，两人腻在一起了，这让陈小年颜面扫地，直呼瞎了眼了，蔡思瑶他妈比我还瞎。于是，陈小年就顺便问了一下孙晓峰的情况。蔡思瑶嘟了一下嘴，说还不是半死不活的，凑合着过。陈小年顾自唏嘘，你们俩倒是谈了挺久的，不容易。蔡思瑶说，中间也分过两次，一次我劈腿，一次他劈腿，一比一扯平了，这不又吃起回头草来了。

陈小年说你这不叫回头草，勉强能算反刍，越嚼越没劲。蔡思瑶就不说话。陈小年本来是想幽默一下的，反倒戳中了要害，也就有点尴尬，于是忙岔开话题，说看你朋友圈，最近过得挺精神嘛。蔡思瑶哧了一声，说不就去了一趟三亚，赶个小场子，赚点零花钱。像我这种文盲妇女，哪能跟你一样，磨磨嘴皮就能赚钱。陈小年苦笑道，得了吧，说得我跟刘谦似的，敢情抖一抖钱就掉出来了，我是正经饱一餐饿一餐的命。你现在可是大网红了，眼睛都快长到天灵盖上了，得时不时往下掰掰，让眼神接接地气。

高中毕业后，蔡思瑶考上了个师专，不到两年就退学了，回家开起了网店，卖同龄人女装。她五官长得还算标致，红彤彤的小嘴巴，尖细细的小下巴，不像岭南的，像四川盆地的，最关键是身材好，手长脚细，标准的衣架子，什么衣服挂身上都是加分。这些年小打小闹的也算小有名气，没事有人会请她去外面跑场子，做兼职模特。去年还有人请她拍一部网剧，出演女二号，剧名叫什么《呼吸你稀薄的爱》。蔡思瑶一回来就跟朋友吐槽，说这他妈也能拍，狗血淋漓啊。陈小年不怀好意地问，有没有被潜规则？蔡思瑶回了一句，你大爷的。最后这剧也不知道播没播，总之钱是到账了，那会儿蔡思瑶还请陈小年等一众朋友胡吃海塞了一顿潮汕牛肉火锅。

蔡思瑶说，以你的实力，加上这张缺德嘴，去新东方环球雅思啥的，没问题的呀，窝在这小地方，屈才了不是。陈小年摆摆手说，要不怎么说你眼珠总飘在天上，现在没个漂亮学历，谁要你啊。你说我怎么粉饰自己？三本学院毕业，四六级、雅思托福数度给人开小灶吗？

陈小年对英语有天生的亲近，别人看见英文字母脑仁儿就揪心地疼，他却两眼放光。当年他经常翘课，别人翘课是去网吧打游戏，他则躲在寝室的厕所里刷剧，所有排得上号的英剧美剧都被他看了个底朝天。光乐不算，还做笔记，反复记诵。所以其他科目他一塌糊涂，唯独英语一枝独秀，同学说他黄皮白心，他满不在乎。高考英语他考了全省第三，这单科探花把爹妈给吓了一跳，总成绩却只勉强摸得着一所三本院校的门槛，这也把爹妈给吓了一跳。

陈小年上大学没多久就开始私下接活儿，给人做英语辅导。他还是不怎么上课，一门心思钻研各类英语资格考试的出题思路。为了训练不同听力发音，他四处搜索各地口音的英文电影电视剧。他一度钻进印度宝莱坞电影里苦修，差点儿让自己口音也带上一股飞饼味儿。陈小年关于应试技巧方法的笔记有厚厚一本，要是能出书，销量肯定不赖。因为口碑好，所以找他的人很多，他很早就成了学校的万元户。

陈小年唯一的爱好就是泡吧。这座城市的酒吧一条街他熟门熟路，晚上没事就呼朋引伴去买醉，同时结识一些新的狐朋狗友。那时孙晓峰也在这城市唯一的一本大学就读，所以蔡思瑶总往这城市跑。孙晓峰对这类娱乐场所嗤之以鼻，倒是蔡思瑶经常跟着陈小年去玩。

陈小年便教唆她，谁搭讪就让他请喝酒，这些男人都好面子，只管拣贵的喝。有些男人的手不老实，蔡思瑶腰身一拧，抛个媚眼，说做游戏吧，赢了才有奖励哦。陈小年可是出老千的行家，任你是掷骰子还是打扑克，没有想赢不能赢的。两人喝酒都跟灌水似的，往往别人云里雾里了，他俩才刚刚来了感觉。就这样蹭了不少好酒，到凌晨出门时先哈哈哈笑，笑别人傻帽，说没玩够呢，改天再约。陈小年说了当年的一些趣事，蔡思瑶就说不提当年勇了吧，当时真不知天高地厚，一肚子的坏水。

陈小年记得当年的蔡思瑶属于典型的跟屁虫。其实长这样的女孩，不是心气高到没朋友，校园里的独行侠，那就只能当跟屁虫，跟在风风火火的大姐大后头，也就另有小鸟依人的美感。男生都喜欢追后者，选择暗恋前者。陈小年大学里暗恋四年的对象付小惠，就是前边这款的，陈小年直到毕业都没敢跟人家表白，微信都没敢要。自己个头不高，还是个排骨男，虽然鸡鸣狗盗地赚了些钱，但本在哪儿末在哪儿，陈小年心里明镜似的。家里除了一台在超市中奖得来的空气净化器，再无别样值得一提的玩意儿。可笑的是，这座小山城除了贵有森林城市的美称、天然氧吧的噱头，其他要啥啥没有，这就让这个硕大的空气净化器的存在充满了一种荒诞感。陈小年摁着胸口，颇替他人着想地自问，凭什么呢？总不能捧着个空气净化器去跟人家告白吧。问多了几次，心就死了。

陈小年平时很爱照镜子，是有点不服气的意思，幻想着能有士别三日的那天。但他越看心里就越恨，觉得自己哪哪都不利索。肤色这几年开始变暗，不是美黑，就是那种黑色素过度沉淀的病态黑，印堂发黑，嘴唇发紫。因为老熬夜、宿醉，陈小年觉得是身体出了状况，他给自己诊断为肝癌早期，或许很快就会转为晚期，自己将不久于人世。他一边喝朗姆酒，一边抽假中华，回顾了一下自己短暂的一生，觉得乏善可陈，不禁怅然一笑。他怀着确诊的心态去了趟医院，医生检查后，只冷冷地说了一句，回去给我多睡觉，没事晚上别瞎跑！陈小年只记住了前半句，忘了后半句，所以他怀着天不亡我的心态，接着通宵看剧、泡吧，然后一觉睡到快到晚饭点才爬起来。他说这叫自暴自爱。

前阵子听同在北京漂着的柯基说，付小惠现在都还单着，独在异乡，可怜见的。这让陈小年想想就觉得后悔，寻思要是当年勇敢一点，死皮赖脸些，说不定早成了。越是这种女孩越没人敢追，越没人追就越寂寞，要是自己能迈出那一步，人家心肠一热，说不定就肝脑涂地了。再说了，就算付小惠是匹野马，哪怕陈小年家里没有草原，能拴住一阵是一阵，不求天长地久，只求曾经拥有。结果现在好了，陈小年死守故土，付小惠一人远在北京蜗居，两人天南地北地形单影只着，影子都码不到一块。

这付小惠很早就想进演艺圈，她自觉赵丽颖不比自己美多少，陈小年觉得付小惠这话说得太谦虚了。可演艺圈终究不是鸡圈猪圈，想进去哪有那么简单，但付小惠还是一毕业就一个人跑去了京城。就付小惠这脾性，群演她肯定不干，也干不来，北电中戏断不可能高攀得上。你说一个独门独户、左右无朋的妙龄女子，怎样才能在这条道上混下去呢？陈小年心中一惊，拍拍脑袋，不敢多想。

话说柯基不是一条狗，是实实在在一个人，且不是一般人，是陈小年大学同学里现在混得最响的那位。他跟陈小年是大学舍友，两人处得并不好，因为睡眠时间凑不到一块。睡觉凑不到一块，又不得不在同一个屋檐下，可不容易产生矛盾。夫妻卧室是这样，哥们儿寝室也这样。

柯基本名陈可冀，是那种每个系所里都会有那么一个两个的默默发狠型学霸，所以不仅早生华发，而且早脱华发，毕业那会儿已是标准的地中海发型。柯基每天晚上十一点准时上床，早上七点半准时起床，规律得跟当兵似的。夜猫子陈小年经常半夜一两点还跷着二郎腿看剧，一口泡面一口香肠，哗啦啦吃得津津有味，弄得满屋都是调料味。被吵醒的柯基馋得难受，睡也不是，起也不是，床板辗转得咯咯响，一来二去，两人生了嫌隙。直到毕业聚餐，两人结结实实碰了半瓶红星二锅头，又搂搂抱抱，才把几年来的怨气给挤跑了。当时大伙都说，这是学霸和学神的世纪大和解。

其实，睡觉问题只是两人矛盾的直接原因，深层次的原因，是两种学习思想路线之争。柯基是脚踏实地、稳扎稳打型的学习模式，做事讲究一板一眼，上课坐第一排，从不缺席，他的课堂笔记每每在临考前，成为人手一本的《圣经》，同学们争相拿去复印记背。要说柯基是正规军，陈小年就是杂牌军，野路子，践行的是一种九分天赋一分随缘的单打独斗路线，旁人只可远观，难以模仿。而且，陈小年还见钱眼开，背地里竟干蝇营狗苟之事，因为陈小年的梦想就是开眼见钱。所以在柯基看来，陈小年之流就是落草之寇，非学术之正统，根本不拿正眼相看。

但是在一开始出风头的，是陈小年。

当年的陈小年，凭借出众的英语实力，经常参加全省全国乃至东亚东南亚各类英语演讲比赛，获奖无数。他套着那件管父亲借来的瓦灰色涤纶西装，松松垮垮，一手握着鲜花，一手举起奖杯，这样一张照片经常出现在校园的布告栏和学习园地上。陈小年在圈内的名声比学校名气都大，别人谈到他们学校，都说哦，是陈小年的学校啊，敢情陈小年成校董了。

陈小年很快成了学院的大红人，当时疯传，学院暗地里有一个“陈小年条款”，即陈小年可以旷课，可以不写论文不参加考试，只要重大比赛给学院拿到名次，就能抵消学分。私底下大家对此心照不宣，陈小年一时风头无两，同学们撞见他，眼里尽是艳羡和嫉妒。因此，陈小年多多少少也有些恃才傲物，做人做事都带一点魏晋风骨，他同样瞧不上陈可冀这种连老师打个响嗝都要记在笔记本上的人。

时来运转，陈可冀后来去了北京最好的语言大学继续深造，学一门叫斯瓦希里语的小语种，硕博连读，一毕业就进了外交部门工作。老同学有事找他，他半天才回，忙忙忙，是真忙。也不知是真忙还是假忙，总之识相的同学就都不好意思再去打扰。

学校有个风云校友花名册，陈可冀年纪轻轻，已是花名册里的头牌。当然，从长相上看，他完全撑得住这个位子该有的成熟。当年不吭不响的陈可冀，如今成了这个三本院校拿来招揽生源的宣传利器。每次看到陈可冀那张衣冠楚楚意气风发的证件照，被放大了无数倍以致有点模糊加变形地撑在易拉宝上，离开学校后就光环不再的陈小年心里五味杂陈。好在陈小年也不大在乎这些，这么多年过去了，陈小年变化的地方不少，唯一没变的就是当初的梦想——开眼见钱。至于其他，那都是虚的。

要说当年蔡思瑶是跟屁虫，那个屁股就是夏渺渺。夏渺渺是什么路子，随便点一个当年他们年级的人，无人不晓。高中三年，别人打鸡血似的刷题，她却常逃课去网吧玩游戏、刷副本，跟隔壁技校的小混混谈何以为爱，专挑上课时间去影院看快下架的电影，这样就可以包场，偌大的影厅那么多位子，两人非得两个腚挤在一张座上，把身子扭成一团巨大的阴影。夏渺渺这个屁股，又大又硬。

夏渺渺千不好万不好，有一点好就是仗义。本班哪个同学被别班欺负了，找夏渺渺比找老师更能解决问题。而夏渺渺作为一个问题，老师似乎也无从根治。班主任不止一次找过夏渺渺谈话，拉来一把椅子，两人膝盖碰着膝盖，大手牵着小手，一个劲给她猛灌鸡汤，没有任何疗效。

据说夏渺渺家里背景不简单，所以学校拿她没办法，夏渺渺的屁股，简直是老虎的屁股了。但她家具体是什么背景，同样作为一个问题存在的陈小年并不清楚，他那时正忙着为赚外快打基础。所以到高三，老师对夏渺渺就撒手不管了，想尽办法把她跟其他人隔开，跟控制火势一样，不能扑灭那就自燃自灭。陈小年对夏渺渺还是比较欣赏的，有点惺惺相惜，除了厌恶她那些颇有几分姿色的男友。

所以要说坏，蔡思瑶也是慢慢被夏渺渺给带坏的。蔡思瑶一度跟夏渺渺走得很近，粗看有点像闺密，但更多是蔡思瑶一厢情愿罢了。两人骨子里的性格并不是很搭，又不是谈恋爱，朋友哪来互补一说，所以到了高三，在家长老师的介入下，蔡思瑶很快就跟夏渺渺疏远了。其实蔡思瑶根本谈不上坏，只是对坏既害怕又向往罢了。陈小年觉得坏这个词，就是被蔡思瑶这样的人给糟蹋的，沦为成绩不好的托词。不就是没有学习天赋嘛，有本事自己闯荡啊，又不是非得走这一条道。

后来夏渺渺不知在哪里磨蹭了两年学语言，就出国了。当时她还动过心思让陈小年帮忙辅导，不过后头就没了音讯。可能是对陈小年不信任的缘故吧，她一贯看不上陈小年这种人。

有好几年没见到夏渺渺了吧？听说她傍了个土豪，过上了好逸恶劳的幸福生活。陈小年说。他的目光看向街边火盆的上端，想看看那些鬼魂会不会突然现形。

蔡思瑶的眼里晃过一丝不易察觉的飘忽，她调整了一下说，夏渺渺嫁了一个上海富商，一家软件公司CEO。她跟那富商是在美国上学时认识的，富商是去进修，比她大几轮呢，听说离异过。就几个月前吧，我跟她在南京一个活动上见过一面。那时我在台上，她在台下，要不是桌面嘉宾名牌写着夏渺渺三个字，我还真不敢认。按说她是有几分姿色的人，偏要珠光宝气地把自己收拾得像个中年富婆，她已经是富婆了，还生怕别人不知道。

陈小年来了好奇，说巧了，后来有跟她单独聊聊？蔡思瑶摇摇头说，别人哪还记得我啊，就算记得也装作不认识了吧，我才不自讨没趣呢。人各有志，人各有命。

是啊，蔡思瑶早就不是当年的跟屁虫了，现在也算独当一面的角儿，陈小年当年可万万没想到。他还在问夏渺渺的情况，说现在她该规矩下来了吧？蔡思瑶说，有钱能使磨推鬼，可不对她老公服服帖帖的，在底下那个殷勤劲儿，又是斟茶又是赔笑，你能想到当年的夏渺渺会成现在这个样子吗？她那老公吧……蔡思瑶打住，侧脸扫描了陈小年一番，笑说哎，长得跟四十年后的你挺像。陈小年呵呵一笑，说没料到还挺英俊。

两人又无话地走了几步，在前边斑马线的红灯前停下。蔡思瑶眼睛一亮，说，也没见你谈个朋友。陈小年说，现在单身，不代表一直单身，不说，不代表没做。以前好过几个，不靠谱。蔡思瑶说，你不靠谱吧？陈小年就笑，说一半一半吧。现在真想好好谈一场，兢兢业业的那种，但没有合适的，连个目标都没有。心慌了。你手头那么多资源，给我物色物色呗。蔡思瑶说，你眼光太高，好姑娘又希望对象是白马王子，所以都尴尬了。

尴尬着尴尬着就舒服了，关键是得有机会尴尬。再说了，我要求真不高，像你这种就不赖。陈小年说完，没等蔡思瑶反应，先跟着绿灯跑了过去。

蔡思瑶后来嚷嚷舌燥，一天八杯水，健康永相随。两人就近选了家奶茶店，蔡思瑶要了一杯蜂蜜柚子茶，中杯，陈小年要的是大杯波霸奶绿。陈小年买的单。两人刚坐下，蔡思瑶猛然说不行，这里不好说那件事。于是他们就又继续在路上晃荡。

陈小年先开话题，说你家是不是新养了一只猫，整天看你晒图，跟宠娃似的，恶心得我想屏蔽你。蔡思瑶说，彼得·潘是纯种的英国蓝短，折耳的，可好看了，现在它人气比我还高，很多人买东西，都是冲着彼得·潘来的。蔡思瑶幸福地摊了摊手。

也不知道为什么，或许就因为彼得·潘这个洋名字，陈小年来劲了，他又噘起嘴说，猫折耳是一种病态，你觉得它好看，是一种病态的审美，就跟以前男人喜欢女人的小脚一样，三寸金莲。蔡思瑶没好气地说，你管得着吗？我又没拿绷带绑它耳朵，倒是想绑住你的嘴。或许是蔡思瑶把猫还原成一个动物的它，陈小年这下舒坦了。蔡思瑶皱眉的时候，陈小年趁机再把她从头到脚浏览了一遍，发现就是脖子长了半寸，可惜了。但不知为何，这让陈小年感到更加亲切。

这时有人猛然喊了一声：陈小年、蔡思瑶！蔡思瑶啊的一声叫起来，陈小年也愣了一下，以为真见鬼了。循声看去，是路边烧纸钱的一个小伙儿，人还蹲在那里，满脸闪闪烁烁的红。陈小年想走近辨认，那人静静地说，别看了，张光。陈小年不禁大喊：张光！

张光跟陈小年、蔡思瑶是高中同班同学。张光家境不好大伙儿都知道，他爸在防空洞口卖香蕉，他妈在老家种香蕉，顺带带他妹妹。他在市里念高中不容易，所以大家都挺关照他。张光的眼眶很圆，当然这是一种修辞手法，但他的眼睛确实比一般人要鼓胀，像两块铜板，不够精神，有点发暗，那是一双失意的眼睛，所以准确地说，像两块康乾年间的铜板。张光成绩不好，不是不努力，是卖命了上不去，但他身体好，结实、有劲，体育课引体向上做几十个都不打喘，所以高中毕业就应征入伍了。当年大家都说，张少帅走好，张少帅一路平安。从那以后，陈小年就再没见过他。

陈小年和蔡思瑶都随着张光蹲下来，张光也不客气，三个人就这么蹲着，呵呵呵地传递笑声，都说太难得了，能在这儿碰上。陈小年问，张光你后来干吗去了？当兵后就没影儿了，混到什么军衔了？陈小年话刚出口时态度还挺端正，到后头自己也当笑话说了。这张光，衣服黑漆漆，脸蛋乌邋遢，手掌油腻腻，那两个铜板眼，现在看，像崇祯年间的了。一身的机油味儿，头发依然是一头灰黄色的杂毛，看着就跟最可爱的人没半点瓜葛。

张光无奈叹道，唉，别提了，没文凭，没法在部队里久混，两年前就复员了，也不知道干啥，除了一身蛮力，一无所有啊。张光指了指身后那家汽车销售服务店，说，现在在4S店里帮人干活，马马虎虎吧，吃了没文化的亏。说罢，张光把一叠铜黄的纸钱重重地扔进火盆里，弧形盆底的火盆晃了晃，火舌顿时蹿得老高。

蔡思瑶说，张光你别这么说，我也没文化，现在不也人模狗样。事在人为，都大富大贵的多没劲，活得自在最要紧。陈小年补充道，对对，我也没文化。蔡思瑶狠狠蜇了他一眼。陈小年接着说，会点英语不叫有文化，要真有文化，我早就飞黄腾达了，也不会在这儿跟你们烧纸钱，就跟我那大学舍友一样，只会说忙忙忙，有事改天说。但是吧，你看我现在这小日子，过得也挺美的。都是命，不认也得认。

张光在4S店打工前，在一家鸭脖连锁店做过一段时间的员工。那时的张光，很好地继承了部队的优良作风，每次轮值都起早贪黑，做事勤勤恳恳，待人客客气气，就为了能评上月度之星，这样一个月可以多挣出三张人民大会堂。可张光非但没有评上月度之星，还被店长找来训话。

当时店长劈头盖脸就一句，你是不是吃里爬外？张光就纳闷了，说店长你不能血口喷人啊，我们要摆事实、讲道理。店长说那你跟我说说，为什么不止一次有顾客向我反映，说怎么每次其他人舀的分量，都没那个矮个儿小平头给的多。矮个儿，小平头，不是你是谁？张光急得喷口水，说我可都是严格按照秤上的重量给的呀！店长长吁一口气，换一副语重心长的口吻说，张光啊张光，当初看你是个干练人，连健康证明都给你免了，够仁义了吧，现在的你让我很失望。岗前培训时我交代得很清楚，别倒那么满，装袋时切记抖两抖、抖两抖，顾客不会看也看不见我们的秤，你把我的话当耳边风吗，还是一心要做反骨仔，给我耍姿态？张光当时火气就上来了，说听你这话我耳屎都嫌脏，你已经在电子秤上做了手脚，还要得寸进尺，抖两抖，抖你妈个蛋！店长也冒火了，说你个吃里爬外的鳖孙，在老子面前装什么先进个人！张光当即赏了店长一个无比嘹亮的耳光。张光可是练家子出身，这一巴掌下去，店长半天没从地上摸起来。那天之后，张光就离开了鸭脖店，那个月的工资也没了下文，白干了大半月。

张光说，我最看不起这帮弄虚作假的人。张光说这话的时候，陈小年大气都不敢喘，只一个劲点头。蔡思瑶接话说，听说现在 4S 店也挺黑的。张光说，外购配件充作原厂，配件、机油给你调包，这种事也不是没有，甚至有些胆肥的，连轮胎都敢给你换了，这就看个人操守了。

蔡思瑶惊呼，这也太混账了吧，像我这种只懂转方向盘的外行，人家给我奥迪变奥拓了，我指不定还觉着跑起来凉快呢！张光，以后我的车就归你保养了。张光笑说，没问题，坏不了。蔡思瑶喜形于色，说太好了，今晚总算没白跑一趟。陈小年就扯着蔡思瑶袖口嗔怪，哎哎哎，怎么说话呢！

他们就这么蹲着，腿麻了走不开，继续站着聊。三人窸窸窣窣地扯着闲天，说着说着就有了点感时伤事的味道。张光忽然闪着他的铜板眼，提议说，大过节的，要不你们也来烧烧吧，烧了好，先人保佑。蔡思瑶露出难堪的表情，说啊，不大好吧。

陈小年问她，你有多久没拜拜了？蔡思瑶说，不知道耶，总之很久了吧，都不兴这套了。陈小年附和，可不是嘛，我连今天是什么日子都不记得了。张光着急了，说你们快闭嘴，祖先都听着呢，爱烧不烧！

陈小年想想也是，说对，烧烧拜拜，总不能更坏吧，现在混成这模样，指不定就是心不诚，祖先不乐意了，跟我们小的闹情绪呢，烧吧烧吧。

于是张光拿来六根佛香，排开点燃。陈小年和蔡思瑶分别拿了三根在手，认认真真拜了三拜，恭恭敬敬插到行道树树根底下，又回来掂量了小半打纸钱，拿打火机点上。三个人都握着纸钱，双手合十，此起彼伏地叩首，嘴里咕咕哝哝地跟先人说些体己话。关照关照小的们吧，保佑保佑，以后一定会好好孝敬你们老人家，保佑我财源滚滚，一本万利，心想事成，让幸福来得更猛烈些吧！

跟张光告别后，两人一时无言，接着由西往东朝彩虹桥方向走去。

蔡思瑶像是记起了什么，问陈小年，你怎么不跟爸妈住了？陈小年唉了一声，说别扭吧，两代人理念完全不一样，没法待。再说，也成年人了，跟父母住多奇怪。蔡思瑶问，二老退休了？陈小年说，前两年提前买断了，制药厂哪需要那么多人手，一改制，先把这帮老弱病残给请走了。我爸看我整天游手好闲，想让我去子承父业，你说他那破厂，谁愿意去啊？所以他天天给我脸色看，你说整天看着他那脸色，我脸色能好吗？别看我这么晃晃荡荡的，赚的钱比他俩加起来都翻几番。但没法跟他们解释，解释不通，所以还是一人在外头逍遥。

蔡思瑶点了点头。陈小年说，你点啥头啊，穷人家的孩子，你个富家女哪能体会？蔡思瑶撇撇嘴，说跟你没的聊。

他们现在已经来到彩虹桥上。彩虹桥以东是河东区，以西是河西区，彩虹桥底下是桂江，桥外不远处是浔江。浔江的水在夏季洪期会变得浊黄，桂江的水则是四季常绿。两江相接，西江诞生，又称鸳鸯江。他们在桥上歇下来，并排扶着栏杆，三江此刻一览无余，皆是一体的黑，零星晃着几点亮，是江面上船户的灯火。江上有船声，有人声，有狗声，有风声，出人意料地清晰。

蔡思瑶说，陈小年，那件事，你到底打听到情况了吗？

陈小年问，蔡思瑶，你现在最想要什么？

什么？

我说你现在最渴望得到什么？

蔡思瑶看着陈小年，想了想说，其实我最想要一条尾巴。陈小年不由得转头看她，露出故作神秘的微笑。

人要是有条尾巴该多有意思，可以好好打扮它。不同人尾巴的形状和颜色还不一样，有的粗短、有的细长，有的是棕色、有的是彩斑，有的有绒毛、有的就光秃秃一根。蔡思瑶重新看向江面，很肃穆地幻想着。

陈小年说，那你喜欢什么样的尾巴？蔡思瑶说，我喜欢长度适中的，匍匐着一圈银白的毛，我只留最前面那一绺，其他的都剃掉，再把前面那团烫得蓬蓬松松的。想想就好看！陈小年不知为何点了点头，说，挺好的想法，但是人有一条尾巴，感觉没什么用。

蔡思瑶说，为什么一定要有用呢？

对啊，为什么一定要有用呢？

陈小年把整个身子都掰过来，面向蔡思瑶。他们很接近。他觉得她的头发特别好看，比高中时候还好看，细而浓密，还挺直，这是很有活力的一头长发。有风的时候，发梢一飘一飘，每一根都很开朗，裹着香气，让人想凑近了闻嗅。

那你知道现在我最想要什么吗？陈小年说。他的表情很淡定，他的脸还是深棕色，睡眠不足，眼袋很大。蔡思瑶说不知道，我也不想知道。陈小年忽然抱住蔡思瑶，他把脸贴紧蔡思瑶的发尖，深深地闻了一口。他落在蔡思瑶后背的双手，力度越来越大。

蔡思瑶开始反击，她不断用手将自己往外撑开，她摸到了陈小年干瘦的双肩，然后是明明白白凹凸不平的肋骨。她好不容易才挣脱，喘着重气，整理了一下自己的衣服，接着顺便给了陈小年一个耳光。力道不可谓不大，陈小年觉得她的掌心应该会很麻。蔡思瑶最后才开口说话。

她说，陈小年，好你个畜生！

她话音刚落，就径直朝河东走去，看都没看陈小年一眼。陈小年记得她的家在河西，但现在气头上的蔡思瑶却吭哧吭哧地往河东走。陈小年没有追上去，也没有说什么。他一时之间不知道该说些什么，也不明白为什么自己刚刚做了那些举动。

他木了一会儿，左右看看，没有人在看他，今晚彩虹桥上没几个人。天空中依然飘舞着一触即碎的纸灰，让人不由自主地感到情绪低落。陈小年觉得自己空空如也。他开始往河西走去。他的家在河东，那个一室一厅的出租屋，但因为蔡思瑶刚刚选择了往河东走，所以陈小年觉得自己应该选择向西。

陈小年独自走在路上，他还是迷迷糊糊的，像一个过度逼真的梦。这时有个人直接跑到陈小年面前，冲着他喊马老师。

陈小年眉头深锁，感到很困惑，心想我不正常就罢了，今天怎么所有人都不大正常？

马老师，果然是你！那人有点兴奋，他戴着一副粗黑框眼镜，脸很圆，布满深蓝色的毛细血管，这让陈小年觉得他的脸皮底下藏着一个珊瑚礁。陈小年觉得这人是有点脸熟，但说不上是谁。那人自报家门了，说我是高永年啊，马老师你不记得我啦？雅思六点五！

陈小年这才想起，这个高永年是他半年多前辅导过的一个学生。他之所以叫他马老师，是因为当时陈小年就是这么对外自称的。干这一行，陈小年不愿暴露真实身份。

陈小年说，按理你该在曼彻斯特啊，不然就是布里斯托，怎么突然在这儿蹦出来了？高永年感叹说，马老师，都是泪啊！我不是一直忧心考不上嘛，加上时间又急，所以后来索性找了个枪手。结果雅思是合格了，到学校面试，老外的问题我连蒙带猜，愣没猜出个形状来。别人就起了疑心，最后一查，说我作弊。别说是留学，以后想去趟英国都难了。听说，那枪手不久前也给逮了。

哦。陈小年出神地应了一声。高永年赶忙说，马老师，这事不能怨你，你的教学方法还是不错的，你做了你该做的，这是我的问题。陈小年想，不然呢？高永年接着说，我太恨英语了，恨之入骨，但我并不恨你，你是无罪的。我现在就想好好报效祖国，让汉语在世界发扬光大。陈小年随便搪塞了几句，想个办法脱身。

高永年的这番话，倒让陈小年想到了好多年前的罗学好。

罗学好是他早期辅导过的一个考生。陈小年当时看他模样，就知道家境并不宽裕，这样的考生在他的辅导生涯里并不多见。但这罗学好一心一意想出国，想着出了国就能出人头地。但是他那充满乡音的发音，实在让陈小年感到可笑又绝望。罗学好当时恳请陈小年帮忙找个枪手，说给他雅思考个六就行，这样也比较符合他的水平。陈小年不乐意，说这种事你自己处理吧。罗学好扑通跪地就给磕头，说司马老师求求你了。那时陈小年管自己叫司马老师，以满足他对复姓的长久向往。罗学好说我也是走投无路，老师你肯定认识靠谱的人，多少钱我都乐意，当然，能少则少。陈小年动了恻隐之心，扶他起身，说你还是好好准备，我试着帮你想想办法。结果没承想，那个同样年轻的枪手火候不够，最后考出的成绩达到了七，一个价码本该比六高出不少的成绩。

罗学好毫无疑问没有申请到学校，枪手换了手机号，于是他就把原因归结到陈小年的身上。他找到陈小年，说司马老师，我也不想出国了，也不想把你怎么样，你就把那八千块钱还给我吧。陈小年急了，说你去打听打听，八千是我给你求来的良心价，我自己分文未取。而且，就算给你考了六，你也照样申不上，你的英语太魔幻了，你的发音太乡土了，英语这东西，不是越乡土才越世界的，懂吗？你怎么可能过得了面试那一关呢？退一万步，就算你过得了面试，以后怎么听课、怎么写论文？

罗学好就放声大哭，说那你干吗不早告诉我，好让我死了这条心，你这个骗钱的混蛋。陈小年两手一拍，说，你摸着心窝说，当时我说了，你能听得进去吗？这个罗学好可是头倔驴，倔也是穷倔。他哪能轻易放过陈小年，当即抓住他的衣襟死不松手，说要去公安局讨个说法，大不了一损俱损，大家都别混啦！

陈小年就大喊救命，说有人非礼啦，抢劫啦，还有没有王法啦！最后他是金蝉脱壳，将整个上衣一股脑脱掉，仓皇跑走了。那是一件陈小年刚从专柜买来的李维斯卫衣，价格上千，这是他第一次买这么贵重的衣服，标签还收在里头。陈小年事后想，这衣服就当是送给罗学好了，好歹也能补一点损失。

这事直到现在还让陈小年心有余悸，但他从没有告诉过任何人。他毕业后就离开那座城市回了家乡，多多少少也有罗学好的缘故。陈小年不想再见到他，不想再听到那可笑而绝望的发音，也不想重温赤裸上身在大街上亡命飞奔的样子。他真的有好多年没有见到他了。陈小年现在走在路上，心想也不知道这个罗学好现在学好了还是没学好。但他学不学好，跟自己没有任何关系吧？但愿他一切都好吧，毕竟都不容易。

陈小年到家的时候，太阳穴突突突胀得难受，这一晚敢情耗死了他半颗脑球的细胞。他打开空气净化器，纯粹是因为不用白不用。液晶屏幕显示现在 PM2.5 值为 98，空气等级是二级良。陈小年寻思，近郊的工业园区该是又开始加班加点了。

他把衣服一剥，跳上了床。由于错误估计席梦思的弹性，这纵身一跃让陈小年的手肘和膝盖都有点疼痛。但他现在什么事也不想干，不想揉揉也不想喊疼，他只想好好睡个天昏地暗。

在半睡半醒间，陈小年发现自己成了一名枪手，此刻正在考场上唰唰地写题，监考员不停地在他四周穿梭、驻足，投来凶狠的目光。他的汗吧嗒吧嗒滴落在卷面上，晕开一朵朵花苞。人各有命，代考就是替人篡命，抢的是天王老爷的活儿。陈小年开始感到心悸。对啊，为什么不试试进培训机构当老师呢？长得丑又不犯法。他昏昏沉沉间又想到蔡思瑶，他不认为自己很喜欢她，一张桌子拳头大的距离，三年，看都看腻了，他又不是孙晓峰，一根筋只能爱一个人。

陈小年第二天醒来时，才是早上七点多，但他却感到从未有过的清爽。他开始回忆昨晚发生的事情，觉得很多片段现在想来都很不真实。说不定是臆想出来的？

他打开手机微信，找到蔡思瑶。那里现在风平浪静。

他给她发去一句：老中医那事，等我问了我妈再告诉你哈。

他挨个儿啃指甲，接着补发一句：

昨晚我梦到自己长了条尾巴。

《人民文学》2017 年第 4 期

广州老铁

一

李淑嫦长着一张与九十斤体重不相配的脸。大、圆、塌，从青春发育期开始就有条不紊地冒出小疙瘩，很像经由嫦娥一号卫星获取数据制成的全月球影像图。不少同学看到她的名字，会多问一句，你是不是还有一个妹妹？她很不情愿地点点头，在心里怨叹，李健华啊李健华，你连名字都起得那么破绽百出。

李健华是李淑嫦的父亲，李淑嫦的妹妹是李淑娥。嫦娥两姐妹是同胎异卵。如今每次过生日，回想二十多年前的这一天，李淑嫦都要暗暗倒吸一口凉气。她一个衣服都生怕跟人撞衫的人，要是跟另一个人撞脸，李淑嫦觉得自己会去撞墙。打从小学三年级以后，李淑嫦就使出各种计策，冷脸臭脸撒娇哭闹，扼杀母亲杨碧慧要让两姐妹同款出门的企图。杨碧慧拗不过，嘴里叨咕：“这小反骨仔，以后有戏看了。不是你收拾老公，就是老公料理你。”那时候李淑嫦不明白母亲在碎念什么，只觉得好开心，可以穿自己心仪的蓬蓬裙，而不是跟某人互为镜像。

李淑嫦的反骨倾向，具体来说，应该从幼儿园大班就开始了。杨碧慧让她在亲朋好友面前施展才艺，她无论如何就是不从，嘴巴一斜，宛如坚贞的烈女。这一点妹妹李淑娥就很不一样。李淑娥每逢被杨碧慧推出去，当即抑扬顿挫地背诵一首《泊船瓜洲》，或者唱一首《甜蜜蜜》。小屁孩唱老情歌，这种反差往往令观众看得津津有味，笑声不断。要论李淑娥最拿手的，还是粤剧里那些经典唱段，乳牙健在就敢唱《荔枝颂》：“说荔枝，一骑红尘妃子笑，早替荔枝写颂词，东坡被贬岭南地，日啖荔枝三百余。”站相、台步、开门、拉山，还真有板有眼，观众鼓掌叫好，李淑娥越发起劲，演个不休。李淑嫦远远站在一边观望，感到莫名其妙。后来一直到初中，学校鼓号队、国旗仪仗队、文艺汇演主持人，都由李淑娥包圆，一群人唯其马首是瞻。说起李淑娥，李健华终日油光满面的脸上，更加亮得可怕。

平心而论，要说身材的曲线，淑娥是比不上姐姐的，她们还会不时一起洗姐妹澡的时候，李淑嫦就意识到了。如今两人都到了瓜熟蒂落的年纪，李淑嫦身材的优势转换成了胜势。妹妹出彩的地方是她那张脸蛋。这件事李淑嫦一直怨李健华，长相上她随父亲，妹妹随母亲，所以一个大饼脸、一个鹅蛋脸，一个眼睛无神气、一个眼睛会说话，一个香肠嘴、一个樱桃嘴。很多人都说李淑娥长得像朱茵，特别是笑起来的时候，那眉梢和嘴瓣子，绝对是当明星的料。那时两姐妹正迷《大话西游》，最喜欢紫霞仙子，听见这话，气死李淑嫦。从没有人说李淑嫦长得像谁，不是怕得罪，就是被忽略。李淑嫦的忧伤谁人知？

照旁人的观感，李淑媾是在李淑娥的阴影下长大的。但事实上，李淑媾其实有点喜欢这种遮光效果。在阴影底下，她可以尽情做自己喜欢做的事。跟街坊小伙伴疯狂玩闹，追看电视剧，玩电脑网游，她的童年张灯结彩。李淑娥就不同了，大到学校小到班级，所有文娱节目都仰仗她，平时偷闲在家，杨碧慧也不放过她，拉着她一起学唱粤剧。在影碟机里放映那些从碟摊上买回的光盘，阅毕，又换录音机播放录音带配乐，上演母女秀。这边唱："并头莲曾亦有根基种，权势尽看轻只知爱情重，与你做过夫妻胜梁鸿。"那边和："坟墓里可尽失相思痛，憎哭声，喊声将霍小玉叫回俗世中。"咿咿呀呀，听得隔壁房间的李淑媾头皮发麻，也有些幸灾乐祸。树大招风，树下好乘凉，话都不是白说的。

李健华和杨碧慧开的是烧腊店，夫妻档，名曰华记，取李健华最后一字。李健华负责烧鸭和叉烧的食材来源和制作，杨碧慧负责收银叫号，后来店里来了一个阿友，是李淑媾姐妹俩在乡下的一个表哥，主要是打理店面。烧腊店就在自家一层，这个四层高的骑楼是祖宅，李健华作为独子，全盘接收。李家祖上并不是做烧腊的，李健华在外拜师学艺，学成自立门户，开门迎客，从此这栋看起来略显阴森的骑楼人气就旺了起来。华记从李淑媾记事起就有了，到现在依然风雨不动，这是李健华的本事。李淑媾和李淑娥是闻着烧腊味长大的，梦里的烧腊味淡而不薄，白天的烧腊味浓而不烈，烧鸭的味道酥中见香，叉烧的味道甜里透鲜。李淑媾后来离家在外，有一阵子失眠，怕是没闻着烧腊味，睡不香。

阿友干活挺麻利，就是不爱说话，来这里也有好几年，基本没有夜生活，这在广州是难以想象的。晚上打扫好店面，拉闸门一关，躲到自己的卧室里玩手机，或者翻翻书。在华记，伯父管吃管住，一个月再追加四千，很过意得去了。

有一天李淑嫦趁阿友去洗澡，偷偷蹑进他的卧室，想看看他私下都忙些什么。见床头摆着盗版的《神雕侠侣》《天龙八部》和《萍踪侠影录》，还有几本《故事会》和《知音》，这就是阿友建设自己精神文明的全部素材。李淑嫦发现在散发出微弱霉味的枕头底下，还掖着一本铜版纸封面的日记本，赶紧拿出来翻了翻。除了誊写一些励志名言和武侠小说里的精彩段落，还有一页写着五香粉一茶匙、橙酱一大勺、八角两颗等李淑嫦不甚了了的文字。阿友的字迹，字大行疏，歪歪扭扭，吃力不讨好，李淑嫦在心里对母亲喊话：杨碧慧啊，这才是真正的鬼画符。

除了李淑嫦，一家都是粤剧迷，李健华好听，杨碧慧爱唱，李淑娥是擅长此道，她有没有真心喜欢，李淑嫦不是很清楚。她自己耳濡目染，不会作诗也会吟，写作业的时候，洗内衣裤的时候，不自觉地哼哼。有时被李淑娥听到，便不无得意地嚷嚷："姐，你也学学啦，进了门，更有意思。"李淑嫦嗤之以鼻，立马改哼苏打绿或五月天的歌。没有关系你的世界就让你拥有，不打扰，是我的温柔。

隔三岔五，杨碧慧就跟老板李健华请假，命李淑嫦代班，自己跑到荔枝湾大戏台一显身手，过一把荼蘼花开分外香的瘾。李淑嫦呢，人坐收银台，心和眼一起开溜到挂在墙角铁架上的老式大肚电视上。电视台正重播《还珠格格》，李淑嫦很有代入感，眉头微蹙，轻声跟着紫薇念台词："尔康，你不能恨我，你不能因为我这么爱你而恨我！"

二

李淑嫦自幼得一癖好，自己捣腾独角戏，按如今的说法叫角色扮演。她并不执着于某个既定的角色，而是雨露均沾，一人分饰多角，侠客、魔头、店小二或大隐于市的智叟，然后自己凑成一出简单的打戏。关上房门，反锁，扯来电视罩布当褡裢搭肩，手握鸡毛掸，学着金庸笔下的套路，放出六脉神剑，降龙十八掌，拿牙签当作冰魄银针。下一刻又握紧晾衣架，一跃上床，把被子披覆在身，在胸口打一个死结，作揖，继续比画，旋而倒地不起，假想七窍流血，左腿抽搐，留下一段很琼瑶的遗言。要是无人打扰，她一个人能伴着满屋飘扬的灰尘玩一天。

李淑嫦爱演，以前是自己闷在房间里张牙舞爪，后来长开了，野心随而变大。她想成为一名演员，把自己放进电视机或电脑屏幕里那种，好让李淑娥他们好好看看，什么才叫真正的演戏。

李淑嫦也不知道自己想当演员的念头，有没有部分原因是出于嫉妒，但她觉得更多是拜电视所赐。李健华和杨碧慧平时忙生意，让她基本处于放养状态。上小学的时候，她就把《不要和陌生人说话》《永不瞑目》《拿什么拯救你，我的爱人》等照理少儿不宜的情感伦理剧通通看遍。在父母晚上九点多上楼之前，她可以好好享受各大卫视的黄金剧场。李淑娥要是赶巧有空，也会作陪，把嘴巴张得像在练习发声，还频频问李淑嫦谁是好人谁是坏人、谁爱谁谁恨谁，李淑嫦很烦她。

李淑嫦没有固定的偶像，但她偏爱女明星，从以前内地的小陶虹、陈红、许晴，港台的张曼玉、王祖贤，到后来的刘亦菲、高圆圆，个顶个地仙，极尽女人的张狂、柔媚或可爱。到再添几岁后，李淑嫦的心头爱就换了一拨人，她逐渐意识到过分的外表美，容易缺乏烟火气，世间哪来那么多的小龙女，自然也就不需要那么多的李若彤。美女戏路受限，总被有意无意当花瓶，所以往后她更钟情那些长得很有味道的实力派。比如《榴莲飘飘》里的秦海璐，《阳光灿烂的日子》里的宁静，还有《大宅门》《康熙王朝》里的斯琴高娃。

她意识到自己将来更可能成为这一号人，这些能够打开女性更深层美感的女演员。高中一位同班同学，不经意间说到李淑嫦的嘴唇厚得像舒淇，李淑嫦激动良久，晚上免费请她去吃华记的至尊烧鹅饭，弄得同学诚惶诚恐。李淑嫦很快就把自己微博的昵称改成了“淑嫦是小舒淇”。

李淑嫦的闺房里，贴满了不同时期女明星的写真贴画，俨然一部华语影视女明星的历史小画廊。对门李淑娥的卧室就截然不同，除了一面墙壁专门张贴各类奖状——李淑嫦暗地里管这面墙叫虚荣至死墙——其余墙壁上遍布着男明星的画像，从内地港台到日韩欧美，一网打尽。

杨碧慧有次把李健华拉到角落，不无忧心地说：“这姐妹俩，会不会都不大正常？淑娥还好，不过花痴，男人的坏，她迟早会尝到的。我更担心淑嫦，你说她性取向会不会有问题？”李健华又气又觉可笑，捋捋躺在秃顶上的几绺发丝，说：“你才无理取闹，不就几张乌七八糟的贴纸，改天有空，我把它们全撕了，大家都眼不见心不烦。多操心操心店里的事啦，这两姐妹，种好，何时需要多挂念？”

李健华这话有一定的道理。两姐妹学习成绩一向优异，开家长会，两边的班主任几乎异口同声，说你们家闺女学习很自觉，最关键是，天资聪颖，别人十分力才能弄透的问题，她们三分就能摆平。开完家长会，李健华和杨碧慧相约在校门口碰头，两边互相对了一下班主任的台词，说怎么那么像，到底是双胞胎。李健华难得很纯粹地笑开怀。回到家，他那浑圆的脸上依然含笑，温情地起头：“老师对你们的表现很满意，不错，有其父必有其女。”杨碧慧捅捅李健华的胳膊肘，李健华会错意，赶紧在“父”后补上“母”字，把话再说一遍。杨碧慧就有些头重脚轻。

“好好读书，别成天老想着玩，少看电视少往外跑，听到没？”说到这儿的时候，李健华的眼神特意在李淑嫦身上多耽搁几秒。他又恢复了一贯的冷峻。平时李健华不仅不爱笑，还老板着一副睡眼惺忪的脸，话音又响又厚，不知道的人，都以为他在怄气。要不是杨碧慧负责收钱，李淑嫦估计父亲会经常跟顾客吵架。

上了高中，大家对于李淑娥的样貌就没了以前那么多的赞美。李淑嫦也暗自纳闷，李淑娥的脸蛋，确实没有以前那么让她恼火，说好的女大十八变，难道并不总是褒义？还是一起长大的邻居实在，那天这小子突然大声对李淑娥喊：“淑娥，我是看着你长残的。你再看看你姐。这就叫风水轮流转。”李淑娥恨得追着人家屁股跑，做出打人的手势。李淑嫦在二楼的阳台上听得真切，内心一阵窃喜，哼起了《荔枝颂》，感觉自己也成了角儿。

李淑嫦喜欢表演，但从来没有人告诉她如何才能考上影戏院校，也没人告诉她，报考影戏院校其实不需要考那么高分，她稀里糊涂跟着大部队熬夜刷题，一起参加高考，把自己的高中生活过得忙碌又悲壮。最后成绩公布，超过一本线近五十分，艺考报名早已截止。她掂量再三，还是想学跟影视沾亲带故的专业。李淑嫦不听三亲六故的建议，第一志愿报了北京某高校文学院影视创意写作专业。结果出来，她如愿以偿，李淑嫦决定把自己的才华带到北京城。

李淑娥同样考上一本，最终在一群最高学历不过中专的亲戚的怂恿下，去了成都一所财经院校学金融双语。她的学习成绩向来比李淑嫦拔尖，最后的结果却不尽如人意。家里只有李淑嫦知道，都是给妹妹那位劈腿的第二任男友害的。李淑嫦不做长舌妇，杨碧慧到现在也不得而知。

从高中开始，李淑娥就接不到主持活动了，李淑嫦不知道这是否跟她的脸蛋不再让她恼火有关。不过妹妹的桃花运一直很旺，李淑娥在毕业旅行的途中，又被一个李淑嫦闻所未闻的男生表白，情绪低落的李淑娥当即答应了。李淑嫦得知后，挺心疼这位男生的，她知道妹妹不过是想找个人过渡一下低潮期。大学才是李淑娥爱情的主战场。后来的事实证明，姐妹俩，心连心。李淑嫦已经习惯被李淑娥占尽风头，所以当她的高考分数比妹妹要高出十六分的时候，心里无端地感到有些惴惴不安。

嫦娥姐妹作为李家头两位考上重点大学的大学生，李健华把庆功宴办得有声有色。他嫌自己的地盘太小，去了一个大酒楼，摆下六大桌，六六大顺，宴请一众亲友。他脸上的笑容持续时间之长，李淑嫦前所未见。李健华自备了烧鸭烧鹅、肥叉瘦叉，李淑嫦和李淑娥给他打下手，相当于一次免费推销。李健华杨碧慧拉着两姐妹去敬酒，李健华把介绍李淑嫦的落脚点放在“北京”两个字，把介绍李淑娥的落脚点放在“金融双语”四个字。李淑嫦听得分明，暗暗觉得好笑，将白瓷小酒杯放在嘴唇上沾了沾，又甜又苦。

三

大学生活比李淑嫦想象的要无聊，学业内容和她心中所想，完全是买家秀和卖家秀。什么电影史影视理论，让她有种回到高中背政治历史的错觉，换到剧本创作，她又觉得伤脑筋，想象力受到严重打击。李淑嫦更加笃定，此生她只想演戏，不做幕后创作，更不想搞学术研究。她早前加入过个别社团，很快她就嫌弃起里面的小头目思想幼稚，只会搞些无聊的形式主义和幼稚的官僚主义，所以都拍拍屁股自己滚蛋。窝在寝室的李淑嫦，除了刷刷当红影视剧和综艺节目，开始留意线上线下各类演员招募的小广告。

快挨到毕业时，凭借高挑的身材、出挑的穿搭，还有那很醒目的丰唇，李淑嫦参加了不少商场和楼盘的小型走秀、影视发烧友自制的网络短剧，还曾在一些不太入流的院线电影里跑过龙套。这些活动无非一鸡死一鸡鸣，雷声大雨点小。打她主意的络腮胡大叔或亚麻衫小哥倒是不缺，真正为她出谋划策的专业人士寥寥无几，李淑嫦自幼在李淑娥的阴影下长大，早已习得察言观色的本事，所以那些男人的诡计歹念，都还在她的掌控之中。这些从影经历，要是编辑成简历，乍看挺唬人，但若碰到真正懂行的，就成了荒废课业一心想红的罪状。

毕业季人人都为找工作奔波，李淑嫦还在做着自己的电影梦，梦想成真，化虚为实，留给李淑嫦的时间不多了。妹妹李淑娥已经签约广州一家高中当数学老师，她那谈了一年的男朋友追随她到羊城，去了一家外企。李健华对此很满意，给足五千块钱，答应让李淑娥跟她男朋友一起去新马泰毕业旅行，千叮万嘱，注意财产和人身安全，既要防别人，更要防最贴身的人，还有，务必分房睡。李健华的意思很浅白，李淑娥满嘴答应，不跟老古董计较，开开心心去度假。

反过身，李健华就打来电话，催促焦头烂额的李淑嫦也回广州，考省或市的公务员，再不济，回家帮手烧腊店，将来嫡长女继承制，华记留给你。李淑嫦不乐意，坚决留京北漂，铁下心要当演员做明星。李健华恨铁不成钢，说就你还想红，也不照照镜子，看看是谁的女儿。李淑嫦认定只要有演技肯努力，野百合也能成为白百合，再说了，自己长得叫有特点，不是丑。李健华坚持不懈地规劝："世上能有几个黄渤和王宝强？何况他们都是男孩，你一个女儿家，整天发什么梦？"粤语管做梦叫发梦，好像梦跟面粉一样，是发酵膨胀的产物，看起来挺大，其实还是原来的面疙瘩。杨碧慧在旁叹气说，这父女俩，贴错了门神。

李淑嫦不仅发梦，还发开口梦。熄灯躺下，先来一阵唧唧咕咕的磨牙，然后喋喋不休。可辛导演，什么时候开拍？不要拦我，让我再给十位粉丝签名！李淑嫦说梦话，时而普通话时而广东话，舍友听得一半，白天开玩笑说："李影后，你应该给你的梦话打好字幕。"班里人都爱叫李淑嫦为影后。最近一段时间，他们又开始新的追问："现在国家不让咱说影后巨星了，那往后我们该叫你著名艺术家，还是文艺界人士？"李淑嫦轻描淡写回："叫一声母后就行。"

在校的最后一年，李淑嫦搬到了校外，跟另外两位在江湖上结识的小模特合租。李淑嫦是从那时起开始做直播的，既然求人不得，那就自力更生。上网买了电容麦克风、声卡、支架和耳机，把自己的房间布置一新，贴上自己并不是很喜欢的粉色爱心墙纸，买一个一米五的熊本熊公仔，订购一个系列的印象派数字油画，故意把晾内衣的折叠晾衣架挂在镜头背后的衣柜把手上，增添挑逗性。她的歌喉不比妹妹差，爵士舞一直跟着网上的教学视频练，到底是荔枝湾大戏台名角杨碧慧的女儿，学起来上手很快，加上以往的舞台经验，李淑嫦在镜头前扭起腰身，很像那么回事。她的银行账户上的阿拉伯数字水涨船高，经济彻底独立，她发誓要在李健华面前争口气。

想从一众主播中脱颖而出，光会吼几嗓、扭几下远远不够，如今尖下巴的蛇精脸蔚然成风，李淑嫦自知自己的圆脸吃亏，她必须懂得花样翻新，才能留住这些喜新厌旧的粉丝。她每月花在买兔耳发箍、小礼帽、豹尾巴、花旗袍还有各种奇装异服上的置装费，掩盖痘印、黑眼圈，弄眼滴妆、咬唇妆和大烟熏所需的化妆费，还有不时变换房间风格的采买费，鸡零狗碎加起来，不比每月的房租低。

李淑嫦觉得自己终于活出了一星半点的精彩，"鼓楼小舒淇”很快就拥有了一批忠实粉丝。她的出租房并不在鼓楼一带，但李淑嫦清楚，给自己造势就得抓人眼球，敢用大词是第一步。在直播平台里，李淑嫦逐渐收获了天南地北陌生人的爱心、香吻、钻石，还有飞机和跑车。那天一位长期关注李淑嫦的粉丝，给她送出一个折合人民币一千多的游艇，这是她第一次收到如此贵重的礼物，激动了好些时候。金钱倒在其次，李淑嫦更渴望的是肯定，她在压抑了如此漫长的时间以后，都快忘了自己也是一个渴望赞美的女孩。

从那天起，李淑嫦就一直跟这位男粉丝私下保持联系，他还会不时给“鼓楼小舒淇”送大礼，把她哄得稳稳当当的。那天他约李淑嫦出来吃饭，李淑嫦寻思再三，说：平时的我，不等于“鼓楼小舒淇”，你确定要认识本尊？男生回说：私下的我，也不是整天让你跳性感辣舞、唱劲歌金曲的“望京张三丰”。这下两人决定约在一家咖啡馆见面。男生比照片里更为白净，山羊胡打理得很精致，黑圆木框眼镜，穿一条休闲板裤，上身是一件A货李维斯卫衣，李淑嫦对他第一印象不坏。李淑嫦自己穿了一身黑色连衣裙，脚下一双白帆布鞋，把一头长发挽成半丸子头。男生一晚上眼睛不离李淑嫦的上半身，眼仁熠熠发亮，李淑嫦没料到自己的大圆脸也有春天。

男生名叫戴权，三代北京人，三本院校肄业，电子竞技的职业玩家，签约费加上奖金和广告，收入保密。平时放松的途径，就是到直播平台里逛逛。李淑嫦半开玩笑半试探地问：“是不是广撒网，高筑墙，后宫佳丽三千？”戴权卷着舌头说：“我们天天训练、打比赛，让自己维持在最佳的竞技状态，哪有工夫泡妞？但要是你的话，我倒是愿意荒废荒废事业，做一个亲近女色的昏君。”李淑嫦微微一笑，心里对这个回答相当满意。

这一餐下来，成果颇丰。没过多久，李淑嫦就搬进了戴权在望京的两居室。那是一间充斥着碳酸饮料空虚的酸涩味、止汗剂糖果般的香料味和墙柜上摆满的奖杯奖牌的金属腥味的高层公寓。她想过，他们手头的事业都不允许彼此花费过多时间在玩暧昧这件事上，与其放长线，互相拉扯，不如一锤撂定。李淑嫦从来不愿承认，对待感情，她自己也挺急的。

跟一般情侣不同，两人大部分时候都待家里，一日三餐靠外卖，日常所需靠网购，传情带话靠手机。隔着一堵墙，各自对着自己的电脑，一个开直播，一个打游戏，互不打扰，却也有别样的踏实。戴权经常通宵打游戏，李淑嫦也喜欢熬夜，刷剧，逛购物网站，拿小号到其他主播的直播间去取取经，偶尔戗几句风凉话。两人真正能够拥在一起的时间，也就上午瘫在床上的几小时，然后又各自爬起身，洗漱，分头行动，足不出户，却难得一见。

每到夜深人静，隔壁房间里戴权脱口而出的喊杀声显得格外残暴，好像这面墙体的另一头，是一个不食人间烟火的神魔世界，只有战斗。而在这一边，灯光熄灭后，街灯透过敞开的窗户映来微薄的银光，偏冷，开了一天的笔记本电脑和麦克风现在萎靡地靠在一起，四套直播用的服装挂在柜子外的把手上，在黢黑中显出各自奇怪的形状。坐在床上的李淑嫦，眼睛看向墙上那张二维世界里的舒淇，厚大的嘴唇红得刚烈而决绝，眼角不断跳出撩人的火花，它们都变得不再含蓄，幻化成一摞摞的红钞和粉丝高举的灯牌，闪得李淑嫦心里七上八下，恍兮惚兮，睡不着觉。

四

那天吃饭，李淑娥把李淑嫦的视频放给父母看。手机里头，李淑嫦穿着渔网黑丝，脚踩宝蓝细绒高跟，正卖力地下腰曼舞，背景音乐很嘈杂。

先是杨碧慧为难地笑了笑，说：“也不知道你姐一天到晚干什么，总说自己忙，原来是忙着瞎闹。”李健华没有那么好的脾气，把胸前的围裙一扯，脸就上了道黑漆，说：“别去理她，让她天天扮鬼扮马，棺材头烧炮仗，想吓死谁？”李淑嫦以前想着让二老在电视前看到自己的风光，没想到先在直播里看到了自己的春光。得知此事，她直接电话拨给李淑娥，说你是故意看我笑话。李淑娥不服，说我没觉得这有什么啊，难道你也看不起自己吗？李淑嫦被顶得无话，只撂下一句，别做太平洋的警察，把电话挂了。

李健华入夜躺下，呼噜声迟迟不来，杨碧慧知道他正在酝酿台词，只管静候。果不其然，李健华重重地翻了个身，对着平躺的杨碧慧说：“你说淑嫦年纪轻轻，正经事不好好干，做这种不要脸的勾当，还是个牛皮灯笼，点极不明，简直气死我。等哪天抽空，我去趟北京，把她的腿像鸭腿一样剁成几段，看她还能不能跳得那么欢！”杨碧慧直勾勾看着天花板上回光返照一样一闪一闪的吸顶灯，她的眼睛一到深夜就发酸，不由自主地流泪，她一边拭泪一边说：“你能怨谁？你拍着胸口说，从小到大，你有好好关心过她们两姐妹？整天就知道做烧腊、发大财，你每天在关公像前说的话，都比跟淑嫦说的多吧？”李健华闷了几秒，叹了口气，不再作声。杨碧慧见势，宽慰说：“别把自己女儿想得那么不堪，淑嫦不是那种女孩子。现在的年轻人，想法比较活，我们不懂就别瞎猜。”然后也翻个身，背向李健华，边打呵欠边收话匣：“睡吧睡吧，明天还要早起跟你的财神爷说体己话呢！”

李淑嫦知道自己成了家里的生虫拐杖，靠不住，还丢脸面。她电话里跟杨碧慧说了自己的情况，杨碧慧说：“你们年轻人怎么过，那是你们的事，能养活自己，我就心满意足。你爸这人吧，一部通书看到老，估计一时半会儿不能接受，让他冷静冷静，我慢慢做工作。终究是自己的亲生女，还能怎么样?”李淑嫦点点头，煮泡面的水沸了，她挂断电话。她把水浇到碗里的海鲜泡面上，顿时香味飘荡，把十几平方米的房间变成一片海洋，她成了一条无亲无故也无忧无虑的鱼。李淑嫦在心里掂量，这件事，她不可能打退堂鼓，有朝一日，她一定要证明给他们看，她是一个真刀真枪的实力派演员。

最初李淑嫦做直播，是不得已而为之，误打误撞成了事业的主心骨，她本想“曲线救国”，如今“救国”遥遥无期，这条命运的驼峰航线却有被截断之虞。她的直播遇到了瓶颈，唱歌热舞畅聊，三板斧一路闯杀，有些后继乏力，粉丝开始入不敷出，稳步缩减，李淑嫦使出浑身解数，就差露三点了，也于事无补。睡眠一向为人称道的她，最近开始失眠，头发越掉越大把，这张月球影像图上的环形山越现越多。她最终把火气撒到戴权头上，怨他玩游戏喊杀冲天，怪他洗澡时老唱歌还跑调，怪他打呼噜太嘹亮，怪他一沾到床上就想动手动脚。她埋怨他：“除了打游戏，你简直一无是处。”一贯以无声胜有声的戴权这回急了，戗回去：“我玩游戏，可以变成职业玩家，可以混出名堂，你要真有本事，也整成职业演员啊!”李淑嫦被戳到痛处，嘤的一声，眼泪吧嗒吧嗒地滚下来，身体一抽一抽，大鸣大放，感觉到了前所未有的绝望。

戴权见不得女人落泪，连忙去哄，他靠近一下，李淑嫦反方向转一下，近一下，转一下，如此往复，戴权一把搂住，李淑嫦这才扑到戴权身上，嗷嗷放歌起来。戴权拍拍李淑嫦后背，说：“现在喊麦不是挺火的，不然你也试试？什么MC天佑，年纪轻轻，在北京有房有车，粉丝千万，又是出单曲，又是上综艺，又是拍电影，真给混出来了。”李淑嫦不哭了，把眼泪鼻涕归置回去，细细想来，有一定道理，又有一些疑虑。

喊麦李淑嫦看过，在她眼里，也就是极其低端的说唱，它难就难在没什么技术含量你还得全情投入，把自己逼入一种魔怔的境地，她不能肯定自己能否驾驭。况且，喊麦几乎是东北人的天下，东北人插科打诨有先天优势，就跟李淑嫦之前入眠一样轻松。

戴权激将她，你一个正经八百重点大学文学院的毕业生，编一串押韵的唱词，比那些半路杀出的野路子还不堪？英雄不问出处，等你火了，管它喊爹喊娘还是喊麦。李淑嫦静下心，认真捋了捋自己的优势。广州人喊麦，没见过吧？特色有了。重点大学毕业生喊麦，没见过吧？噱头有了。谁规定喊麦非得脑袋大脖子粗、左青龙右白虎、脚踩一双豆豆鞋，时尚潮女照样上，没见过吧？反差有了。戴权学过编曲，说可以帮忙弄弄曲子，别老搞抄袭玩拼贴，来高级的，原创，准炸。综上，李淑嫦喊麦，一眨眼就万事俱备了。

说走咱就走。李淑嫦穿一件白色亚麻衬衫，蓄意歪露左侧香肩，用粤语混杂国语喊麦。她刻意掩盖自己普通话二级甲等的水平，把口音弄得跟东北小品里模仿的广东人一样，将“双击”说成“商机”，“666”说成“露露露”。顺便做一些简单的粤语普及，比如东北话里的“老铁”，粤语不妨用“损友”替代，虽说是损友，其实是褒话贬说，一般用在死党之间。紧接着假装即兴唱起其实准备了两天两夜的陈奕迅的《最佳损友》。李淑嫦声嘶力竭，心理活动也很丰富：那些所谓的喊麦达人都进军影视圈了，老娘凭什么不可以？这般嘴上就喊得越发起劲，没几天工夫，扁桃体顺利发炎。

“MC 广州老铁小舒淇”的关注度暴增，李淑嫦混得风生水起，礼物砸来，像那冷冷的冰雨在脸上胡乱地拍，倒拍得心窝子热流涌动，直播场面较“鼓楼小舒淇”有过之无不及。她的名作《揾食到北京》《广州老铁李小姐》《谁为梦想买单》，穿插进一些当年耳濡目染学来的粤剧唱段，让人拍案叫绝，在喊麦界迅速蹿红。李淑嫦这时感慨起来，艺多不压身啊。现在人们都在讨论，喊麦要想在主流音乐圈立稳脚跟，就应该有更多“MC 广州老铁小舒淇”这样有水准有想法的从业者。

该出手时就出手，风风火火闯九州。李淑嫦火了一把。

五

华记烧腊店开了近三十个年头，每天一到饭点，新老顾客总是挤满并不宽敞的店面。墙上两个涂满油垢的挂壁电扇响震天，还是吹不跑人流蒸腾的热气。地胶板上遍布着白花花的餐巾团，忙得阿友团团转，嘴里一口一个：“唔该，借借！”店内挤不下了，杨碧慧就在店门口摆上两列小板凳，一列坐腚，一列放碗，穿西装打领带的吃客毫不介意，也不嫌肩胛和大腿勒得慌，这是华记常年的一道风景。

广州溽热难耐，李健华站在烤炉前或砧板旁，一年四季光着膀子，露出一身皱巴巴的焦糖色皮囊，胸前挂着一条商场促销赠送的暗绿色围裙，大肚腩把标准尺寸的围裙顶得很拮据，鸡鸭鹅猪的骨髓和肉末溅满这件多年不弃的战袍。由于客人太多，两姐妹放学回家，通常放下书包先来帮手。李淑嫦最会缝针，用钢针给烧鸭烧鹅封肚，手速快，既不漏气也不漏水。李淑娥充气是一把好手，把充气管塞进上好糖水的鸭鹅割喉处，让它们一只只重新变得威武又雄壮。李健华不懂表扬，只会塞钱。除了买明星贴画，李淑嫦最喜欢买零嘴，李淑娥则用来采购漂亮的笔记本和发夹。

钱是赚得盆满钵满了，但李健华没有更大的野心。他无意装修一下自己的店铺，改善一番内部设施，认定老字号就赢在一个老字上，若修葺一新，跟那些新开张的店铺就没了分别，华记还是华记？杨碧慧从风水的角度进一步捍卫这个观点，说店面这种东西，不宜轻举妄动，财神住惯了，别到头给惊跑了，一不小心就暴露了自己对财神不亚于李健华的喜爱。

李健华也没想过开分店，他说多只香炉多只鬼，事多反倒手忙脚乱，最后每样事都办不好。他认死理是十里八街出了名的。以前李淑嫦跟别人一样，在背地里说李健华是湿水炮仗，点不响。这话被李健华听到，骂说你们懂个屁，这叫闷声发大财。

但是最近，李健华想给华记开一间分店了。他现在开始改口，说有钱能使鬼推磨，多只鬼又算得了什么？他只是苦于人手不足，外头人又信不过，所以迟迟按兵不动。

父亲这种态度上的转变，跟阿友的出走有关。

三个多月前，阿友提出要打包走人。他还是没有太多话，只说自己累了，想出去闯一闯。等再问为什么，却已缄口。他那张吐司面包一样粗糙暗黄的脸蛋，爬了过多的色痣，不剩多少表情。杨碧慧向来对阿友没有好感，她总觉得这个不爱说话的男孩身上，有一种让她说不清的戒惧。所以得知阿友要走，她内心深处其实松了一口气。她自己也质问过自己，杨碧慧你是不是自恃老广州，嫌弃起乡下的穷亲戚，可别越活越糊涂。李健华倒是向来对妹妹这个小儿子怜爱有加，他把对当年插队下乡便嫁在了那里的妹妹的同情，转移到了阿友身上。

面对阿友的执意离开，李健华也不愿多问，他偷偷把一沓红晃晃的钱塞到阿友的背包里。第二天清早，李健华拖着呵欠下楼，阿友已经不辞而别。没有了阿友洒扫庭除，李健华心里多少有些落寞和感伤。他发现大厅圆桌装着辣椒酱的玻璃瓶下，压着厚厚的百元钞。舔指数了数，分文不少。钱上还盖着一张笺纸，用黑色碳水笔写了一行字：山高路远，舅父珍重！充盈着武侠小说过于浪漫的江湖气，字体还是那种因竭力工整而显得笨拙的鬼画符。

那天一位老顾客突然跟李健华打趣说："华哥，我今日才知道你宅心仁厚。"李健华纳闷，说你赶紧有碗说碗，有碟说碟。这才从顾客嘴里得知，阿友在别处辟了家烧腊店，从味道到名头，都跟华记高度重合，堂而皇之，名叫友记。广东话讲，这叫食碗面反碗底，李健华在床上歇了两天，不见斛声来。说不上愤怒，更多是无奈，华记的客源阿友抢不走，他把事情做到这步田地，不厚道，更不体面。哪怕阿友敞开心扉，跟李健华表明自己的规划和野心，李健华觉得他一定会全力支持。其实，李淑媏李淑娥早有自己的生路，当李健华哪天想打一宿通宵麻将了，他会毫不犹豫地把阿友给扶正，接班他的华记。是不是自己的算盘打得太密不透风，让别人以为他要搞终身制和世袭制？怎么就那么着急，怎么就养不亲呢？很多事，李健华怎么想也想不透彻，所以夜里常发梦魇，白天人就跟着有点蔫。杨碧慧气不过，想找阿友当面质问，被李健华劝下。他到底还挂念跟妹妹的情分，这是他这辈子不多的软肋。

如今做事说话，李健华丧失了往素的雷厉风行，就像一截回南天里受了潮的木头，闷而朽。已经搬到外边住的李淑娥，如今经常回家看看李健华，没事跟他扯闲天，让他看开一点，别把别人的错揽到自己身上，何苦，该睡懒觉睡懒觉，该听戏听戏。她把跟男朋友的婚礼提上了日程，想给家里冲冲喜。

得知李健华想开分店，李淑媏很赞成。她总说，家族化已经不适合当下市场发展，经商不能掺感情，得有制度、讲规矩，就像烧腊，好好味就是好好味，麻麻地就是麻麻地。李淑媏特地抽空回一趟家，帮李健华处理开分店的事宜，顺带给华记开通外卖订餐业务。李健华和李淑媏难得合拍，李健华现在再看李淑媏，感觉整个人的线条都比从前来得柔顺，横看竖看都舒服。经历了阿友这件事，李健华再也不敢高估自己的判断。

李淑嫦带着摸爬滚打掌握的一身技能，跟工商局打交道，从地图到实地陪李健华去选址，告知父亲如何在烧腊的配料和制作工艺上加以保密，未来如何培养属于自己的餐饮文化，通过多年的口碑打响广告。在华记分店开张那一天，李淑嫦特地在直播里给华记打了一个广告。

她写了一首关于个人成长的歌，以华记为背景，名为《我在华记快高长大》。有那么几句歌词：我是你们的广州老铁，我却是我阿爸的茄哩啡，华记烧腊店是他的死穴，他有老广特有的艰苦和卓绝，他不会说多谢性格有点烈，还怨我不务正业但我依然在这里喊你们老铁，他的爱在心口却难开，我其实也好乖只有些少坏，我的演员梦似华记的叉烧吃一口就停不下来，骑楼上的女孩有梦阳台也能成舞台。

分店一如老店，顾客络绎不绝。李健华荣光满面，不得不佩服，女儿有头脑，就跟自己有脾气一样。

六

杨碧慧给李健华看过现在李淑嫦的喊麦视频。李健华也学会了笑笑说："这丫头，我看说得比唱得好，长得似我，但骨子里随你，口齿伶俐，也懂得扮靓了。真的靓了，看来是吃定这口饭。"两弯饱满的眼袋，流溢出一种迟暮者独有的慈祥。李健华现在给关二爷上香，也会替遥远的李淑嫦念几句讨好话。

自从得知李淑嫦弄起了喊麦，而且听隔壁邻居儿子说，淑嫦姐现在混出眉目了，杨碧慧就缠着李淑娥，让她给自己搜搜，看你家姐现在到底弄出了什么动静。李淑娥原先不乐意，后头自己在微博上发现姐姐竟然成了加 V 博主，粉丝数量多得有些离谱，这才下了直播软件，关注了李淑嫦的账号。当时李淑娥也吓一跳，对旁边的杨碧慧说："我看这个世界疯了。"

李淑娥跟男友的婚期到了。她要办一场中式岭南风味的婚礼，一场典型西式教堂婚礼。中式婚礼定在羊城老牌酒店泮溪酒家，而西式婚礼则打算飞赴李健华夫妇闻所未闻的捷克布拉格举办。这些都是在李淑娥领导下，全家合作与民主协商决定的。李健华并不知道女儿两口子是如何认识，又是何时在一起的，他甚至以为这是李淑娥的初恋。自从李淑嫦当上主播以后，李健华和杨碧慧感觉他们的思想得到了极大的解放，既然翅膀都硬了，那就任她们飞吧，这是如今二老的心态。真的老了，一不留神，李健华就成了花甲老头。

去布拉格的人马经过精挑细选，除去几位家属，就是几位作为伴郎伴娘团的至交。李淑嫦作为同胎亲姐，自然在列。上次李淑嫦回家，主动约妹妹去吃了一次早茶，就她们两个人，挤在一群醒得比鸟还早的阿公阿婆和洽谈生意的商客之间。李淑嫦是在积极修复双边关系。

现在的人民教师李淑娥，戴着一副玳瑁眼镜，扎了一个高帮马尾，素雅中还能见出当年的楚楚动人。李淑嫦少有的没化浓妆，披散着一袭烫直的长发，两边掩映着自己的脸颊，她穿了一件素色的衬衫和一条七分喇叭牛仔。

菜品上齐，李淑娥先说的话："这里的猪肉粉肠不比从前，肉太少，粉太厚，酱汁都浇不进去，索然无味的。"李淑娥来了一出比兴，李淑嫦一边烧茶水，一边不急不躁地说："你尝尝这猪肝瘦肉粥，你的最爱。"李淑娥说："就这粥味道还算正，不然我就不来了。"在这家老牌茶餐厅昏沉的灯光下，李淑嫦两只带着度数的美瞳，若隐若现出淡褐色的星形花边。她浅浅地笑了笑，说："但要是没人跟你争抢，粥的味道再正，你都吃不出那种好。"说罢拿勺子去盛粥。李淑娥不落人后，也拿调羹去舀，有点抢着了。两姐妹就都笑，李淑娥笑起来眼睛还是那么润泽，放光，半天说一句："痴的！"

那天晚上，嫦娥重新合体，睡在以前李淑娥的床上，久违的亲密让她们多少有些不适，还需要一点温习，好在时间足够。雨悄然而至，急急的细雨打在路灯的不锈钢灯管上，发出一种类似编钟的打击声。烧腊窗口上方探出的挡雨棚，啪嗒啪嗒，像在燃放一串不会收场的鞭炮。小时候每逢过年，两姐妹就会跟着街坊四邻的伙伴一起玩炮仗，到楼顶放烟花，把家长来不及收回的衣服烫出一个个小窟窿，或者把火柴炮塞进墙缝里，或者扔到别人的脚跟边，别人吓得蹿起，自己哈哈笑着跑开。现在城里禁燃炮竹，李淑嫦突然有些怀念。两人都聊了些从前的趣事。当年李淑娥先来的大姨妈，面对一摊不约而至的红血，似懂非懂，吓得哭哭啼啼，说我再也不敢暗恋班里的男生了。李淑嫦在旁，幸灾乐祸地看好戏。到明白过来，发现自己迟迟不落红，反倒紧张得睡不安稳，半夜跑到杨碧慧跟前，断断续续地哭诉，把杨碧慧乐得喘不上气，另一边的李健华依然鼾声如雷。

褥子似乎有些受潮，回南天就要来了。李淑嫦两手轻轻钻探，像在围捕那些似有若无的岭南瘴气，却并没有从前的那种厌恶。在这些徒劳的摸索中，她分明感受到一种在粉丝的称赞中所无法获得的满足，它更委婉，也更深刻。

聊到下半夜，两人都听到对方肚里的咕噜声，于是蹑手蹑脚下楼，摸出冰箱里的叉烧。李淑嫦喜欢吃肥叉，李淑娥喜欢吃瘦叉，碟盘里各摆一半，放进微波炉里稍微加热。李淑娥还从冰箱里拿出李健华的两瓶啤酒。两人坐在大厅的餐桌旁，盘着腿，一边碰杯，一边用手直接抓起叉烧放进嘴里，吧唧吧唧，吃得兴致勃勃。她们已经好些年没尝过李健华的手艺了。以前她们总喜欢跟他抬杠，说这东西难吃又没卖相，舌头和眼睛全坏掉的人才会来吃，两者缺一不可。现在她们的舌头和眼睛都坏掉了，一碟清空，意犹未尽，又去搜刮，她们坏掉得不亦乐乎。华记的叉烧香甜可口，肥叉肥糯不腻，瘦叉瘦而不柴，别说北京，就连广州那些最有名的茶餐厅也未必比得过。

眼下，李淑嫦不时会向李淑娥讨教一些关于粤剧唱腔和身段的问题，她想把更多的粤剧元素放进自己的喊麦中。李淑娥则会在化妆品的选购上向姐姐取经，问说，你那些小妖精网红朋友，都用什么牌的水乳，整天熬夜，皮肤还那么嫩白，不全是美颜吧？

李健华听从李淑嫦的建议，正式开班授徒，自己逐渐淡出一线，华记交给徒弟员工打理，第三家分店很快挂牌亮相。他自己没事便呼朋引伴搓麻将，或者去茶餐厅里回望今生，有时候约上几个老伙伴，爬爬越秀山。杨碧慧也察觉到，李健华这个闷葫芦现在说话越来越勤快，口条也越来越好。她自己现在跑去唱戏，变得更加频繁和理所当然，晚上回家，有时替李健华打几圈麻将，逢见老友都说："真是忙死人了！"她就喜欢看别人给她翻白眼。

李健华闲下心的时候，偶尔会想到阿友，他有些好奇友记那边的情况。那天李健华实在坐不住，给上身塞下一件白背心，背着手，手里捏着收音机，放着白驹荣的《客途秋恨》，打算亲自到友记去一探虚实。亏我心似辘轳千百转，空绻恋，娇呀但得你平安愿，我就任得你天边靓明月啊，都照向别人圆。李健华思前想后，以鼻头为基准，五官在圆滚滚的大脸上集结，他重新变得肃穆，像一个晒干的木墩，也不知是因曲里的妓女，还是将要面对的外甥。李健华平常总爱跟着收音机哼两嗓，现在他一声不吭地埋头走，结果半道，把路线一歪，来到了珠江岸边。收音机里还在放：死生难舍难舍难舍佢嘅意中人，你闻听此言多叹息，仲话风流天子更重系情真，但系唔该享尽个啲奢华福。杨碧慧会不会已经去过阿友那里，把该叹的气、该晃的脑袋都做尽了？没人知道。

李淑嫦如愿以偿，接到了某卫视知名综艺节目的通告，她的欣喜溢于言表，哪怕这个通告没有手头另外两个网综的价码高。她打电话给杨碧慧，杨碧慧又把电话递给李健华，李健华当着一众徒弟的面，李淑嫦说一句，他复述一句，把满格的信号弄得好像单剩一格半。

节目播出当天，李淑嫦跟戴权难得守在一台电脑前。李健华夫妇和李淑娥夫妇早早吃完晚饭，众星拱月地围着电视机。李健华搓着膝盖抱怨，现在这电视，怎么广告那么多？节目播出了，作为其中的一个章回，李淑嫦半天才跟几位网红艺人亮相。李淑嫦发现，留给自己的镜头寥寥无几，她一把鼻涕一把泪对着摄像机跟李健华的一番交心话，也被剪掉了。李淑嫦的失望烂在了心里。广州那边，李健华却看得分外高兴，拼命打电话给亲朋好友，说快看三十五台快看三十五台，某某卫视正在直播我女儿。他把录播说成了直播，他也不知道自己的三十五台跟别人的三十五台不一样。杨碧慧当时心里微微一颤，从他口里说出女儿，她好像很久没有听到过了。

节目结束后，李健华乐呵呵地向李淑嫦打报告，张嘴头一句就是："你好啊，我的广州老铁们！"听筒里李健华的声音，又干又硬，跟李淑嫦自己在直播里刻意弄出来的声调，一模一样。她忽然觉得自己的眼窝热辣辣的，像刚切完一盘洋葱。她把戴权捏在自己腰上的手拍开，急急跑进了厕所。

《青年作家》2018 年第 1 期

落雨声

一

多拉是那种看起来再大的事搁到面前，都一副云淡风轻模样的女人。这样一片看似风平浪静的海面，天知道有多少暗礁与漩涡。

男人是船。

用她的话说，这世上没有女人天生冷血，血都是一点一点冷掉的，因为没有哪个男人是好鸟。“男人不动歪念，不是上头有问题，就是下头有问题。”她说这话的时候，吴楚正坐在她对面，故作绅士地抿着一杯卡布奇诺。杯壁有一处破损，他把它扭向自己，哪怕杯耳因此对着多拉。

外面下着雨，天气预报说东南亚九号台风行将来袭。台风有一个美丽的名字。现在雨还不大，却很掷地有声，一粒粒分分明明地拍在落地窗外那株上了年纪的使君子上，像一场漫漫无尽的鞭刑。吴楚感觉自己的心境跟雨天的空气一样，有种说不出的阴郁，尽管他确定自己还蛮享受现在的一切。

这家咖啡馆的历史比吴楚降临人世还要久远，那年曼德拉刚刚刑满释放，结束了长达二十七年的牢狱之灾。而离吴楚父亲酒醉之后，把母亲推到沙发上肆意寻欢，然后顺水推舟一般将他带到这方世界，大概还有一年光景。

多拉跟吴楚很像的一点是，他们都认同吃东西选老店更靠谱，而买东西选贵的总不会差到哪里去。但是她讨厌在任何咖啡里加糖，而他最爱吃甜食，就像现在这样，她点的是一杯意式特浓咖啡，而他还伸手示意服务生再多来一块提拉米苏。

今天多拉的打扮多了几分知性，这让吴楚不由自主地多瞅了好几眼。一条淡蓝色的紧身牛仔裤，上头配一件酒红色的宽体针织衫，隆起的胸部就算再宽松的上衣也无从躲藏，那紧致而细长的腿型永远如此摄人，配上那双学生坡圆头搭扣的金色凉鞋，让美得以一览无余地延续到白皙的脚趾和那深红的指甲。

出于某种洁癖般的自矜，吴楚不敢过分明目张胆地盯着多拉，他的目光躲躲闪闪、时聚时散。必须承认，多拉身上这种静水流深的韵致魅惑非常。如果不是当初她从手机翻出一岁女儿的照片，吴楚无论如何也不肯相信，多拉是个已过而立的女人。这话的意思是，多拉看起来真的很像大学生，哪怕是那类早熟早恋的女孩。

他们分坐彼此对面，一张手臂长的桌子的距离。现在，吴楚的右肘支在桌面，掌心托着右腮，他的左脸得以向着多拉，跟杯耳一个角度。吴楚一直认为自己左脸比右脸来得立体。两人碰面，很少会讲高营养的话，无非多拉轻描淡写地娓娓讥谑一番男人的种种劣根，抱怨一下上司的不近人情、男同事的色胆包天和工资的微薄可怜。吴楚则会跟进附和几句，他主要是在咖啡与甜品的味道上做些文章，更多时间里他只是赔笑，那种不露齿的自以为男人味十足却略显迂腐的微笑。

吴楚不愿也不敢说太多话，因为谈话的兴致一旦过分高涨，他二十三年且乏善可陈的人生阅历，就会将他不谙世事的纯理论派身份给出卖。就像上次用餐后，他搞不懂为何多拉让他把餐巾纸留着，她对他说了一句不知是无心还是意有所指的话：“男人不都需要它嘛，在餐桌上不都是男人拿出纸巾的？”自从目睹了那张跟多拉一样，脸蛋挂着两个深深酒窝的一岁女孩的照片以后，吴楚就对“多闻阙疑，慎言其余”这话，认识得格外通透。

但在今天，他们说话的质量和容量都提升不少，对话间隙的留白却比以往都来得漫长。就在刚才，多拉用她那也无风雨也无晴的语气告诉吴楚，她老公前两天跟她坦白了自己的外遇。“再老实的男人，也脱不了这口嗜好。”那时多拉散漫得异常迷人的眼神，一直盯着杯中早已冷却的半杯咖啡。

直到这时，吴楚才惊喜地察觉，今天多拉身上喷了香水，清幽芬芳，时隐时现。他不谙香水的品牌和类别，但他喜欢这个味道，与学校留学生公寓那些重口味相比，简直妙不可言。

二

吴楚是在快到饭点的时候到家的。在偷偷挤出两小时工作时间跟吴楚碰头后，多拉还得回去给女儿做饭。她总说是给女儿做饭，但吴楚清楚，这些饭菜都是三个人的分量。吴楚到家后，才发现两边的衣角已被雨水打湿。这场本来乏人问津的雨越下越大，看来势必要惹起人们的注目。

吴楚站在密闭的窗边往外望去，雨珠闷里闷气前赴后继地撞击在玻璃面上，变成一条条扭曲错综的线条，这让吴楚想到新闻里看过的关于抹香鲸的集体搁浅自杀。但这种联结是转眼即逝的，他的心思更多地被刚才的约会场景牵绊，情境有所改动，重新在脑袋里上演，胸口的心跳在这个本该放松的节骨眼却显得有些放纵。

吴楚并不情愿将这个地方称之为家，这不过是这座繁华都市某处落寞角落里的一间廉租房。闹中取静，却也肮脏苟且。母亲的钱一打过来，他就把月租打给房东，从不拖欠，他时刻谨记这不过是桩实际得不剩感情的买卖，两不相欠是买卖最体面的形态。他寄居于此行将迈过第五个年头，除了那张浸淫着自己体味的床，他一点归属感也没有。或者说，他从来就没在任何地方产生过归属感这种很虚幻的东西。

隔壁房间又传来不友好的动静，这种不友好是在其内部发生的，但往往会波及隔音效果奇差的吴楚这厢。隔墙有耳有时是个零和的把戏。

一墙之隔的那边，住着一对应该跟吴楚同龄的研究生情侣。对于邻居的认知，吴楚几乎全由那边传来的声音拼凑而成。男生口中叫乌美的女友断不是善茬儿，他们无数次的骂战基本都由她挑起，或者准确地说，是她一个人构筑起两个人的争吵，也是包括吴楚在内三个人的聒噪，而那叫子俊的男友几乎从不还嘴。

吴楚曾在某个早睡的晚上被乌美吵醒，他起身猛烈地敲打那片纯粹起遮羞功能的墙面。薄薄的墙体那头先是片刻的肃静，随后传来女生更强烈的敲打和谩骂。第二天，子俊一手挽着那副无边框厚镜片的眼镜，一手捋着尖细的后脑勺，来跟吴楚道歉。最困惑吴楚的事情之一，就是如何才能妥帖地回应别人的道歉。因此从那之后，三个本就无话可说的同龄邻居，在偶然的碰面中显得更为尴尬。吴楚后来索性直接对他们视而不见，不管是他眼中可怜至极的子俊，还是飞扬跋扈的乌美。

公元前四八〇年，萨拉米斯海战爆发。希腊海军战船三百五十八艘，波斯海军拥有一千二百零七艘。战役前夕，由于不熟悉天气与航情，波斯海军在实施包围行动时，先后两次遇到台风，六百余艘战舰随风飘碎，战斗力损失近半。希腊海军将领米斯托克利斯凭借对风力知识的了解，轻而易举扭转了战争的形势，希腊文明得以发展繁荣。

“好屌啊！”

瘦削文弱的子俊是个资深的军迷，只是吴楚搞不懂为何他总要把那些武器装备或历史战事的讯息大声念出来，像那些汲汲走出国门的学子随时随地高声朗读英文。当然，这世上搞不懂的事情何其多，吴楚无须为此进行费力劳神的猜测，正如他不懂为何会有人像多拉那样喜欢下雨天。晓来雨过，踪迹何在，一池萍碎。而为什么男人总是三心二意朝三暮四，为什么水性杨花只用以形容女生而男生却是风流倜傥？

倒是这样一来，吴楚很被动地了解到很多“军情”。比如一九九〇年十一月，美军依阿华级战列舰威斯康星号、密苏里号参加了海湾战争，炮击八十三次，发射四百零六毫米炮弹一千一百余发，相当于冲绳战役的射弹量。“好屌啊！”心情舒畅时，吴楚总爱装腔作势地模拟子俊的口吻，蹦出这句他仅有的脏话。

“哎，能不能闭嘴？张口闭口飞机坦克大炮，把这里当兵工厂？你确定把我当作过女人？整天这舰那艇，再这样下去，我迟早跟你说再见！

“听到没有，闷声发大财？拿出你辩论队一辩的气势来啊，别说我蛮不讲理，是你自己太过分。谁家男朋友会砸锅卖铁地购买军事模型？在一起一年半，你扪心自问，有送过我什么像样的礼物？

“当初问你为什么喜欢我，你回答不上来。到最后，说因为我像一杆什么李－恩菲尔德步枪。痴线！我要是杆枪，最先把你的头给爆掉！

“三，二，一……好，沉默是金对吧，裆里要真有点分量，就一直给我哑巴下去，扑街死蠢！”

三

北回归线附近的仲夏季空气很闷，人像被抽出水面的鱼，呼吸跟不上肺的呼唤。

多拉提议去码头坐坐，吹吹聊胜于无的热风。她的机车在路过加油站时顺带拐进去买了几罐啤酒。吴楚坐在后座上，这是他第一次坐上多拉的机车，他刚放到多拉腰际的手旋即被她打开。她的长发顺着风势不断挠着吴楚的脸，于是他用手替她抓起一个马尾。吴楚看见了多拉嫩白的后脖颈，他的手小心翼翼地放在上头，就像放在一块打湿的肥皂上，总滑。

码头人迹寥寥，他们并排坐在码头边沿，荡漾双脚。一拳之隔，彼此轻轻碰了一下酒罐。中型集装箱船停泊在岸，剩了渔民的小艇在犯浑的江面徐徐挪动。玫瑰色的天空映照出玫瑰色的大地，似乎只有在这样的时间点，才能用一个傍晚的霞影，洗出最不真切的世间万象。一种不真之真。

落雨声，哪亲像一条歌，谁知影，阮越头呒敢听，异乡的我，一个人起畏寒，寂寞的雨声，捶阮心肝。多拉用手机放起江蕙的歌，江蕙是她最喜欢的歌手。他们初次见面时，多拉也放了这首《落雨声》，她说这首歌很适合吴楚。当时吴楚告诉多拉，他最喜欢的歌手是小野丽莎。这个名字是他从另一个三十六岁的女人那里听来的。在认识多拉之前，他跟那个女人断了联系，但吴楚却记住了这个叫小野丽莎的日本爵士歌手。这位颇具桑巴风情的东洋女人的低哑歌喉，如一粒粒剂量充沛的安眠药，使吴楚摆脱了长达半年的失眠。

“我老吗？”

吴楚坚定地摇了摇头。

“我没有男朋友。”多拉难得看着吴楚说话，她那剔透乌黑的大眼珠，极易让人产生一起将她哪怕最可笑的谎言编圆的冲动，“一直没有过。”

这回是吴楚主动躲开了多拉的眼光。对于一个已婚母亲的这番话，吴楚不知如何作答。江风湿漉漉暖烘烘地打来，裹着活鱼的腥味和渔船发动机刺喉的油烟气。吴楚生涩地盯着船头的炊烟，自顾自地嘬着啤酒，嘴唇与铝罐之间抖出噗噗的声响。

吴楚想到那个跟多拉去唱歌的雨夜。他发觉一到下雨天，多拉就特别活跃。那天晚上其实吴楚已经躺在那弹簧咯嘣响的床上。作为国文系研究生，吴楚习惯睡前翻翻小说，他还记得那段时间正在看村上春树的《1Q84》。

手机是这时候响起的，听筒里多拉的分贝比以往高出不少：“嘿，小帅哥，没睡吧，出来唱歌，快，算陪陪我啦!”吴楚在打扮完毕扭开房门时，才发现外面正下着一场不大不小的雨。

“Fuck！”他还是打了一辆出租车。

KTV包厢里已经很热闹，一个敞开西装挺着肚腩的男人正在唱《爱拼才会赢》，既不着调，也踏不准节奏，但是嗓门很亮，刺得耳膜难受。吴楚除了多拉谁也不认识，他不无尴尬地坐在多拉旁边。几根香烟向他飞来，几个老男人冲他微笑致意，他们挤出笑容时眼角一并出现的深邃皱纹，使吴楚突然想到多年未见的父亲。父母离异以后，他再也没见过他。

话说多拉这晚上的表现有些奇怪，她很坦然地贴在吴楚的耳廓边说话，根本没有营养，她的话湿答答的。湿答答是她的话最重要的意义。吴楚试探性地把手放到她的后背，多拉没抓麦克风的那只手从后面悄然过来，再一把抓住吴楚的手掌。很刻意的遭遇。她把他捏得很紧，也很舒适。作为反馈，吴楚的指尖迫不及待地抚摸起多拉没有留下任何岁月痕迹的手背。

“多拉，哪里认识的后生？可以哦！”长相跟歌声一样丑陋的男人，嘿嘿笑道。男人的笑很多余，但对他个人而言却必不可少，少了可能会即刻死掉。多拉没有回答，她招呼吴楚跟大家一起玩骰盅，输者罚酒。好几打未开封的啤酒，泡在白色的塑胶冰桶里，奄奄一息。

这晚上多拉输得特别厉害，一杯杯的啤酒往肚里送去，吴楚帮她喝了不少。但吴楚感觉得出，多拉没有醉。她的酒量应当跟她的容貌一样，出人意料地好。

在多拉的提议下，两人是在零点左右提前离开的。那时另一个醉醺醺的男人正高唱任贤齐的《心太软》，他的歌声也是醉醺醺的、软耷耷的，光怪陆离。吴楚在把包厢门重重关上那一刻，如获新生。

多拉走路已经有些不稳，吴楚明白那是刻意为之的醉态，他不相信善于交际的多拉不胜酒力，他不相信一贯冷淡近于冷酷的多拉的步伐可以如此娇弱。不过吴楚很乐意扶着东倒西歪的她，他们前胸贴后背，吴楚自己跟着带点趔趄。他感觉他们正在上演一出戏码，这场戏的主题暧昧不明，脚本随时可以更改，能够确定的是，他很上心，甚至比多拉还要投入。

多拉在无人而昏暗的街边蹲下，吴楚托着她的腋窝，将她带到打烊店面的台阶上，坐好。他们已经无法坐好。吴楚的右手不无颤抖地上下抚摸多拉精瘦的肩膀，像是一种安慰，安慰多拉也是安慰自己。这时候的吴楚有些不知所措，他的眼睛扫了一眼不远处夜雨朦胧中招牌依然刺亮的便捷酒店。他的内心竟然没有渴望。吴楚到这时才恍然意识到，他在错失将处子之身在更为恰当的年纪，献给一位理想中的纯情恋人之后，并未完全做好自暴自弃的准备。

伏在双臂下的多拉说话了：“刚才里面的一个男人是我老相好，我们热烈地爱过。也许还爱着？我说过我可以为他离婚的，那时他就不说话了。我奋不顾身的勇气，在他看来不过是彻彻底底的轻浮。对，我们刚开始的时候，我是太他娘的矜持了。操！”

“你猜猜是哪个？”多拉笑了，笑得很醉，“他长得很丑，而我是个颜控。操！”

“好了好了。”吴楚的宽解尽是敷衍。他趁机吻起多拉，手变得勤快起来。他在暗示自己他需要。

多拉忽然将头侧来，把她的嘴贴到吴楚的嘴上。吴楚不能忘记那一刻的感受，这是成功的讯号，是他跟多拉交往的目的之一。不是吗？吴楚将真正意义上保留了二十三年的初吻，交给了这个风情万种的女人。他正在努力回忆、搜集所有关于接吻的信息，以便即刻付诸行动。吴楚发现自己坐在多拉的左边，是他的右脸迎着多拉的眼睛，他能感觉到她正睁大明晃晃的眼珠看着他，或者是瞪着他。他不管了，闭上眼，他要让世界陷入黑暗，然后把自己融进去。他让自己进一步逼近多拉，让两张脸挤成一张，这样就谁都看不清谁，这样，就可以更加亲近和热烈。他们的舌头终究在咬合的口腔里碰上并缠斗，在充斥着啤酒淡淡的苦涩的幽暗空间里，上演一出没有观众的打戏。

吴楚将手掌放在多拉的胸部，他感觉自己摸到了子俊口中那款俄罗斯撒旦洲际导弹。一种强烈的危险和更强烈的畅快。多拉猛然一把推开了吴楚。她的眼睛一如往常地乌黑明亮。

“男人是不是都用下半身思考？”

吴楚明白了，这场戏该要收尾了。他抹了抹自己湿淋淋的嘴唇，凯旋的嘴唇。

多拉是自行坐上出租车消失在茫茫雨幕中的。吴楚一个人，兴奋地在雨中飞奔、呼号。那一路他走了很远很远，直到天际微亮，才全身湿透地回到家里。

在那之后，他们的关系就跟从来没有过那个雨夜一样，模棱两可，若即若离。多拉只对吴楚说过一次，她说那天晚上自己失态了，以后再也不会这样。“不过还是谢谢你的陪伴。”吴楚习惯性一笑带过，他不想去拆穿什么，只是偶尔想来，会觉得有些好笑。他们各有笑点。

四

科索沃战争中，北约在空袭中大量使用AGM-86和BGM-109C战斧巡航导弹，但在巡航导弹做低空或超低空飞行，特别是飞越高山时，因受云雨等视程障碍影响，导致导弹的命中精度明显下降。据美联社的报道，美国海军发射的战斧巡航导弹约有五分之一未能命中目标。

一连好几天不见乌美的动静，隔壁房间除了偶尔响起子俊的独白，几乎毫无声息。抛开那难以解释的“军情播报”，子俊是一个如此轻易便让自己销声匿迹也让人忽略的家伙。这种局面的出现，反倒让吴楚觉得生活似乎缺失了点什么。连廊里乌美的衣服已几日不见晾晒，或许她真的一气之下，买了回家的机票。

吴楚最近在看卡佛的小说，他并不喜欢剧情里的那些美国蓝领，他们酷得一点都不像蓝领。现在他把《大教堂》盖在肚脐眼上，开始思考乌美是什么时候消失的。他竟突然十分关心起墙那边的情况。

吴楚记得那个跟多拉喝完咖啡便回家的黄昏。那天的雨下得非常拖沓，天气预报说九号台风行将登陆。事实证明，气象监测再次摆了大家一道，台风从正步改走猫步，打了个擦边球，接着往北奔去。没过两天，太阳就恨不能把人晒脱两层皮。

就是那天晚上，乌美对子俊有点不达目的誓不甘休的意思。她的指责愈发漫无边际，她的语气变得格外强硬，甚至可说是出言不逊。

“你喜欢吃辣我忍，但你有没有考虑过我的感受。为什么每次买回的鸡排都是麻辣的，你就不能多要一份加甘梅的吗？

“闷葫芦，书呆子。真以为自己军事家啊，废材！

“人生错走一步，接下来步步都错。我算满盘皆输了。当年怎么就不坚持自己的意志到香港念大学，离家近，语言通，结果在这边，被你缠上。我是越来越像后妈了，可再怎么掏心掏肺，白眼狼还是白眼狼。是，你妈走了，难道要我来赎罪吗？

“你这么看我几个意思，想造反？陈子俊我告诉你，老娘早就不想跟你过了。屌你老母！”

吴楚当时陡然听到一声犹如煤气罐爆炸的怒吼，那是子俊的声音。他似乎说了句什么，但吴楚没听清，他的心不由得颤了一下，然后是雀跃，无以言状的巨大的雀跃。他兴奋地贴紧那面墙，让两只耳朵轮番感受另一边的残酷和热闹。墙体开始发烫。吴楚现在再去回想，发觉其实就表达愤怒的方式而言，音量比言语要有效得多。

或许就是那夜之后，乌美不见了的吧。这些天吴楚不是混迹学校，就是跟多拉在一块，此刻他竟为自己的疏忽生出了一点自责。

这天晚上吴楚做了一个奇怪的梦。梦里强烈的紫外线将他全身灼伤，外皮沿着不同的向度翻卷起来，像一层撒在章鱼小丸子上的木鱼花。他没动，在滚烫的藏青色的泥地上睡成一个大字，源自地心深处短促的吐纳声，从泥土的缝隙里蒸发而出，最终将他捆住。吴楚感觉自己的身体像一截燃烧的柴火，还有水分，柴火不断地冒出黑烟，溢出呛鼻的焦香。吴楚被热醒了。

这学期结束后，吴楚就要到美国上学了。他并不是很在意学校的名气和排名。当然，他也没有什么资格去在意。他只是想到要走，他不知道除了不停地念书，自己还能干吗。他甚至连个交心的朋友都没有。多拉算吗？他并没有把这事告诉她。

现在，吴楚倒是很想找多拉当面聊聊，把刚得知的江蕙宣布退出歌坛的消息告诉她。或许她早就从网上获知，此刻正郁郁寡欢，必须喝两到三听罐装青岛才能短暂缓解。但这时候的多拉很可能没空搭理他，昨晚轮到她值夜班，所以现在她应该回家补觉去了。就算没有，多拉也不会闲着，要知道吴楚的朋友圈有多狭窄，多拉的人际网就有多宽广。再说，他凭什么呢？

一丝不挂的吴楚，好不容易从床上爬起来，他的全身布满葡萄干一样的汗珠。他来到窗边，呼的一声将窗帘掀开。阳光虎口脱险似的涌进狭小的室内，腾起的微尘登时无处遁形。它们在吴楚眯缝的眼球中，雪末一样飘飞和滚动。此刻，吴楚完全沉浸在褐黄色的阳光中，像沉浸在药酒里的一根人参。无可挣脱。

今天天气晴朗无云，烈日灼灼，看不到任何雨的迹象。吴楚想，多拉的脸色肯定不会很好看。但他知道这世上总有别处在下雨，就像总有人在别人醒来的时候，做着或苦或甜的梦。或许，他可以试着邀请多拉，去一个有雨的地方度个两三天的小假。就他们两个人，来场那种说走就走的旅行。吴楚觉得自己是该主动一点了。无论怎样，都主动一点。

或许在那里，也住着一个多拉？

《青年文学》2017年第3期

云 朵

一

他们漫无目的地在铁轨上晃荡。铁轨一年看着比一年矮，甚至一年看着比一年短。倒是长出更多的褐锈，鳞皮一样养着。云朵不管躲到哪里呼吸，都是一鼻子烟味。尼古丁像一群非法移民，带着浑身的苦涩，滞留在每一根鼻毛上，呛得人因怨生恨。当年阿爷书桌躺着石楠烟斗，云朵好奇，叼住装模作样吸一口，满嘴都是说不清的异味，她以为那是石楠的味道。她当即跑进厕所，衔进龙头不断灌水，异味却赖着不走，还多出余氯的气息，很不天然。她不由得想起阿爷，阿爷经常开玩笑，说云朵，你的耳朵是猪八戒的耳朵。直到今天，云朵都觉得自己的耳朵总呼扇呼扇，肥大，招风。

也招男人。这是后来才知道的。阿爷已经不在了。阿爷去哪儿了？

阿铭辨不出威士忌和二锅头的差别，另外他不胜酒力。半杯下肚，他的胃囊开始烫得难受。他的消化系统出现了一些状况，吃一点东西就发胀，好像里头寄居着一群活跃的酵母。他现在有点想吐。口水像一道无色无臭的油，不顾引力地爬上喉管。

刚才在那小酒馆里，阿铭说他最喜欢冬季。他是在没话找话，这方面他缺一点天赋。“冬天，所有的事物都变得清晰起来，雪花，枯枝，人的呼吸也有了轮廓。”阿铭还从未见过雪。

云朵当即反对：“冬天只会让混沌的更加混沌。弥天大雾，雪盲，变得千篇一律的笨重的行人。”她煞有介事地补充，“只有人在停止思考的时候，万物才会变得清晰。比如睡觉，所有东西的边界，在那时是最分明的。”

酒馆里酝酿着一股陈年的臊味，或许某个夜晚的某个醉汉，曾在某个角落留下一泡滚滚的热尿。从落座开始，云朵就感到不适。过于隆重的窗帘，过薄过浅的木地板，还有桌面的细部，云朵轻易就能发现可乐、果浆和酒等液体挥发后遗留的污渍，黏稠而碍眼。她一点儿都不想待在这里，但她更不愿扫阿铭的兴。

云朵热爱夏季。她喜欢循环往复的虫鸣、西瓜的甘甜多汁，也喜欢可以衬出自己一双美腿的短裙。正如现在这样，窗外蔓延着一片低哑的虫声，虫声是最本色的催眠曲，能诱使云朵睡上一夜好觉。桌面上，西瓜被切成细细的块状，红红的，码好，插着几根牙签，只要一伸手，就能让瓜瓤与口腔的味蕾亲密接触，水灵灵地甜。在桌子底下，云朵的碎花短裙像一只停憩在草叶上的虎斑蝶，静静地等待随时可能降临的闪耀。

阿铭笑说：“我说不过你。”他要了一杯芝华士十二年。

阿铭对酒没有研究，今晚他只是想喝洋酒，把火红的钱一张一张交出去。他交到了彩虹纤长的五指间。红的变得更艳，白的变得更淡。彩虹在这里打暑假工，她扎了一个高马尾，马尾总是一甩一甩的，白衬衫配黑马甲，让她看着很像九球天后潘晓婷。她的嘴唇很自然地嘟起来，像在跟谁撒娇。云朵学不来，她嘟嘴自己都觉得做作。彩虹当时跟云朵使了一个单纯的眼色，云朵觉得赏心悦目。

在云朵面前，阿铭总显得过于稳重，稳重之中透露出一层不必要的警惕，弄得云朵跟着有种风声鹤唳的感觉。他把那杯蓝色夏威夷挪到云朵面前，再递去一块折成等腰三角形的餐巾纸。云朵的酒量没有上限，对她，酒是不醉人的，只能人自醉。阿铭不行，他喝酒上脸。他爸告诉过他，脸红是能喝酒的体现，是酒精在挥发。直到中风，他爸都不明白，他的体内短缺一种名为乙醛脱氢的酶。

今天阿铭的驾驶本终于到手了。他已经很久没有获得一点像样的表彰。去除报名费和科二、科三的补考费，他还塞给过教练两条蓝芙蓉王，请吃了三顿大排档、两次夜宵和一次KTV，还有额外的场地练习费三百元整。在红色的黄昏里，阿铭把教练那辆破皮卡的四个轮胎都放了气。他得逞后的得意，不亚于一年前涉险考上三本。

阿铭说："以后，我开车载你去很远很远的地方，那里冬天有雪，有长长的海岸。"他知道云朵喜欢远方。云朵说，她想去日本的北海道，泡着温泉嚼着章鱼须，看漫天雪花落下。阿铭说，那他的汽车得航空托运，日本的车道靠左行驶，他担心自己不能一下子适应。"还有，我不是很喜欢日本。"

"那你喜欢哪里？"

云朵的双腿同调地前后一曳一曳，像一根不倦的钟摆。

阿铭说："我喜欢有你的北海道。"

阿铭和云朵都笑了。云朵开怀大笑，相较之下，阿铭的笑就有些不知所措。

酒馆里放着阿桑的《一直很安静》，所有人的笑声因此都略微不合时宜。还有散落各处的顾客肆无忌惮的谈话。他们把脚板晾在鞋面上，偶尔会撩起衣衫，挠挠痒到的肚皮。他们打牌，推搡，咳痰，把烟吹到写明严禁吸烟的绿色告示牌上。来自外地的店主悉心营造的静谧氛围彻底破功，暴露出这座小县城公共场所该有的刁蛮。

云朵是后来才知道，那时候，外面城市里的女孩正在追捧一个叫田馥甄的女歌手。她要再晚一点点才知道，田馥甄就是S.H.E里的Hebe。这下安心了，Hebe，她熟的。

初中那会儿，云朵把自己的英文名起为Hebe，闺密彩虹的英文名叫Selina。后来，学校里出现越来越多的Selina、Hebe和Ella。云朵她们，毫无疑问是第一代。这让英语老师很头疼，最终不得不放弃用英文点名的创想。当时，阿铭管自己叫Jack，倒不是因为那部风靡一时的《泰坦尼克号》，不过随便挑个自己能记住的。

都是陈年旧事了。如今，云朵就是云朵，Yun Duo。而阿铭，早就不记得自己曾拥有一个蹩脚的英文名。这到底才是真正的阿铭。

云朵说，那你得赚很多很多的钱，才能带我去很远很远的地方，去很多很多的远方。阿铭把杯中酒饮罄，喉咙发辣，舌根麻麻的，不由得皱起眉梢。他点点头，专注地看着云朵，无辜地展示着自己的词穷。

“喝慢点，记得跟我碰杯。”云朵在阿铭的头上轻轻地拍了拍。他抛荒了一段时间的板寸头，扎在手里刺刺的，荆棘一样。

临出门前，云朵还给吧台里的彩虹一个眼色。她眼睛一张一眯的时候有点吃力，她知道样子肯定很丑，像个初学乍练却又凶神恶煞的狙击手，一个可笑的反派。她又清楚地闻到一股尿臊味。臊味在她的领口、袖口和胸前的麦穗项链间萦绕、逗留。

云朵管阿铭要去一根烟。她想借此除臭，盖过去。云朵抽了三年阿铭的二手烟，他的额头、眉目和发丝，更别说那张近乎没有唇肉的嘴，都是云朵大抽二手烟的平台。这是她头一次，亲自去品鉴一根烟的好坏。

这是县郊的铁道。县城只有两条十字状的干道，再往外走几步路，就是苍茫的夜色。黑暗触手可及。他们各自立在一根铁轨上，握住手，稳定多了。因为烟和酒，他们不得不频频朝两侧吐口水，如同排异反应。脚底在震动，乒乒乓乓的响声从脚板传到天灵盖。沿着突然变得很长的铁路线，声音在游动。他们突然跳到中间的轨枕上，彼此搂得紧紧的。云朵感觉胸腔有一点轻微的疼痛，是硌到的感觉。

一列比夜色更黑的火车，虚张声势地蠕动过来。五十米，四十米，三十米，二十米，十米。他们眯着眼，在轨枕上笑，眼皮底下是一片衰老的红晕。汽笛呼啦啦地拽响，红晕越来越亮，他们被迫睁开，再被迫紧闭，终而在红晕里逃无可逃。衣角鼓进一道道暖风，直到衣服再也装不下一丝风声，他们终于各自跳到铁轨两侧。火车像一面屏风，斩断他们顽皮的对视。他们其实什么也看不到，眼底只剩斑斓的光纹。

声音弱下去，风重新糅进一点凉意。云朵沿着铁轨两头张望。机械的虫鸣似乎永不散场，狼尾草扎堆立在四周，不厌其烦地撩拨云朵的腿肚。“阿铭！阿铭！”她喊了两嗓，无人回响。她的喊声很快就被虫声瓜分、吞噬。她依然什么也看不到，尽管她在很努力地张望。

踏在砂石上，石子嚓嚓作响，像是讥笑，声音压低，又分明要让你听到。在云朵心里，恐慌生出了模糊的轮廓。

二

醒过来，血腥也醒过来，从干燥的喉壁一路摸进鼻腔。云朵想喝水，却感觉手臂像一截义肢，一点力也使不上。颜色也像义肢，太亮。

小时候的云朵常流鼻血，血从鼻腔漏到口腔，一种很不友好的味道，血的味道。血液只适合待在血管里，它的泄漏不论大小，都是一场灾难。咸腥，可以咳出红红的黏液。母亲吓她，血吞到肚子里，会长出血龟，靠吸食人血存活，害得她吐得更加卖力。一朵一朵的杜鹃花，在水槽里凄凄地绽放。云朵有一点晕。血还在倒灌，云朵感觉肚里一只殷红的乌龟，正在缓慢而持重地爬行。

她累了，反倒无所谓，心想死了也无怨无悔。她只是觉得，人真的是一支进化还很不完全的物种。至少她自己是如此。她很好奇别人流鼻血时的感受。她问过彩虹，彩虹说，我很少流鼻血，我不知道，但我容易长湿疹，特别是阴雨天，不能挠的，挠了更疯。看来，人真的是一支进化还很不完全的物种。

当云朵意识到血龟并不真的存在的时候，她也意识到自己不会轻易死去。是不经意间，她发觉自己很久没有流过鼻血了。兴许鼻孔里的那个血窟窿，被血垢给堵上了吧。

小时候云朵的品味与母亲如出一辙。她们都迷恋桂花树和玉兰的花香，军属大院长着一棵比家属楼还高的桂花树。每到入秋，母亲都要念几句桂花的好，对面楼的阿姨也站在阳台附和，然后顺手飞过一串自家做的腊肉和风肠，说给云朵尝尝。是到后来，云朵觉得桂花的气味很普通，普通就不能说是好。

那时她开始着迷汽油味。她跟大院里的男孩们玩捉迷藏，最喜欢把自己窝进那辆停放了很长时间的解放牌老卡车的轮毂里。这里不仅隐蔽，更重要的是，能闻到汽油浓郁的幽香。这让云朵有种说不明的畅快。没过多久，男孩们都不愿跟云朵玩，说你能不能换个地方，你个没爹的蠢货。云朵不出声，扑上去咬男孩的手臂，咬出两道没有门牙的红印。男孩举着手臂，抻大嘴巴号啕，在家长的撑腰下去找云朵算账。云朵还是不说话，坠着的小脸半是狠劲，半是得意。母亲不得不驾到，赔几个不是，领紧了云朵回家。她懒得再生她的气，一把将云朵剥个精光，将乌漆漆的衣服甩进洗衣盆里。她既像说给云朵听，也像自言自语："不就是个男孩？"

云朵想起那辆老态龙钟的卡车，不知它还在不在原处。她让阿铭陪着回去过一趟，结果被门卫给拦下来。"什么卡车，什么军属，有证明吗？没证明就出去。"门卫换了几茬人，从腰里总别着珠江收音机，爱摊给云朵大白兔奶糖的老头，改成竖得笔挺的新兵蛋子。人都变了，车还能在吗？云朵只好悻悻地走掉，跟当年和母亲一起搬走一样。

每次到加油站里，云朵都喜欢凑近加油枪的枪嘴，轻轻地闻嗅。有时晚上回家，她会站在停放好的汽车的油箱旁，发一小会儿呆。白天路过停车场的时候，她偶尔会刻意绕出一道旁人不易察觉的弧线，从变速箱遗留的一摊漏油边擦过。这个癖好，她从没有告诉任何人。

汽油味有点近似阿铭腮帮子透来的刮胡水味。也许这不过是云朵牵强的比附，但她偏执地认定这种牵强。阿铭的腮帮子是青蓝色的，如同一片浅礁。云朵的嘴，那有点外翻的厚唇，还有她窄窄的躯干，都曾数度在那里搁浅。

阿铭身上的味道很有层次。头发是飘柔洗发露的味道，偶尔酸臭，栖息着滑腻的头油和成片的皮屑。云朵这时就说，下次，我给你好好洗一遍。她只是想唤起他对头发的重视。阿铭的衣服带股樟脑丸的气味，朴素而安分。阿铭说，这都是我妈的功劳，每一层衣柜的角落里，她都安放了一颗灰白色的樟脑丸。云朵说，我不是很喜欢樟脑味，但我喜欢你，所以无所谓的。阿铭说，你的辩证法学得好，我傻了，只会爱你的一切。云朵就偷笑，露馅儿的偷笑。这时，阿铭就会用手去捏她笑出的酒窝。怎么可能捏得着。

云朵的成绩确实比阿铭来得好，阿铭只能上普通高中，云朵能上省重点。但云朵不乐意，她想跟阿铭当一辈子的同桌。她有天赋，压分的天赋，每次模拟考就成了她的试验场。这个秘密只有彩虹知道。

跟云朵不同，彩虹很上进。她只会压制自己的美，然后在学业上不遗余力。这点云朵很佩服彩虹，也有种说不出的感伤。在所有女生都拼命购买日韩化妆品的时候，彩虹还乐得用她的大宝 SOD 蜜。校服贯穿了她的整个高中，上大学后的很长一段时间里，还是一件不够合身的白衬衫，偏大，掩盖了她丰腴的胸部和纤细的腰肢，底下是一条淡蓝的直筒牛仔。她美中不足的地方是小腿，有些壮，俗称的象腿，云朵的内心偷偷地平衡了不少。但在彩虹自己看来，这是多么无关紧要，好像她早就料到，终有一日，她会引起男生们的侧目和追逐。她的美，是一圈注定溢出的堰塞湖。她活得真从容。

彩虹的知足常乐或许遗传自父亲。云朵越发意识到，知足常乐是一种了不得的本事。彩虹的父亲在县城的光明街开一家单车修理铺。最近一两年，也开始修电动车，算是有了一点点的与时俱进。这种心境，云朵羡慕不来。她是有一点讨好彩虹的意思，上厕所、去小卖部、往返学校，云朵都要约上彩虹。彩虹来者不拒，笑盈盈地把手牵牢。两人挽着手臂，有说有笑的，没有人能忽视这对美丽的组合。云朵很早就怀疑过，若是另一个女生也如此邀约彩虹，她一定会照单全收，同样满面春风地迎合。云朵不愿承认，能成为彩虹的闺密，甚至比成为阿铭的女友，更让她志得意满。

三

九岁的云朵说，我不要待在乡下，农村有农村味。

母亲在电话里说，好了，都以为大人教的。阿爷躺在摇椅上，呵呵地笑。他衔着那杆烟斗，烟头鼓出气，在头顶上方一撇一捺地散开。他说："这丫头，是鬼精鬼精的。"

阿爷带云朵回老家，多为喝喜酒。至于说是新婚还是满月，云朵没有这根弦。但云朵喜欢回去。她期待坐上一辆不同纹饰和座位排布的班车，在村里碰上一些全新或半生不熟的亲戚，听他们用一种惊叹的口吻跟自己打招呼，再跟阿爷攀谈一些跟她的生活毫不沾边的事情。她乐于做一个不吱声的闯入者。她讨厌学校里除了音乐老师以外每一位科任老师，当然也包括所有的同学，他们的幼稚令她发指。她其实也不怎么喜欢自己，人群中不够亮眼。她还不喜欢母亲，这是她后来才发现的。

老家的宅子坐落在群山中一处狭长的山坳里，屋前是一弯淙淙的溪流，依山临水，满目苍翠。更远的地方，还有一条浩渺的江，将村落与由国道勾连的喧闹的世界隔绝。江面无桥，只有一艘孤单单的人力渡船。云朵更喜欢江这头，这个以幽静作底的世界。稻田里有青涩的秧苗，秧苗立在水中，水中有群嬉的蝌蚪，泥里有蚂蟥。这是一个泥做的天地，到处都是憨实的泥香，不同树种的气味混在一起，构成一种嗅觉的湿绿。云朵还喜欢那铁皮渡船的木榫在拦江的钢索上凿进时，发出的悠长的橐橐声。站在寂寂的羊肠小道上，耳朵里是近处水圳的浪音和远方不知名的鸟鸣。这会让云朵生出一点点恐惧，但她享受这个直面恐惧的时刻，手臂上鸡皮疙瘩的颗粒感，让她体会到某种生命的奇妙。

阿爷说，每年江里都淹人，水鬼吃人，不分男女老幼，也不分士农工商。当年你爹在江里游泳，腿突然抽筋，差点儿被水鬼掳走。好在被过江的船工发现，硬是夺回一条命。但在崔判官的生死簿上，你爹的命，早该被划掉了的。他又活了这么些年，值了的。值了吧？云朵听得真切，但上身仍倚在舷边，只偷偷把手从水里缩回，激荡的水纹很快在身后遁于无形。水至深处有鬼。她又隐隐闻到医院的来苏水味，手冰凉如铁。

县里的红白喜事，都要做十大碗。有没有整十碗，云朵没数过，她现在还记得的菜品有芋头夹扣、菊花鱼、白切鸡、五福全蹄、油豆腐酿、贡豆蒸排骨，近几年多了清蒸鲍鱼和白灼虾。云朵偏爱乡下的大锅菜，重油重盐，肉也欢实，有嚼劲，能塞满牙缝，扯出来，是长长的柴柴的一条，给人带来意料之外的惊喜和饱足感。

云朵就是受不得无聊，乡下的时光是那近在眼前的山，看起来一成不变，实际上一直在变。这正是它可怕的地方。她从不跟祖宅里的同辈交流，他们天然地怕她，躲起她。云朵年纪比他们要小些，个头却比他们大一号。云朵享受他们的怕，她才不要主动示好呢。她想念院子里的玩伴了，他们的狡诈和顽劣，让云朵暗暗地着迷。往后她私下跟过飞哥，也是这种心理。

所以云朵脱口而出，农村有农村味。农村味是什么？后来在母亲老拿这件事开涮时，她曾很审慎地思考过。随处可见的家畜粪便的气味，阴黄的泥砖墙潮漉的土味，摆在厨房里的猪潲水的馊味，那些一时捋不顺关系的亲戚身上浓烈的汗臭或体味，它们联合起来，凑成了农村的农村味。那股浓烈的汗臭或体味，云朵时常在阿爷的身上闻到。一九六八年，阿爷离家参军，在陌生的雨林里，与一支同样陌生的大洋彼岸的部队展开激烈的山地战。复员后，胸口贴袋前挂着金光闪闪的勋章的阿爷，开始定居县城，吃上了商品粮。但直到他离开的时候，那股味道都吹不散、洗不掉。看来是弄不走的。

很多事情都是这样，弄不走，除不尽。如果真能斩草除根多好，云朵总是徒劳地想。难过的时候，她就想去看海，海的一望无际和深不见底，足够塞下一个人的委屈。去泰国的普吉岛，或者泡在台湾绿岛的朝日温泉里，看太平洋弧形的海面长出一轮鲜嫩的红日。那是属于她和阿铭的美好时光。他们抓住寒暑假难得一起的时间出行，像很多追求文艺的年轻情侣一样。那时，他们的身体是火药的引线，一点就着。砰的一声，火光冲天，他们与之俱焚。云朵盘算过，等以后再去，就是忆往昔的意思了。到那时，就能多出几分岁月静好，云水一样。

填报志愿的时候，阿铭想报京津的学校。这是必然无疑的，是要跟云朵继续腻歪。结果出来了，他去了杭州。阿铭说，四个志愿都给毙了，最后调剂捡的漏，险过剃头皮啊。

杭州好啊，西湖美景三月天，春雨如酒柳如烟。云朵说，以后我毕业了可以去你那里就业，南方人还得回南方。那时候，杭州是阿铭的，北京是云朵的，他们的口气还很大，爱还很浓。而且杭州还有彩虹呢。两年前，跟云朵一样，彩虹顺利考去一座闻名遐迩的城市。云朵打电话给彩虹，说阿铭去杭州了，他木惯了的，容易被骗，你帮我看着点他啊。彩虹笑说，他又不是小孩，再说，我才不做你的监视器。

北京有什刹海、北海、后海，也算海吧。就是离不开一点酒精的麻痹。人对酒的喜爱需要培养，云朵不信有人天生钟情酷烈的玩意儿，尤其是要把这份酷烈装进自己的身体。酒徒本质上是一群受虐狂，然后迟早，会发展成施虐狂。抽烟也是。所以云朵不爱抽烟，没必要来双份。饮酒配上苦情歌，气氛就更对路。张惠妹的《人质》是云朵在 KTV 的必点曲目，她的嗓音浑厚，音域宽广，校园十佳歌手来的，人称小张惠妹。她喜欢边唱歌边吃 KTV 里的拍黄瓜和椒盐猪鞭。可惜北京没有椒盐猪鞭。北京也没有阿铭，只有遥远的距离和距离供给各人的放纵或煎熬。

四

阿爷是什么时候不见的？云朵从最开始的毫不费力，到现在需要特别回忆。那个日期朦朦胧胧，像雨天远海上的一艘红帆。但那是一个爽净的秋日。

阿爷最疼云朵了，什么事都惦着她。杀鸡，准给她预留两只鸡腿，谁也抢不走，拿盐酒腌过，隔上一夜蒸熟，云朵会把它们啃剩一根瘦骨。两只鸡腿的待遇，一直伴随云朵到高中。战友聚会，阿爷也带上云朵，每次起头都说，这是我的宝贝孙女，跟你们提过的。云朵喜欢热闹，但不喜欢那些老头子，他们的太阳穴爬满了老人斑。阿爷的书房，是小时候云朵玩乐的天堂，在书页上随意涂抹，阿爷竟不阻拦。他自己戴上老花镜，在摇椅上悠然翻阅《卜筮正宗》。他平常有收集蜡丸的习惯，装了一个塑料袋，闲来就用热水将蜂蜡泡软，可以捏塑各类形象，超级写实主义。云朵称奇，无事时，就拿这些玩偶做把戏，一个人玩。

云朵曾问过阿爷："你为什么不重男轻女？"阿爷晃了晃神，然后笑说："我看起来很封建吗？我就喜欢你这只调皮的小云朵。"他总是笑，好像从不会难过。云朵觉得，没有哪个男人对她的爱，能够逾越阿爷这座大山。

云朵对阿嫲没有印象。在云朵很小的时候，阿嫲就过世了。云朵对病名不敏感，对这件事，她永远都不想变得敏感。

她经常盯着阿爷书房里阿嬷的照片，阿嬷的照片在阿爷的书桌和书架上共有三张。一张是她年轻时的半身黑白照，两根羊角辫翘得很远，牙齿特别白，笑容非常灿烂。云朵觉得阿嬷跟阿爷一样，都是爱笑的人。另一张是阿爷跟阿嬷的合影。他们都穿着一身略微偏肥的国防绿，或者是他们偏瘦。照片是古旧的黄色，看不出背景。还有一张是阿嬷的全身照，这是唯一一张彩色相片。在这里，她笑不露齿。她穿了一袭水滴领的深黄色长旗袍，身子撇向右侧，胸膛尽力挺起。每张照片都很不一样，云朵觉得阿爷很会挑。他亲自用金丝柚木给照片做了相框。云朵仔细打量里头的阿嬷，她努力从阿嬷的五官和神态中，寻找到她们之间的联结。云朵想，阿嬷年轻时一定是位特别爱美的女孩，把阿爷唬得找不着北。她有些羡慕阿嬷。

阿嬷的身上，会不会也有阿爷身上携带的那股气味？或者，阿嬷会是一个例外。越仔细凝视照片，云朵就越相信后者。那时的化学课本上说，蛋白质灼烧会产生一股烧焦羽毛味。一个悬而未决的答复。云朵非常好奇，烧焦羽毛味到底是一种什么样的气味。会不会就是阿嬷的味道？

此后，云朵兜里一直揣着一只打火机。她开始寻找一根羽毛。

五

那段时间，宿舍楼里的公共体重秤坏了，反正上去过的女生都说坏了。偏重。

那是一个天干地燥的夏季，北京三伏天的闷热，毫不逊色于任何一座南方城市。云朵的五位舍友，三人在这个炎炎的夏季脱单了。另有一人，爱情长跑了四年。不知为何，云朵感到有些愤愤。

那个暑假，阿铭临时告知，院里安排到外地工厂实习，假期没法去稻城亚丁了。云朵只是努了一下嘴，然后嘱托阿铭注意安全，保重身体。她在西单买的蜜桃色连衣纱裙，只在视频里匆匆展示给阿铭。视频里的阿铭有些恍惚，眼神不够热辣，彩虹理解这个工科男。彩虹这个暑假也要去江西某个小县城支教，不能回来陪云朵。云朵睡在自己的床铺上，整个被褥都是紫外线慈祥温和的味道，不是螨虫的尸臭，她查过。云朵感觉自己拥有了阳光。世界如此美好。她有很认真地思考过，她的确没有想象中那么失落。

她想起那个阿铭得到驾驶本的夜晚，她在铁轨上看不到他。她知道阿铭故意躲起来了，但她还是有一点想哭。很长一段时间，她都没有哭过了。云朵一动不动地站在铁轨的砂石上，感觉自己特别狼狈。许久，她听到卧在轨枕外头的阿铭窃窃的笑声。云朵猛然蹲下，双手将自己环抱。她明明知道是阿铭在闹，她为什么会感到委屈？她的眼睑真的变得湿答答，再也撑不住那些盐水的重量。是酒精在作祟。阿铭一个劲道歉，他从没有见过如此脆弱的云朵，他其实很错愕，因为确实不至于。他只能拼命说：“别哭啦，闹你呢，我怎么舍得抛下我的宝贝！”云朵很快就闻到阿铭腋窝的狐臭，有点像甲由屎。阿铭但凡一紧张，腋窝就会湿一团。云朵清楚这一切都跟阿铭无关。

云朵自己也有狐臭。云朵唯一讨厌夏天的一点，就是她的狐臭会变得格外张扬。她是跟阿铭在一起后，才注意到这点。同样的东西，别人的感受和自己的感受完全不一样。至此，云朵总把自己的腋毛刮得干干净净，有点像阿铭的腮帮子，一片淡蓝的浅礁，然后再分别点上两颗香水。所幸阿铭也有，这样他们就谁也不怨谁。

那段时间云朵和阿铭总腻在一起。为什么不可以一起过夜？他们都这么问对方，但阿铭还是每晚按时把云朵送到家门口。云朵觉得最近她的内裤总是湿漉漉的，很不舒服。那次回到家，她赶紧把它脱下来，凑到鼻子前轻轻地吸去一口。一股腐烂的海鲜味。她不想再体验第二次，这就像是自己的身体在跟自己进行恶作剧。一个人的身体，有那么多地方不受你的掌控，它们径自生长，很野蛮。云朵觉得她非常不了解自己的身体，而且她跟它对待彼此都不够友好。她更不能理解的是，阿铭把脑袋挨到这个地方时的享受。从那以后，不管是三十岁的云朵，还是四十岁的云朵，她都不愿让男人把脑袋放在她的这个地方。她要对自己有个交代。

云朵有过很多次想跟阿铭掰掉，她之所以一次又一次渡过那些惊险的关卡，到底是于心不忍。不忍浪费阿铭的爱，不忍让他也去承受被抛弃的痛苦，她不想做那个始作俑者。阿铭确实很爱云朵，云朵半夜想吃烧烤，他就悄悄推出他母亲的摩托，载上云朵满县城找还没打烊的烧烤摊，就为吃几串烤猪鞭、鸡中翅和烤韭菜。云朵喜欢 S.H.E，后来又迷上飞轮海和潘玮柏。放学后，阿铭挤在一堆女生里头，选购这些人的海报。他们出了新专辑，阿铭就跑到碟店，买双份零售十元的盗版 DVD，云朵一张，自己一张。阿铭的爱像砖头，垒得严严实实的，让云朵觉得闷，也让她无处可逃。她确实有一点出戏了，云朵也不确定，她追求的到底是男人的疼惜，还是那种持续不断的刺激。她想尝试一些小动作，在逃无可逃的前提下。

云朵颇为担心自己连这个世界的颜色都认不全。那些清一色橄榄绿的岁月，然后有一天说没有，一切就都荡然无存。什么颜色都消失，自己沦为生活的瞎子。她不要。这时候云朵就宽慰起自己，初恋呢，别想得太长远，假装深沉个屁啊。

她跟不少男生维持某种程度的暧昧。她跳到他们单车的后座上，掐他们的腰，让他们的骑行变得非常动荡，像自己的心。男生会从背后扯开前去洗碗的云朵抹胸的带子，然后他们一起，展开一番醉翁之意不在酒的追逐。她还喜欢跟那些对上课铃声置若罔闻、到楼梯拐角抽烟的男生飙脏话，翻着白眼领受他们箍住自己的脖子，给她喷烟气。

云朵在等风来，风到了，她就肆虐了，几乎要散掉。这不就是她渴望的激荡？云朵那次跟飞哥躲到教学楼前假山的洞穴里，互相扭作一团。她突然瞥见阿铭闪现在假山外头，他的手上衔着一根亮着脑袋的烟。这时的学校只能翻墙而入，他为什么会出现在这里？云朵的身体抖得很剧烈，飞哥更加起劲，他以为这是他的功劳。事情并不像用语言表述时那样不堪，语言是隔着一层的东西。正因此，云朵强烈地感到害怕，怕阐述。

阿铭似乎听到了洞穴里微弱的动静，他把头扭向这座魆黑的假山。云朵条件反射般把脸盖在飞哥的肩上。他的肩膀全是泥泞的汗。在不算短的对峙后，阿铭忽然冲着洞穴学了声猫叫，信达雅的一声喵。紧接着他开始奔跑，像短跑比赛里的最后冲刺，左裤管与右裤管高频率地摩擦，唰唰的声音渐行渐远。云朵知道，阿铭这辈子，第一怕老鼠，第二怕他爹。飞哥这时才把攥在手上的石头扔落，他开始重新摸索云朵的身体。他的掌面沾着不少细碎的石末，粗暴地剐蹭着云朵十七岁的皮肤。云朵一把将他推开，力度猛了些。她现在无比想念阿铭的温柔。

“臭丫逼！”飞哥笑起来。他晃着肩膀，径直离开。

其实云朵自己的脏话就非常难听。她当年还跟军属大院里的男孩玩在一起时，已经掌握了很多同龄男孩无法参透的脏话。班主任曾严厉地批评过她，但云朵未予理会，也不争辩，只将眼睛斜睨向班主任棕黄的丝袜上那条长长的勾丝。

那时候，母亲已经跟冯叔有了弟弟，她余不出更多工夫去管束云朵了。阿爷正是那时候不见的。当时他说他要出门，去看一看。云朵你要照顾好自己，钱都给你封好了，放在米缸里头，不要声张。有事找你妈，没事也多去串串门，嘴巴要勤，不勤，你妈就不知道你在想什么。她是爱你的，到底是亲妈，她也爱你爹。你跟你爹很像，你知道吗？特别是这小眼睛和招风耳。什么？我说过啦？很多次？你们性格也像，都是蔫儿坏，这我没说过吧？你是他的种。

那段时间阿爷咳得非常厉害，但话却特别密，像赶着什么似的。云朵陪他难受，让他消停消停，来日方长呢。那时只有阿爷自己知道时日无多吧。他已谢绝给亲朋好友看日子和风水。云朵猜想，他正在一心一意给自己相一块上好的坟地，够他无忧无虑地睡着，就在老家雾瘴缭绕的崇山峻岭之间。因此，阿爷此番出行的目的，无疑是要实地勘察。云朵不明白的是，阿爷为什么还没回来。她的录取通知书已经到了。

在收拾衣物准备动身北上的时候，云朵到街上多配了一把钥匙。她把这枚牛头钥匙塞在门前那盆三角梅的花盆底下。如果阿爷回来，且弄丢了钥匙——他那时经常弄丢很多东西——他一定会往花盆里摸索，就像当年他给云朵备留钥匙一样。

北京干冷，云朵要抹大量润肤乳和唇膏。雾霾天或是杨絮天，还得戴上口罩。北京交通过于拥堵，上班时间根本挤不上地铁。她想念故乡的铁轨，那个只供货车停靠的小站台，四周长满无人问津的狼尾草，草堆里栖息着数不尽的蛐蛐和麻拐。小学时，云朵常跟大院的伙伴带着网兜和掐成饵料的蚯蚓，去那里钓麻拐。还有，北京的烧烤不加蜂蜜，撒了过多的孜然，不好吃，喧宾夺主。

后来，云朵不开心时只能奔赴杭州。另一座温湿的陌生城市。

六

云朵坐在杭州某医院挂号处的座椅上，眼睛盯着手机屏。

她给彩虹发微信，说你怎么还是一个人。

彩虹半天回说，忙呢，忙着毕业答辩，还得找工作，爱情放一放吧。

云朵说，我帮你介绍对象吧，我手里不少好资源，家是杭州的。

彩虹连说不用。

云朵不回，彩虹也不再回。

等云朵再抬起头，注意到一个个头不高的男人。那是她第一次见到橄榄。

橄榄留着板寸，肤色是常年跟阳光打交道的并不匀称的深棕。那时，汗滴朝露一样，挂在他水草并不丰茂的两鬓。是他那身橄榄绿，一下锁住了云朵的目光。他的身旁贴着一个小男孩，被他用手掌的虎口架紧胳肢窝。云朵觉得他的搀扶过于猛烈和粗暴。

她得看看他的肩章。金色半环绕麦穗，交叉步枪，一条细折杠，底色是云朵不熟悉的朱红。她没有办法不想到父亲。父亲当年的肩章是红黄相间的底色，凹凸的纹路，中部绣着一颗俊俏的金属星徽。在云朵印象里，父亲是那么高大，他每次抱起她，她都感觉自己飞了很长的时间，她享受这种失重的刺激。云朵飘在空中。她趴在他的肩头，用小手抚触那肩章，那里还有她睡熟后留下的一点鼻涕泡。在她的意识里，八八式肩章一直未曾更换。

医院里，来苏水的味道扼杀了一切气味，霸道地在云朵的鼻腔里巡弋。云朵的心慌慌地跳。她好想闭上眼，但她依然注视着那个笔直的身影，苍绿而生动。

毕业后，云朵去了杭州，在一家少年宫做少儿辅导。平时教小朋友们珠心算，也负责英语大篷车。她喜欢这里，城中有湖，城外有山，车让行人，闹中取静，忙中得闲。她也喜欢小孩，欣然接纳他们的哭闹和欢笑，这是生命开始的样子，她以旁观者的身份记下了。

那时在挂号处，小男孩突然哭了起来。云朵看着手忙脚乱的男人，主动走上前说，我帮你看着他，你先去处理手头的程序。男人定定地看着她，嘴唇微张，他的嘴巴周围同样钻出星星点点的汗珠。不笑的时候，他左嘴角的酒窝处，也显出一道深深的裂纹。

“看什么？我又不是人贩子，信不过拉倒。”

“别误会！”他为难地挤出一个笑脸，“麻烦您了！我很快回来。小胖啊，跟阿姨待一会儿，爸爸很快回来。”说完，他赶紧向云朵敬了一个军礼。他又笑了起来，这回笑得很坦荡，嘴角的裂纹弯得更深了。真有点像，云朵想。

云朵心里还有一点怨。什么阿姨，明明是姐。再细琢磨，确实不小了，二十五，母亲就是这个岁数要的自己，还是晚产，险些要了她的命。阿铭那边，还没有任何响动，云朵表面波澜不惊，内心是有些急迫的。她多希望这是阿铭在酝酿一个天大的惊喜，作为惊喜，当然不能事先张扬。云朵这时就偷偷地笑，笑得浮云流水。

男孩皱着脸，依然在哭。云朵摸摸他的后背，刻意弄出夸张的鬼脸。男孩破涕为笑，干净清澈的大笑。这下云朵才看出端倪，男孩的目光涣散，该有三四岁了吧，口水还是不住地往外淌，云朵的一包餐巾纸很快用完了。他无法独立行走，云朵的手一刻不敢松开。她想到了刚才那个男人的挽臂。

在把男孩交给男人时，云朵戳了戳他的肩章。他真的不高，或者是自己真的已经长大。

“哎，你这什么兵种？”她有意选择一种略显轻佻的口气。她已经好些年没有运用这种语气了。她太清楚这个语气意味着什么，所以脱口而出时，自己也有点吓到。

“武警。”男人憨憨地笑，“我是消防员。”

轮到云朵进去了。局部麻醉。刀枪剑戟在自己身上挥舞时，云朵能听到那些丁零作响的打击声。不痛，但撕扯感实实在在。对这一切，云朵只能作壁上观。她忽然想到“终结”这个很抽象的词。现在，她的身体一片狼藉，有些东西彻底被终结。云朵的眼泪像两条湍急的小溪，哗啦啦地流向耳窝，她想起了故乡的水圳。冰凉凉的，痒也是凉凉的痒，让人一点也积极不起来。她闻到了血的腥味，她想到肚里的那只血龟。此刻，血龟重新在体内一点一点爬行，它四趾锋利的尖爪，抓挠着松软疲惫的脏肉，它的头颅高高地昂起。它肯定很想爬出来吧，去看看这个多彩的世界。

当云朵瘸着腿出来时，男人依然端坐在座椅上。他没走，男孩在椅面上打瞌睡。

“我说家属，赶紧搀着啊，愣着坐那儿干吗？”中年女护士拧着眉头发话了。她的语气很冲，话音在空荡的走廊里飘得有些辽阔。

橄榄钝了几秒，迅速跑了过去。云朵此刻的脑袋一片白雾，云遮雾障间，晃出一抹绿。她当时想到的是，工作中他一定是一位十分敬业且专业的消防员。

男人双手搀住云朵时，云朵很想把他推开。“别碰我，老娘认识你吗？”她越发骄横，好像这真是他犯下的错，他理应无条件地接纳她的抓狂、任性乃至谩骂。

他不说话，沉着深棕色的脸，一手抱起男孩，一手钳住云朵的胳膊。他的决绝让云朵默默地自怨自艾，也默默地感激。

七

阿铭告诉云朵，他要去当健身教练。

他不想读书，读不下去，怎么偷奸耍滑也考不过。好在他有一副好身体，也有一副好皮囊。

云朵最近上班有些心不在焉，脑海里总是出现一台跑步机，阿铭在原地奔跑。他那极具线条感的手臂油腻腻的，在炽热的灯光下亮得非常刺眼。他的身旁，传来很多女人的说笑，什么年纪的说笑都有，都喘着气，却还要说还要笑。云朵听过太多有关健身教练的风言风语，她尽量让自己释怀。她是谁，她可是高高在上的云朵啊。

可现在的云朵，心不再那么飘飘然，像那老歌里唱的，是雨做的云。跟飞哥在假山的那一晚，云朵明白了一个道理，她所有的有恃无恐，都不过是阿铭赏给她的。没了阿铭，她什么也不是。阿爷已经不见了。她何尝不想挣回从前的那份泰然。

面对近来晚归的阿铭，云朵心里有气。她不会正面发泄，她不想彻底失去尊严。她故意把空调的温度弄高，阿铭受不了热，她却躲在空调被里直喊冷。她把阿铭的拖鞋一脚踢到床底，阿铭找半天，她也不吱声，她以为自己在暗暗得意，却发现胸口闷闷地痛。她挑衅说，阿铭你有口臭，别碰我。最让云朵失望的是阿铭的不争，一副无所求无所谓的样子，真的不碰。他一直在退，大步流星地退让，他的不抵抗政策让云朵彻底慌了，可她连架都吵不起来。

那天，云朵终于放弃了捍卫多年的底线，阿铭又把脑袋挨在她的那个地方。她从阿铭的身上闻到一股风油精的味道。阿铭，阿铭，你是不是涂了风油精？阿铭不理，他像一个好不容易得了玩具的男孩，正在全身心地把玩。云朵摸摸阿铭的脑袋，像摸着一头感情用事的松狮。云朵在默默地淌泪，像是被风油精刺激到了泪腺。何来的风油精？她知道有些东西在无法挽回地流逝。阿铭赢定了。

再去医院时，云朵纠结再三，还是赶在信号接通前，摁掉拨给阿铭的电话。她最后拨通了橄榄的号码。她叫他橄榄，他无条件答应，坦荡地笑着说好。橄榄到得很快，就像一次迅疾的出警。云朵不会猜错的，他肯定是一位优秀的消防员。

暮色四合，两人走出医院，云朵为了表达感谢，说我请你吃饭吧，兜里没钱了，只能请你吃沙煲粉。橄榄不同意，说要去吃大餐。云朵吃力地摇头，说大餐都要叫号排队，你要饿死我才开心？橄榄点点头，再摆摆头，憨憨的笑容再度挂在他深棕色的脸膛。他连说我笨的。云朵这次很顺从地被他搀着。

餐桌上，橄榄几次低头又抬头，抬头又低下去。

“别看了。也别问了。”

然后，两人就这样不说话，呼呼地吸着米粉。云朵多要了一个茶叶蛋。橄榄想付钱，云朵一把拽住，说我从不欠人人情，你不要这样。橄榄跟云朵虚弱的目光对了一眼，再将视线移到她那青蓝色的手臂，老老实实把钱折了回去。

在橄榄的儿子动手术那天，云朵也陪同在侧。她把上班穿的高跟鞋脱下来，从手提袋里掏出一双平跟凉鞋。她一边俯身勾鞋后跟，一边对橄榄说：“还是平底舒服，我可不是要照顾你身高啊！”

他们都笑了。橄榄咧开漏风的门牙说：“你随意，我这辈子靠天靠地，就是不靠身高。”

云朵问起橄榄脸上的疤痕。橄榄只说，工伤，小事。

两人这么默默地站了一会儿，橄榄用他习惯的稍息的姿势，云朵将手臂抱在胸前。酝酿一番后，她还是问出声：“孩子的妈呢？”

橄榄扭头看她，他没有办法掩饰自己的错愕。让云朵没料到的是他的坦率。他的话像老家水圳里的山泉，叮叮咚咚地涌。一年多前，就跟人跑了，年纪轻轻的，受不得这种苦的。她心里也不好受吧，但还是更现实了一点，你觉得呢？不说她了吧，怪闹心的。你看，紫藤花开了，张灯结彩的，很好看吧？小胖最喜欢紫藤了，一看见紫藤就手舞足蹈的。云朵发现他说话喜欢带个“吧”字，可能是为了稀释内容本身的张力吧。

“你就没有一点责任？”

云朵拿过小胖的病历单。唐氏综合征，外加先天性心脏病。她的手很谨慎地抖了几下。还是平底鞋好。

橄榄皱眉，显然他从没碰到过这个问题。他空白了很长一段时间，云朵能听到头顶灯管里微弱的嘶嘶声。

“我不应该要孩子。”橄榄说。他少有的不是那么中气十足。

云朵现在看向光线炫目的走廊尽头。一个藤架的紫藤花正热热闹闹地垂放，展示着不同深浅的紫。原来紫藤是春天开花。

八

顺着剪刀的行进路线，泛黄的头发渐次脱离了云朵的脑袋。这个过程并没有想象中那么顺利。发丝太密，云朵剪得很吃力，顿顿挫挫的，倒是契合告别时的不舍。发辫一尺有余，粗粗的一丛，没保养好，于是也有点愧疚。这一拢长发，云朵从高中一直守护到现在，或许该是恩断义绝的时候了。头发握在手心，像一柄道士的拂尘。云朵摆了摆，感觉后脖子空空的。

橄榄问过云朵，是那种小孩犯错的表情，自己先怯去一截。“你跟我在一起，是因为你父亲吗？”

云朵直勾勾地盯着他，耳濡目染，她也掌握了橄榄那种近乎天然的坦荡。“我对橄榄绿是有特殊的情结，这我没有办法控制。你的身份让我感到亲切，或者说好奇？但我不是在寻找父爱，我的父亲只有一个。你也只有一个。”

最近流行大叔，青春萌动的少女们流传着老男人的种种好。成熟，稳重，体贴，幽默。她们说到大叔，满脑都是木村拓哉和金城武。云朵觉得可笑，真实的大叔，脑满肠肥，喜欢重温无聊又猥琐的笑话，来去就那么几个，还不厌其烦地大聊新近的政治生态和金融股市。重复，可怕的重复，就跟小时候云朵拽着阿爷，催他一遍又一遍讲述山里野人的故事一样。云朵对大叔没有好感，他们那副指点江山又错漏百出的姿态，与其说滑稽，不如说悲凉。他们的自负为他们赢得了这个世界，也是他们的自负让他们终将被这个世界淘汰。被小鲜肉们淘汰。对啊，瓜果都知道挑新鲜的吃，人为什么就不是新鲜的好呢？对男人，云朵觉得五岁是个坎儿，不能再多了。橄榄听后，故意把胸脯拍得很响，做出虚惊一场的样子。

工作之余，云朵就去陪橄榄和小胖。她教小胖汉语拼音和五线谱，小胖对音乐很有热情，咿咿呀呀地哼唱，弄得云朵颇有成就感。而让云朵吃惊的是，她居然跟橄榄的母亲处得十分融洽。

老人家是来这边帮衬照顾小胖。她们在一起，会聊速生桉种植对水质的影响，聊糖厂和纸厂的倒闭，聊关于蛀枝幼虫的烹饪，这些白白的虫子富含高蛋白，聊宅子里水火不压十字线。云朵动用从阿爷那里偷得的知识，与这位当年插队到南方就一直留在当地的妇人攀谈。她们之间类似的对话，是云朵一种变相的回忆。她把阿爷的点点滴滴重新在脑海里整理一遍，很系统。她是在模仿阿爷说话。

九

那段时间云朵总是哭哭啼啼，眼袋红肿得让人心酸。橄榄说，不要紧，还有小胖，而且我老家还有一个弟弟，头胎是女娃，还能再拼一次。再说了，两次嘛，好好养养身子，准好的。

云朵这时就探出左手的中指、无名指和小指，怯怯地说："三次，在认识你之前还有一次。"

橄榄不言语了，长喟。云朵说，嫌弃我了吧，嫌弃我了直说。橄榄拍着大腿说，你怎么那么不爱惜自己，你就不能……他什么也不说了。

阿铭走了，这回是彻彻底底地离开了，任凭云朵怎么呼喊，如何乞求。但云朵既没有呼喊，也没有乞求。当年云朵不忍切断的那根线，终究被阿铭给亲手掐断。她自己是无罪开释，他们都无罪开释。感情里不想分个对错，那么多年了，只有感恩。

阿铭坐上一趟据说前往上海的高铁，他说云朵，我们终究是两类人。他用了一个比喻，云朵不知他想了多久才憋出这么一个比喻。他说犀牛和犀牛鸟，应该找另一头犀牛，和另一只犀牛鸟。这时还搞文艺，云朵就有点挂不住了，爱情哪来那么多的喻体，尤其是他们的爱情。云朵本想撑一句："恋爱的章法，老娘比你懂得多。"这跟感情的纠葛无关，不过是人争一口气。但她忽然意识到，作为彼此的初恋，她并没有额外的战功供她鄙弃阿铭。当年的那些风花雪月，只不过是些风花和雪月，她没有资格在阿铭面前谈感情何为，谈风雪和归人。

云朵听到不少人说，阿铭跟了一个富婆，是他手里的一个女学员，总爱拉着他练习健身球。这下阿铭一劳永逸了。也有的说，是一个挺俏的女孩，说你们家乡话，旁人一个字也听不懂。云朵的心有种被蛀空的感觉，不疼，但空空荡荡。从没有人在她的心里，放上一颗樟脑丸。

云朵终于可以睡起安稳觉，此前她一度认定自己要跟失眠长相厮守。云朵甚至有时也问自己，她是不是等这一天等了好久，等得都有点兴味索然了。

小胖今年六岁。痛苦的六岁。生日那天，云朵给他买了一件深红色的小唐装，外面配套一件浅红的马褂，前后绣着密密的福字暗纹。小胖难得那么开心，那晚吃了很多蛋糕，平常他的胃口可没这么好。

这个冬天杭州很冷，连着簌簌下了三天的雪。雪花飞舞，忽而东忽而西，下得有些慌乱。云朵那时在赶往医院的路上，隐隐听到小胖喊了几声：妈妈。她希望就是这个发音。

小胖终究没能挨过这个凛冽的冬天。

透过家里雾蒙蒙的窗户，云朵看到消防队家属大院里，很多小孩正在被白雪覆没的草坪上打雪仗。他们的叫喊很鲜亮，像一卷点燃的炮仗，在云朵心里响起。

十

云朵再碰见彩虹是在春节。大年初二回娘家。

距离上一次碰面，已经过了五年。五年是一个计划，县政府移了位置，盖了新楼，火车站也能进人了。此外，县城里多出了两座公园，一个跟太平天国分封建制有关，一个跟祖籍在此的武侠小说大师有关。云朵都去过，修得不赖，只是没有看出太多与历史的关联，但饭后散步还是蛮不错的。本地人不收费。云朵讲出很多生僻的本地话，售票员才答应给她免票。橄榄就不行了。

彩虹向来讨人爱，成绩也不俗，大学生活顺风顺水。临近毕业，她原计划跟某国家电网公司签三方，却无故消失了。“消失”在词典里的含义是：人或事物逐渐减少以至没有；不复存在。彩虹是前者。

在那之前，一个不远不近的朋友突然加她微信。他们上来就聊得很紧凑，从童年趣事到情感创痕。他说怎么那么巧，我也最近刚失恋。最后那个男生说，你要不改天来我公司看看，你要是乐意，就跟着我干，薪金比电网还强，要是不乐意，拍拍屁股走人，主要是我想见你。没有理由不走那一遭，彩虹后来反思，就算让她重来一次，在那个时候，她也还是会买上那列火车的车票。她不知道是最后一趟学生票。

在那里，彩虹第一次意识到自由并非理所当然的东西。等都明白过来，她已经陷入某种迷糊的境地。被他人强迫，也被自己暗示。既然无从抵抗，那就一路迷糊吧。她每个月还会给父亲发一条短信，发出之前，那个男生会对短信内容进行一番增删，像位兢兢业业的文字编辑。两年后，彩虹被当地民警解救出来。这件事一度闹得挺大，但又迅速消失。这里的消失是后一个定义。

从此，彩虹总睡不好觉，老喊脑仁疼，像有人对准她的太阳穴，用冲击钻来回穿凿，嗡嗡地疼。她动不得大怒，一来气就头重脚轻。另外，饭菜必须趁热吃，不然就恶心反胃。据说，是在里头每天剩饭剩菜给吃怕的。

彩虹对那两年发生的事情记不太清楚了，她对人都这么说。她只知道自己住在一个靠近河岸的房间。花白的墙壁，有很多细小的裂纹，天花板的角落上有黑灰色的蛛网。蜘蛛不见了。

“透过防盗网，能看到一条橘红色的小河。福寿螺粉紫色的卵子，像紫藤花的蕾，密密地挂在岸边。每个又是孤零零的。偶尔有野鸭凫过来，应该是野鸭，我从没见过有人来赶回这些鸭子。

“课后休息时，我喜欢伏在窗台，看这条橘红色的小河。我盼望鸭子的出现，或者其他一些活动的事物，比如风吹草动。有时我肉眼就能发现芦苇丛里窝着白晃晃的鸭蛋，得有拳头那么大。我从来没看到有人来拿走。反正我是不会告诉任何人的。

“晚上躺下，耳畔传来咕噜咕噜的水声，这让我非常踏实。水声不离不弃，它不会背叛，只有陪伴。永远都不会的。伴着那潺潺的流水声我就在想，那些鸭蛋什么时候才能孵成鸭子，甚至变成天鹅，会飞。我整个人就有了盼头。”

彩虹后来回了老家。电网的工作吹了，应届生的身份也早没了，她像一朵丢了水分的花，枯而完整，若说美，也是那侘寂之美。她在县城帮父亲打理单车维修铺。现在，彩虹的父亲也开始修理摩托车，单车业务交给彩虹。到底是聪明的女人，彩虹的手艺很快就赶上那些经受多年实战的老师傅。

很多消息云朵都是从旁人嘴里东拼西捡兜回来的，彩虹的微信早已人去楼空，她很久都没再联系过云朵。云朵也是。云朵有想过给彩虹打个电话，但终究没能找到很好的由头。或者说，她不知道应不应该。错过一站，跟着往后所有的风景就都被打乱了。这就是心高气傲的女人，女人的战役是不冒烟的。那个本来属于家庭套餐的号码，如今被越来越多新鲜的号码挤到身后。或许，那个号码也早已改旗易帜。

云朵是在去配钥匙回来的路上，在小院门口碰见彩虹的。她瑟瑟发抖着，南方的冬天冷得很。她估计已经在这里站了好些时候。为什么她只穿一件薄羽绒，摆出讨人怜惜的样子？

云朵跟民主街那家五金店配钥匙的师傅熟，难得回来一趟，总会多聊几句。那把盖在花盆底下的钥匙，用不了多少时候就会长满臃肿的绿锈。云朵每年回来，都会去配换一把崭新的钥匙，重新塞入花盆底下。

"挑着贴赤口的日子，给我拜年呢？"云朵提醒自己去笑。笑得很隐晦。

两人的腮上都浮出那种礼节性的笑意。她们并排往院子里走，云朵恍然间感觉像又回到了校园时代。但她们没有把手臂交给对方。

彩虹终于开口："云朵，对不起。"

"别说了，我都知道。"云朵的嘴角还维持着上扬的态势，"没事。"

彩虹让自己显出一丝惊讶，可她活泛的眼珠出卖了她。她的演技不好，她们都不够好。

云朵说，从北京到杭州，机票太贵，坐普通列车又太难熬，所以她每次去杭州都乘高铁。平均需要六个小时左右。那次国庆，她给自己提前多放了一天假，下午就到了杭州东站。她在给他整理书桌的时候，发现书本里塞了一张社会实践证明。盖了一所江西某乡镇小学的公章。

"他一直这么粗心。"

彩虹的脸烫红起来的时候，有些让人心生恻隐，何况她还在哆嗦。

"何止呢。神态、行动是骗不了人的，他爱不爱我，有没有之前那么爱，我可是一览无余。"云朵在克服嘴角下堕的趋势，她现在换成一副世事洞明的姿态。

"有一次，我们约在教学楼前的假山碰头，结果他临时取消了。后来我才得知，他在那里发现了你和飞哥。"彩虹的音量放得很低，还是跟以前一样，过于温和也过于理性。

云朵没有接话。她的牙齿突然咬得紧紧的，旁人看不出。她没想到会有那么久远。

彩虹说，他的心里从来没有放下你，她无法一直接受这种局面，她需要一个交代。所以临毕业前，她跟他提出分手。“不应该叫分手，是了断。那段时间我很糟糕，比任何时候都要糟糕，脑子一片凌乱。人在脆弱的时候，特别迷信能带来力量的东西。那种力量感，或者说，盲目的沸腾。都是罪有应得吧。但我唯一觉得愧对的，就是你。”

彩虹两只淡青色的手掌在胸前飞快地比画，最后跟随话音一起落下，严严地贴在裤缝线上。彩虹埋头，脸上泛起波浪般的红纹。

“咳，咱干吗呢？不至于，都不至于了。”云朵拍了拍彩虹的后背，她感觉自己的手直接陷了进去，像是摸到了彩虹的肩胛骨。她比从前瘦很多。不管哪一方面，她们都已是陌生人，云朵让自己再度确认这一点。她铆起一点勇气，仔细端详眼前的彩虹。还是那么悦目，到底是老天爷的造化。

“还长湿疹吗？”云朵是突然想到的。

彩虹愣了一下，依旧垂头，说：“老样子，讨厌得很。”她此刻脸上的歉疚，比之前来得宽松了些，好像她的皮肤是云朵托付给她的，她为照顾不周而懊恼。

她们又走了几步，彩虹说，没事我就先回了，本来不该今天来的，但又担心你急着回去，这样不知什么时候才能遇上。

“对了，你剪短发很好看，衬你的脸，也搭你的气质。”云朵还是低着头，不像是奉承，至少不全是。

云朵寻思如何回复，她也很久没有获得一点像样的表彰了。远处忽然切进一声清脆的叫喊——

“妈，老爸让你回家吃饭啦！”

一个戴着黄黑格子鸭舌帽的小男孩，趴在某幢单元楼四层的栏杆上，冲着楼下喊道。他的声音远远盖过县城街道上稀稀拉拉的鞭炮声。在小男孩的左侧，端坐着一盆老气横秋的三角梅。

《西湖》2019 年第 3 期

邮 差

程严有三爱，一爱自己的飞鸽二八，二爱自己的烧水壶，三爱自己的俩儿子。

程严胯下的大梁二八，不以任何人的意志为转移地被涂成墨绿色，它是一辆穿梭于永安县大街小巷的送件车。所以严格来说，它不能算程严的家当，按高级的叫法，它属于邮局的公务用车。

县城实在精悍，程严人高马壮，一个人，蹬一上午，信件报刊就被他送得个八九不离十。公家的单车，顺理成章都归了他私用。人车难舍难分，看见程严巨大的身影，多半能找着这辆绿飞鸽。车凳底下塞了一把白毛巾，程严有工夫就落脚擦车，干洗湿洗，视客观条件，一通浑厚的口哨下来，车子光洁如新。很多人都说，程严对车，比老婆还腻歪。

平时程严顺道去菜市场买菜，车杠的邮包都不劳卸，晚上下班，程严就把车停到自家的客厅里，第二天再踩出门。从来没人说过半句闲话，在大伙的眼里，程严就是活动的邮局，至于这辆曾经阔过的老二八，放眼当下，到底不比人家大单位的北京吉普。

说起老程，人们脑里的第一印象，是那一身深暗的邮差绿，而非因日晒盐焗形成的焦糖色皮囊，又或那一头少年白。听人说，要是哪天没闻见程严单车的铃声和爽朗的笑，铁定很不舒畅，就好比东边的太阳没有如期替下西天的月亮，清醒的大脑没能驱散昨夜的痴梦，顽固的宿便在肠胃里扎下了营寨。直到某天，程严真的不再登场亮相，老飞鸽换成了一辆油绿绿的电动三轮，大伙才发觉，早餐的豆浆油条也没串味，邮局的事业如火如荼，甚至还有点蒸蒸日上的意思。

程严空出手的时候，喜欢泡茶，放嘴角滋溜溜地啜。一般人不知道，程严喝茶是爱屋及乌。小时候往舌面上塞过米糠和树皮，估计是给磨出了茧，所以程严的嘴巴向来尝不出食物的好歹，重在管饱。自然，他也分不大清各类茶叶的酸碱润涩。他的心头肉是那件烧水的铜壶。这方铜壶，是当年程严看别人抄家，清场后顺回来的。品相不佳，拿来烧水不心疼，还省下一笔买壶的票钱。铜壶的壶盖围镂着一圈莲花台，壶身上一龙一凤各占半边。铜壶的美，程严是越看越有心得。后来天下太平了，程严就让县里几位识货的老先生诊了诊，一说民初，一说清末，总之差得不远，算得上小半个古董。

那以后，程严依然用它烧水，壶的历久弥新，离不开水和沸点的施洗。只是烧完后，程严会用棉片兑上酒精，认真擦拭一遍壶身。每隔一段时间，他还会往里头倒些醋，涤净水垢。那回烧水，手背不留神，碰到了壶壁，烫出一个鼓胀的水泡。程严把这颗水泡放到灯泡底下观察，心想前好几辈的人，肯定也曾挨过这么一下子，鼓出这么个小家伙来。如此漫想，竟觉出了世事的奇妙，对铜壶愈发爱不释手。许多同事都夸程严活得讲究，程严一笑，先挤出的是抬头纹，说，嗳，穷人贱命，破铜烂铁当羊脂白玉。

这个烧水壶的另一用处，是后来让人揭发出来的。程严每烧一趟水，还不够自己喝几嘴，同事口渴，想说接点润润喉，发现总也倒不出个名堂。那回被人暗中埋伏，终于发现了这个没有名堂里的名堂。原来程严趁着壶嘴冒烟，把没送出去的信件封口凑到热烟上蒸，半刻钟不到，糨糊软了、稀了，信就张开了嘴。若是盛得太满，水位线没过壶嘴入口，就没法腾出烟来。

程严一边叹茶，一边看人家信里的内容，不时发出咯咯的笑。埋伏的人走到身后，凑到程严耳屏里猛然一叫，好哇老程，我还以为你撕邮票集邮呢，原来是在欣赏别人的文采。要不是程严身长褶子多，当时整个人就都滑到了地板上。

事态严重，第二天上班，领导找来程严问话。程严自己给出的说法是，当年红小兵时候落下的病根，寻思揭发地富反坏右，怕老蒋派人来搞串连，本质上是爱国爱党，咱绿衣使者，人民邮电为人民，所以还请领导酌情宽大。领导没料到老程平常笨嘴拙舌，眼下会来这么一出，掏了掏下巴，问，有发现？程严晃了晃脑袋，说暂无。领导这下微微踮脚，压住程严的肩膀，捏紧嗓门说，改革开放有年头了，眼下人人都富了起来，谁还能挖咱社会主义墙根？老同志要抛下旧观念，跟上新时代。再说，别说老蒋，小蒋都没了，哪里来的反动派？现在讲一家亲，九二共识。塔一样高耸的老程，这时塌缩成了一团，连说对对，是要好好反省学习，检讨书我已经写好了。说罢从口袋里翻出了三页纸。

老程写得一手劲瘦的钢笔字，行文洋洋洒洒，悔之深，情之切。领导层聚头磋商，考虑到程严过往的功绩，以及放出风声可能对邮局造成的影响，最终决定，内部批评，大事化了。老程彻底松下这口气，用铜壶烧了满满一壶水，放凉，兜住壶嘴，一口气给它喝见底。

从此以后，程严之于信件区，就是那不得入内的闲人。上头的说法是，老程你来负责指挥调度。说穿了是个闲职，小小的邮局，不需要调度，也没人听你差遣。

家里的老婆知道了，横竖不相信，说你就想看人家写的情书吧。老程不搭理她，他很久都没有搭理老婆了。老婆姚氏是程严从农村捎带来的发妻，当年程严头发白得早，看起来老相，没好意思找太小的，让人说了个不相上下的，成分靠谱就行。老程没料到自己长得急也老得慢，多少年还一副长相，再扭头去看枕边人，心气就彻底灭了。好在姚氏人是懂事人，守口如瓶永不叛变，这让程严越发敢对她爱答不理。

程严损失了两样挚爱，也就能腾出个全身心，去关怀那跑不掉的第三样。程严就这么俩儿子，老大程经，小幺程纬。古书里讲，得经纬相错乃成文，如天地得礼始成就。这么看，倒都合合贴贴的。

程严对两个儿子格外宠爱，动粗的部分，全权交给老婆。单位聚餐，眼见要剩出份额，程严就悠哉嗑那葵花子，熬到局终散场，跟两三个妇女一起，把桌上残余打包干净。当年上头睁只眼闭只眼，招待水平落实得好，永安县又傍山，聚餐少不得山珍野味。程严倒也不遮饰，说家里俩儿子正抽高呢，得好好补补，像我们这样的，吃什么，放出去还是什么。女同事听了，就不大好意思拿太多，大头归了程严。

程姓在县城属小姓，从乡下混到城里，还进了单位的，更是凤毛麟角，但凡有这么号人，一说起来，大家就都嗯嗯哦哦、血浓于水了，私下里以兄弟相称。程严跟另外两位姓程的，正是这层关系，三位当家的一合计，将地皮买到一处，各自造起独栋的小楼，拉帮结伙的，将来互助互惠，任谁也不敢欺负程家人。待到孩子们呱呱坠地，纷纷喊邻家的长辈叫叔姨，是按着亲戚的情分叫。

程经和程纬上小学的时候，某天来到程严跟前打报告，说邻居程叔叔家的小程，国庆节坐上了火车，到韶山冲参观毛主席故居。人家把此事写成作文，被老师当着全班同学的面朗诵。作文里说，火车真气派，像一条长长的巨龙，向远方飞奔而去。他是全班第一个坐火车的人。程经说，爸，我也想坐巨龙。程严思前想后，不能让孩子落在起跑线，改天告诉兄弟俩，巨龙不算什么，爸带你们骑大鹏鸟，从天上朝底下看，巨龙就是一根牙签。

程严咬咬牙，从存折里割出三个零，放寒假的时候，自己跟着休假五天，陪儿子坐了一趟飞机，飞去伟大首都北京。坐在机舱里，程经和程纬很开心，开心里头还夹杂着一点点紧张。程严说，放轻松，就跟坐在我的车架子上一样。旁边的乘客听到了，呸了一口，说你个乌鸦嘴，飞机可比你的车架子省心多了。飞机悬在空中时，程严告诉儿子，你爸平时送的信件，都是从飞机肚子里吐出来的，就像雪花一样落下，你爸就负责把它们通通接住。他用余光扫了一眼邻座那位乘客，歪头睡上了，程严松了口气。小儿子连连称叹，说老爸真厉害。大儿子就不吭声，嘟囔了一句，骗小孩呢。程经这小子吧，有点早熟，聪明是够聪明，但相对也就没那么讨人欢心。

父子三人，走马观花，把北京中轴线上的景点都过了一遍。程严不忘谆谆教导，韶山冲是人生的起点，北京才是胜利的终点。两个儿子颇为庄严地点了点头。这趟行程是单飞，回去改乘火车，硬卧，那一根牙签。程严对儿子说，到时候可以看到黄河和长江，光到韶山冲，两个都见不着。儿子们已经懂得这两条江河的意义，所以非常激动。程严说，只有你们听话，自觉吃饭，老爸才会指给你们看。这话奏效，儿子们争相把方便面连面带汤，呼噜噜吸进肚里，最后不忘把红红的碗底举给程严检阅。

程严有午休的习惯，车过黄河的时候，不小心被他盹了过去。在北京的五天，每天起早贪黑，来一趟不容易，招待所里多瞌一刻钟，心里能愧疚大半天。程严此行说得最多的一句话，也是三个字，赶紧看。车过长江大桥在深夜，程严的体力有些透支，睡得很死。快到家门口了，儿子发觉事有蹊跷，纷纷哭闹，说要看真的长江和黄河。程严急中生智，但凡看到列车从像样的河上走过，就说底下就是。大儿子不信，小儿子将信将疑。程严受不住了，难得臭一回脸，才把俩小子治住。这趟旅途下来，把程严累得又多歇了两日，后来对老婆说，下次出门，就算贴再多钱，也得把你捎上。

两个儿子交上去的作文，都没能得到语文老师的赏识。看来这跟坐了什么交通工具，到了哪里，是起点还是终点，没有太大关联。这就像儿子整个学习生涯的缩影，程严很早就认了，两个小畜生，都不是学习的料。到后头，一个上了职高，一个去了技校。也是，自己跟老婆，也都不是这块料，总不能盼着鸡蛋里钻出一头牛来。程严很早就开始盘算儿子的生涯，得趁早垫好出路，别稍不留神，走上了歪道。

当年邮局都有内招的名额，局里不成文的规定，一个老职工只能对应一个坑。程严俩孩子，手心手背，再区别对待，也是建立在肉的基础之上。程严动情晓理，该运作的地方没少运作，领导依然没有答应，还不时含沙射影地拎出当年私拆信件一事，是要堵住程严的嘴。同事老金这时出面缓颊，说我儿子不需要，外地上了个名牌大学，把他翅膀给硬的，不愿回来了，我的份额让给老程吧。这下僵局终于被打破，上头准了。看着老金故作生气的得意脸色，老程心里五味杂陈。到底欠着一份老大的人情，那次程严请老金吃酒，席间不住叹气，说，生了一对不经捏的卵蛋，愁啊。趁着酒酣，程严一次性把脸红得一塌糊涂。

榫头对卯眼，程严按原先的投递班算，对应的名额也得跑腿，老金是坐窗口的，对应的是营业班。程严为此又颇费了一番思量，最后决定把程纬放到办公室，让程经接替自己的衣钵。一来嫡长子继承，二来体贴小幺，不管情理还是法理，程严都觉得，这下两边都很说得过去。

三人成虎，亲朋好友往后都说，你们程家把永安县的邮政事业给垄断了，该叫邮局世家。程严很吃这一套，当年多少的憋屈，都变得云淡风轻起来。

话说程经刚到单位报到没几天，就牵了一个女人进了家门来报到，事业情感两不误。女人的长相不消说，程经这小子从不会亏待自己。就是女人只一边耳朵拴着一圈耳环，比姚氏的手镯还肥大，晃得程严老分神，夹菜总是掉。在饭桌上，程严问女人是做什么的。女人答，在纺织厂，会计。程严在心里点了点头，将来任他们再胡闹，底线是把住了。程经果然够争气，不满一年，把婚事给办了，小两口自己操办婚礼，程严就图个不劳操心。

倒是程纬那边，一直没见响动，程严找来恳谈，才知道小儿子害羞，还没谈过朋友，跟女人说话就牙抖。程严开导他，有了一次，一通百通。于是托人说媒，来过几位，不是程严对别人不满意，就是别人对程纬不感冒。只有一位，是个教学前班的数学老师，不高要求地看，人长得干净利落，比程经那位嘴甜，吃了饭还懂得帮洗碗，老程就属了意，去问程纬意见。程纬弱弱地说，我没意见，耳根就红艳艳的了。老婆姚氏私下说，民办教师，会不会不太牢固？程严噘嘴道，你儿子不也是个合同工，吃上铁饭碗啦？找个牛气的，你这乖儿子还不得一天到晚缩脖子缩脑？找女人，就得找比自己矮半个脑袋的。如此这般，小的也热热闹闹请了一回喜宴。

邮局办公室的空调安得早，最开始，大伙都喜欢把温度弄得很低，好让自己冷出一层鸡皮疙瘩，好像这样才能见出里里外外的分别。所以程经和程纬回家吃饭，一个大汗淋漓，一个鼻子有些轻微的堵塞。程经的不满逐渐誊到了脸上，他跟母亲抱怨过，老爹一杆秤没端匀，自己卖苦力，弟弟就享清福。老婆跟程严传达了这种想法，程严觉得委屈，又不知如何辩解。多关心程经几句，又好像是在寻求补偿，而且微不足道，弄得更加微妙。从此以后，一家人吃饭就有一点僵，都是姚氏在热场串词。好在程经向来都那么争气，媳妇的肚子不多时就胀了起来，这下话题得到了转移，气氛多少活络了些。姚氏直来直去，对程经说，你看你总喊累，到头来，也没见耽误嘛。

程纬平时坐在窗口，主要负责收发信件和包裹。到现在他算是晓畅了，信件非但不会从天而降，而且通常外面来的东西，都得先到广州，整理一下，坐车往西一路开到南宁，又整理一下，从南宁再向东开进市区，还得整理一下，最后才奔北到达永安，相当于来了几个折返跑。好在自打邮局开张以来，都是这么个节奏，没有对比，大伙就都逆来顺受。

县城外来人口少，出去的人打工居多，不好舞文弄墨，除去开学毕业季，在外求学的学生会收寄一些大件包裹，总体而言，程纬的工作量不大，上班以闲聊为主，发呆为辅。程纬跟令尊一样，不爱多嘴，陪衬至上。小灵通出来以后，寄信的更少了，程纬在倾听方面大有长进，脸部肌肉管理得很到位，丝毫不露厌烦或懈怠的神色。不管长辈还是同辈，男性还是女性，甚至不少来取汇款或订报刊的，都喜欢找他聊天。有时候下班到点还不尽兴，接着去街边摊吃些牛杂汤酸辣粉，再说笑几句。老婆查岗查得严，看到程纬跟女同事窸窸窣窣，吃了几回醋，小吵小闹了几下子。可程纬就是改不掉，天性使然，他至多按时下班，回家饭吃两碗。大伙都说，弟弟比哥哥懂做人。

没有好心情，自然做不好工作。街上人爱议论，说儿子送信，牢靠是牢靠，但总感觉跟爹比，缺了一点什么。程严打算自己掏钱，买一辆带遮篷和风扇头的机动三轮，给程经改善一下工作环境。程严举着钱到工会主席那里，说明了来意。工会主席赶紧上前，嘴里一口一个老程，说你这又是干吗呢？回去头脑们一商量，决定把座驾统一更新换代。

那辆老飞鸽放着也只能生锈，迟早当破铜烂铁卖，索性刮了邮政标志，让程严骑回了家里。这下绿飞鸽整整全全的，成了他的私家车。领导偷偷说，老程这人吧，别看平时蔫头耷脑的，狠角色呀！

近些年，邮政深化体制改革，又是政企分开又是邮储分离，部门职能拆得碎，人事变动跟着频繁起来。邮局新来的赵局长，三不五时就召开会议，大到大政方针的解读，小到一张邮票的管理，凡事都喜欢拿到会上说。除了自己说，也要求各科室的领导定期开会，业务、思想两手抓。这时候，其他同事多少感到有些头疼，但程纬每回都听得细致，还动手做笔记。一年下来，一本人造革封面的笔记本都被他涂满了墨水。年终总结的时候，赵局长敞开这本笔记本，单手托举，对着台下的听众划了两个来回，他隆重地表扬了程纬，并让他也发发言。程纬的红脑袋从人堆里冒起来，他嘿嘿笑了两声，只说了一句，报告局长，我只会听和写，放在心里了，就是变不来话。其他人就笑。

赵局长还擅长突击检查，翻看各科室的会议记录。他常讲一段话，不是说你们没开会、没讨论，肯定是按质按量按时完成了任务的，甚至是热火朝天的。但我的意思是说，你们要善于记录，懂得记录的重要性，时间地点人物会议主题，都要条分缕析写清楚，哪天上头来检查，不会引起不必要的麻烦。我这话不是让你们应付检查，而是说，每个关节都要落到实处，把自己的付出和成果，如实反映到字面上，这也是为你们好。赵局长一如既往，把话说得滴水不漏。程纬虽然说不来话，但心里很佩服赵局长的口条和理论素养。只是没过多久，赵局长就被纪检的人带走了，是在一个会上，赵局长的讲话稿还没念完。后头得到的消息是，挪用公款。程纬对此不胜唏嘘，躺在办公椅上，翻出自己笔记本上只记到半截的那句话，半天不吐一字，是真的变不来。

程经那边，老婆生了一个女孩，孩子一出生，再挤住一栋楼里就显窄，所以程经闹着要分家，到外头另起炉灶，横竖也算合理诉求。除了台面上给出的，程严还偷偷把十万打到程经的账上，在当时可不算小数。程严对程经说，这笔钱，咱俩都把嘴给缝严了。程经难得把头点得标致而诚恳。小地方重节气，一年到头，都是热闹过来的，程经往后回来吃团圆饭，又把爸字喊得跟送信一样嘹亮。

程纬的老婆机灵，睡觉的时候跟程纬说，你哥最近不大对劲，是不是你爸多给了他好处？程纬讥笑道，敢情就你会察言观色，从小到大，我爸最疼的人是我，这点我还是很有把握的。老婆噎得讲不出话，黑暗里直摇头。

分房以后，赡老就成为一个不成问题的问题。如今程严功德圆满，退休在家，他一不爱散步，二不爱串门，说是跑了一辈子，现在就想屁股贴着沙发，散散漫漫地看电视。他至多还会到阳台上吹口哨，侍弄一些应季的盆栽。这下子，家里好像突然多出一个人，不能说碍眼，别扭还是有的。

到了兄弟俩拿主意的时候，都是爽利人，不到一根烟的工夫，得出了结论，母亲跟程经，程严和程纬一家留守老房，逢年过节，视情况去谁家吃个饭。去问父母意见，父母的意见是，还能怎么着？

程纬后来拨出一点钱，搞了搞装修，天上地下，添了石膏线和踢墙砖，把电路改为暗埋，也算进了一趟新房。

程经的女儿已经上了幼儿园，程纬这头仍旧迟迟不见胎象。那天趁儿媳妇在外，程严悄悄问儿子，会使家伙不？程纬笑了，是三分窃笑七分讪笑，说，我不会，人家不会？我不会，人家会善罢甘休？程严梗了梗脖子说，这话本该你娘对你通气，现在我是越俎代庖，这女人啊就跟节气一样，有节点，你得踩着节点来，瞎猫撞死耗，你要到猴年马月？儿子不耐烦了，说放心看你的抗日剧吧，天要下雨，人不懂，天自知。

也不知是不是程严的话起了效果，半年不到，儿媳妇真揣上了。母亲姚氏弄来一包草药，炖了一锅鸡公煲，说是山里的瑶人祖传的秘方，一月内连吃三煲，准生男孩。媳妇听了，两边的腮帮子肉塌得厉害，说万一生女的，是不是要把我剐了？程纬好说歹说，让媳妇吃了两口，说老人家的思想，咱能顺着就别逆着，让她自由飞翔吧。到最后，顺产，八斤的胖娃，哭声清脆不歇，女孩儿。

最近邮局里新辟了一个渠道中心，中心工作是搞创收。邮局因地制宜，主要贩售化肥农药、农膜农机等农资邮件，也卖油盐米酒，还有从北方和东南亚来的水果。程纬被调进这个新部门，选贤举能，充任第二把手。按理第二把手都是乐得清闲，可程纬不行，因为第一把手不行，重指挥，轻实践，底下人有什么事，都喜欢跑来跟程纬沟通诉苦。程纬好说话，再被吹捧几句，就很是任劳任怨。他经常亲自带队，跑外地跟外头的公司洽谈签约，把东西运回县里推销，赚取差价。县城底下的庄稼人，分不清外来的和尚谁更会念经，就知道邮局是个靠谱的庙观，所以来选购的人多。虽说比以前累，但腰包鼓起来的时候也比以前凶，程纬于是就累得心甘如饴。渠道中心能够做大做强，程纬厥功至伟。

有一家合作的化肥公司，名字起得很洋派，不好记，注册地标明在香港，生产的化肥，地里淋了，作物死的死、伤的伤。一查才发现，是个皮包公司。平常人家偷奸耍滑，都懂得留几手，假得不那么真，也就能瞒天过海，就它养分偷得不是一般狠。农民不念旧情，成窝成窝地跑到邮局闹，要求索赔。总得抓出个责任人，第一把手会丢锅，而且当年邮电局挂牌的时候，还是人家爷爷掀的红绸布。程纬自然甩不掉，索性都担下，结果是得了民心，失了职务，又回到隔壁，默默整理信函了。

程经那边也不得清静，老婆跟他闹起了离婚。最开始是程经先起的情绪，先前有人向他告密，说总见嫂子坐在纺织厂车间主任的摩托后座上，往水库跑，山高林密的，也不知道是要栽树还是垂钓。程经忍不了，当着老婆和母亲的面把这事给捅破。老婆急得摔筷又扔碗，说自己跟主任，行端影正的，自己坐在人家的车后座上，冒着被甩飞的风险，两手都背向后头。老婆说，他们无非是找个阴凉地，交流教育子女的心得，水库静，容易激活想法。主任家的小孩，跟程经的同年生，都处在叛逆期，却向了两个方向发展。程经的女儿很是让人伤脑筋，晚自习不在教室，跟几个小烂仔贴着学校的围墙抽烟调笑，有一回还带人在厕所里，把一个女生的嘴巴扇得像捅了马蜂窝。因为影响恶劣，学校本打算将她开除，幸亏车间主任跟校党委书记是酒肉兄弟，给说了情，才改成了记过处分。主任家里也是女儿，自幼向学，琴棋书画都能来一点，初中就去了外地城市念书。程经老婆经常跟主任聊下一代的教育，偶尔埋怨程经好酒，一喝就不省人事，对女儿缺乏管教。程经听得两眼迷瞪，说，你说的我差点儿信了。

眼看程经不依不饶，老婆彻底恼了，说我不翻你的烂账，你就要烧高香了，还跟我叽歪个没完。老婆当即报出程经三次出轨的经历。时间地点，竟都对上了，程经就觉得这女人有点神通，赶紧认下。老婆喝问，到底几次。程经跪矮了说，就这三次，两个对象，现在都不联络了，冤冤相报何时了啊。老婆说，别废话了，离婚吧。

轮到程经慌乱起来，他打死不从，又是掌嘴又是痛哭流涕，把尊严踢到一边，只求老婆回心转意。几个回合拉锯，老婆同意不离婚，只提出一个要求，作为补偿，她今后可以出轨两次，程经须无条件接受。别无他法，程经只有一个请求，自己享有充分知情权。从那以后，每次老婆多抹两撇口红，穿不过膝的裙装，或是胳膊露多了一截肉，程经就觉得她是要出去勾搭男人。程经问她，是不是车间主任？老婆冷冷地回，我对他没那方面的感觉，我得跟来感觉的人做那件事，不像你。程经听得肝儿颤，他一度央求老婆，赶紧找个人，把事情给办了吧，你这样晾着，我患得患失到内分泌失调。老婆还是清清冷冷地回说，你急什么，我有的是分寸。

一样不急不躁的，还有老父亲程严。老程如今整天摊在沙发上看电视，越躺越舒服，躺的幅度越来越大，最后干脆睡在沙发上，心跳得慢而柔，感觉身子像是一根羽毛那么轻，摇摇晃晃，被吹到了天上。等缓过神，发现自己已经躺在了担架上，摇摇晃晃地被推进了急救室。手术进行了三个小时，很成功，但形势依然严峻。老程得的是心脏衰竭，往后的小半条命梢子，都须靠药物仪器给撑起来，自此，便在监护室里占了一小片地盘。医生说，人绷紧惯了，一旦松懈下来，更容易出状况。程严自己说，天生的贱命，偏还不信邪，栽了。

两兄弟携妻带女赶来看望老程，老程多少有些欣慰。程经拉着弟弟到医院走廊，发了一根烟，亲自给点上，说，爸是你负责的，所以还得你多担待一点，辛苦一些。程纬说不过哥哥，还是像以前一样，跟程严打小报告。老程就感叹，你哥这人向来精明过头，注定要犯糊涂的，你且看吧。老程又招手示意程纬近到自己的嘴边。原来他老人家真存了一笔钱专门给程纬，不多不少，整二十万。程严对儿子说，这笔钱，咱都把嘴缝严了，一丝气都不能跑。程纬当晚爬上床，赶紧把喜讯抄送给老婆，说我说什么来着，我爸糊涂一世，都把聪明用在了刀刃上。老婆听了，在黑暗里不说话，嘴角咧得比很开还要再开一点。

到程严去世的时候，姚氏哭得非常卖力，更加不顾形象，到底农村出来的女人，对自己，对老伴，活着的或逝去的，都狠，粗放地表达自己没来得及表达的爱，感觉像剩了大半，现在都一股脑豁出去。反观两兄弟，多少有些拘谨，哭也弄不出屁大的声响，反正肯定不能笑。老老实实披麻戴孝，烧纸钱，上香，洒些茶酒到地上，请一支队伍来念《往生咒》，也算尽了最后的孝道，没辜负程严一路来的宠爱。

程经好酒，在县城早出了名声，县城的男人都爱喝几两，酒桌上都是弟兄。有时看到程经送报送信，酒友就招呼他进来喝几盅，说不碍事。结果喝大了，躺在别人家的沙发上，再长的工夫都是一睁眼。对于程经屡次不按时归班、延误递送的情况，领导批评来去，也没见多大效果。正式的员工，撤也撤不掉，该吃的苦也吃得差不多了，于是领导就想说，干脆把他调回营业厅，大家都看着，谅他再大的酒瘾，也得憋出个文质彬彬来。

那天程经骑着三轮车，把母亲姚氏接回了老房里。程经的意思是，爸走了，妈还得长命百岁呢，都让我来孝敬，百年以后，不是陷你于不义吗？程纬受不了哥哥的无理取闹，难得呵斥道，你不要再无理取闹了。程经说，真不是我无情，家里早就乱成一锅粥，媳妇跟我闹情绪也不是一两天了，我自己都照顾不好自己，把妈放我那儿，没病也得熬出病来。程经赖死赖活，把空车开了回去。总不能让老母露宿街头吧，这下自家媳妇又来了不痛快，新仇旧恨都算上，数落老人家的不是，也骂程纬是窝囊废。

眼下母亲姚氏，没事就坐在二楼阳台的懒人椅上，对着站在电线上的燕雀，还有栏杆上的绣球、吊兰和文竹，跟另一个世界的老程说交心话。养了两个铁心的娃，都盼着我死呢，我何尝不想死，死了就不用见到这些狼心狗肺的。老程啊，你可不能耐不住寂寞，在那边找个姘头啊，不然我做鬼也不放过你。

母亲重新换边以后，兄弟两家就断了来往。

那回程经在送件途中又跑去喝酒，他像灌醉别人一样给自己灌了很多很多。大伙劝着劝着，发现不对劲，改成了拦酒。程经你少来点。酒缸都见底啦。有什么话现在说，再喝就睡了。没人能拦得住，直到他自己喝趴下，被抬到沙发上。酒友气喘吁吁说，他娘的，人长得跟腊过似的，没想到骨头还挺沉。到了傍晚，程经还不见醒，再一看，发现人已经挺了过去。

兄弟再相见，已经变成了料丧。纵然天大的怨气，眼下都无足挂齿。程纬端端正正地站在灵堂里迎来送往，媳妇也乖巧，挨在老公身旁。他们都站得严肃而哀伤。

据酒友回忆，程经最后留下的话是，赶紧给我办了，给我办了。有人问，办什么？另人答，鬼知道，邮差嘛，估计是想着赶紧把信件送完。

分管的领导前来吊唁，对着睡在棺椁里的程经说，今天咱不提问题，以后也不会再提了。你不是一直念着办公室的空调好吗，局里正打算把你转到营业厅，手续都办妥了，谁想到，你先行了一步，愿天堂没有酷暑。

程经的老婆哭得软软塌塌，女儿在旁边，怎么也扶不起身。老婆说，老程啊，你真是傻呀，我只想让你难受难受，说说而已，怎么会真去办呢？众人听了，不得其解，心想到底一家人，说话都喜欢藏头露尾，也不知究竟是谁要办谁。

母亲如今终日坐在轮椅上，要么沉默不语，要么说个没完，医院一查，说是患了阿尔茨海默病。平常把她放到一边，习惯了，也相安无事，鸡犬无惊。就在众人排队吊丧的时候，老母亲突然亮开了嗓门，死了好，死了好，死了就不用见到这些狼心狗肺的，还有男盗女娼的，还有见钱眼开的。老程啊，你给别人送了成千上万的信，却没有给我写过一句话。

程纬家媳妇见状，赶紧把婆婆推走，催女儿把壶拿来。程纬对大家赔笑说，不好意思，老年痴呆，一辈子没上过几天学，没想到，末了给掌握了几个成语，可惜不会用。

只要抱住那个壶壁上刻着龙凤的铜壶，原本再吵闹的姚氏，也会立马乖下来，脸上似乎还藏着隐约的笑。这个秘密，是程纬女儿无意间发现的。

一向搁在阳台角落的这个破铜壶，全家人都不知道它的来历和确切的用途。程纬有个模糊的印象，说好像老爷子在世时，用它来烧水喝。媳妇瞅了两眼，说不像烧水的，倒像浇水的，你爸不是喜欢弄些花花草草吗。程纬说，管它的，给老太太当玩具使。

姚氏现在一直都抱着这个铜壶，睡觉也搂着。她很安分。

程纬女儿，比堂姐来得伶俐，今年年底就满二十二周岁。大学刚毕业，漂在了北京。好巧不巧，也在邮局。

《雨花》2018 年第 12 期

图书在版编目（CIP）数据

人间 / 梁豪著. -- 北京：作家出版社，2020. 8（2023.1重印）
(21世纪文学之星丛书·2019年卷)
ISBN 978-7-5212-0932-7

Ⅰ. ①人… Ⅱ. ①梁… Ⅲ. ①中篇小说 - 小说集 - 中国 - 当代 ②短篇小说 - 小说集 - 中国 - 当代 Ⅳ. ①I247.7

中国版本图书馆CIP数据核字（2020）第068849号

人　间

作　　者： 梁　豪
责任编辑： 史佳丽　李亚梓
特约编辑： 赵　蓉　王锦方
装帧设计： 守义盛创
出版发行： 作家出版社有限公司
社　　址： 北京农展馆南里10号　　**邮　　编：** 100125
电话传真： 86-10-65067186（发行中心及邮购部）
86-10-65004079（总编室）
E-mail:zuojia@zuojia.net.cn
http://www.zuojiachubanshe.com
印　　刷： 中煤（北京）印务有限公司
成品尺寸： 142×210
字　　数： 181千
印　　张： 7.5
版　　次： 2020年8月第1版
印　　次： 2023年1月第2次印刷
ISBN　978-7-5212-0932-7
定　　价： 40.00元